호모 미그란스,
공존불가능성을 횡단하는 난민/이민 서사

# 호모 미그란스

## 공존불가능성을 횡단하는 난민/이민 서사

정인모
원윤희
허남영
서명숙
이송이
김경연
황국명
조춘희

역락

## 머리말

지구화, 글로벌화라는 용어가 사용된 지 오래다. 특히 21세기 디지털에 기반한 초연결 시대에 살고 있는 우리들에게 세계는 민족이나 국가 개념이 무색할 정도로 다양한 인종이 뒤섞여 사는 초국가적 형태로 경험되고 있다. 주지하다시피 이주 혹은 이민은 특정 지역이나 국가에만 발생하는 예외적 사태가 아니며, 이미 초국적이고 전 지구적인 현상으로 대두한 것이다.

이런 이민/이주에서 가장 문제가 되는 것은 타자(이방인)에 대한 이해와 수용이다. 어떤 집단의 경계를 넘어서기 힘든 이민자와 난민 같은 이방인은 새로운 공동체에 적응하기 위한 지난한 과정을 겪어야 한다. 토착민과 이방인, 국민과 난민/이민 간의 갈등과 괴리를 극복하기 위해서는 서로 간의 소통과 이해의 과정은 필수적이며, 이런 차원에서 우리는 문학이 어느 정도의 역할을 할 것이라고 기대한다.

이 책은 위와 같은 문제의식을 가지고 2018년부터 한국연구재단의 지원을 받아 수행한 공동 연구의 결과물이다. 독문학, 불문학, 그리고 국문학을 연구하는 이들 교수들은 '호모 미그란스, 공존불가능성을 횡단하는 난민/이민 서사—독일·프랑스·한국 문학에 나타난 난민·이민·탈북을 중심으로'라는 주제를 가지고 연구를 해왔다. 본 연구팀은 국적성 문학의 외부에 좌정한 독일과 프랑스, 그리고 한국의 난민/이민 서사를 경유함으로써 우리 시대 무국적자들의 실존적 좌표에 대해 함께 고민하고, 이를 위해 난민/이민 서사를 세계문학적 보편성 아래 새롭게 독해하고자 하였다. 더 나아가 난민/이민의 이방성에 대한 성찰과 대안·대항문화 구성의 필요성에 대해 인식하였다. 특히 본 연구팀은 독일과 프랑스, 그리고 한국의 난민/이민문학에 대한 개별연구와 비교연구를 병행함으로써 그 특수성과 보편성을 규명하고자 했는데, 이런 연구를 통해 궁극적으로 난민/이민문학의 세계문학적 가능성을 타진해 본 것이다.

첫 논문으로는 독일문학을 전공하는 세 연구자(허남영, 정인모, 원윤희)가 공동으로 집필한 결과물로서, '독일 난민/이민문학의 흐름과 특징-독일 망명문학과 난민/이민문학의 비교'를 싣는다. 이는 이민/난민문학을 개관하는 입문서로서, 나치 치하에서 여러 가지 이유로 독일을 떠나야했던 망명작가들과 현재 어려운 정치 상황 하에서 독일로 와야 했던 이민 작가들 사이의 공통점을 밝히고 있다. 이는 현재 부상하고 있는 난민/이민문학의 정체성을 제고하는 데 유의미한 역할을 기대하게 한다.

이 세 연구자 중 정인모는 '하인리히 뵐의 타자에 대한 이해-『여인과 군상』을 중심으로-'라는 글을 통해 이민/난민에 대한 뵐의 작가적 사유와 행동양식을 전하고 있다. 노벨 수상작가인 뵐은 언론의 폐해(『카타리나블룸의 잃어버린 명예』), 업적주의 비판(『여인과 군상』), 과도한 신변보호(『신변보호』) 등 독일 현실의 문제를 거침없이 다루고 있지만, 60년대 독일의 외국인 노동자 문제를 『여인과 군상』에서 인간적인 시선으로 잘 담아내고 있다. 외국인 타자로 규정짓는 우리 인간의 선입견이나 편견이 얼마나 위험한가라는 인식은 뵐 자신의 전쟁 참여, 아일랜드 체류 등의 자기 체험에서도 출발하지만, 각기가 지닌 인간은 인간이라는 존재 위에는 어떠한 사회적 편견이나 조직, 제도 등도 거부하는 작가정신이 내포되어 있음을 밝히고 있다.

원윤희의 '에스노그래피로서의 문학의 가능성−르포문학과 디아스포라 문학을 중심으로−'는 고전적 에스노그래피(관찰자의 시각에서 동양이나 아프리카 등 미지의 문학을 탐구)가 사라지고 문학이 새로운 에스노그래피(인종, 젠더, 계급 등 인간 삶의 다양한 분야 탐구)로 기능할 수 있음을 보여주는 글이다. 이를 위해 독일의 중견작가 W. G. 제발트의 『이민자들』과 스스로 외국인 노동자가 되어 그들의 삶을 직접 기술한 귄터 발라프의 『가장 낮은 곳』, 그리고 당사자로서 이민과 난민 생활을 자전적으로 전하는 블라디미르 카미너의 『러시안 디스코』를 예로 제시하였다.

허남영·원윤희는 독일 분단의 상징인 '베를린 장벽'을 다룬 독일 작품들 중 잉고 슐체의 소설 『아담과 에블린』에 주목하였다. 이 소설은 독일 전후의 시대적 풍경과 서독으로의 이주 과정을 다루는 작품으로 '이주'로 촉발된 '실존'의 문제를 다룬다. 소설은 1989년 여름 헝가리에서 시작된 사회주의 종말 시기를 배경으로 삼고 있으며 성경의 '아담과 하와' 모티브를 통해 아담과 하와가 낙원에서 추방된 것을 비유적으로 나타낸다. 성경에서 따온 '아담'과 '에블린'이라는 인물을 통해 독일 통일 전후 상황 속에서 '이주'로 야기된 그들의 '실존'을 성경에 빗대어 결과를 암시한다.

프랑스 문학 연구에서 서명숙은 '엘리사 수아 뒤사펭의 『파친코 구슬』에서 본 디아스포라 서사'를 주제로 삼고 있다. 이 작품은 스위스 작가 뒤사펭의 두 번째 소설로서 자신이 살아낸 코리언 디아스포라를 투시하고 있는 프랑스 이민/난민 시사 가운데 유일하게 재일 한국인 디아스포라를 다루고 있다. 특히 여기서 필자는 작가의 서사 기법을 분석하고 있는데, 제한된 시야, 순차적 배열, 압축과 생략, 암시적 이미지를 통한 작가의 절제된 글쓰기를 주요 분석 대상으로 삼고 있다.

두 번째 프랑스 문학으로 이송이는 프랑스 영화계를 대표하는 영화작가 자크 오디아르의 작품을 분석하고 있다. '창조된 정체성: 이민 서사로 본 자크 오디아르의 『예언자』'라는 글에서 오늘날 프랑스에 비친 현실을 조명하고 있는데, 특히 지속적으로 사회적 주변부로 내몰린 인물들을 영화의 주인공으로 등장시키면서 이들의 고통이 동시대 프랑스 사회의 문제나 변화와 긴밀하게 연결되고 있음을 보여주고 있다. 이로써 오디아르의 영화에서 이민이 중요한 위치를 차지하게 된다.

한국 문학 연구자인 김경연·황국명은 탈북 여성 작가 최진희의 작품 『국경을 세 번 건넌 여자』를 중심으로 탈북 혹은 탈북자의 실정과 존재 의미를 탐구하고 있다. 여기서는 탈북 여성의 자기 서사가 구성되는 특수한 맥락, 즉 남한에 합당한 국민/시민임을 증명하라는 요구와 북한의 인민이나 남한의 시민을 초과하는 자기를 발명하려는 열망이 길항하는 상황을 살피고자 했다. 민족과 이방인, 시민과 난민, 냉전과 탈냉전이 이전된 불편한 타자의 위치를 탐문하고 있는 것이다.

조춘희는 '탈북 난민과 증언으로서의 서정 – 탈북시인 백이무 시를 중심'이라는 논문을 통해 한국형 난민으로 명명할 수 있는 탈북민의 문학을 다룬다. 백이무의 시는 꽃제비들의 핍진한 생활 묘사를 통해 북한 주민의 기아 실태를 폭로하며 또한 수용소의 반인권적 폭력 상황을 고발하고 있다. 이러한 시적 발화 및 형상화는 북한의 실정을 잘 나타내 보여주고 있으며 환대 불가능한 좌표에 위치한 이방인으로서의 탈북 난민에 대한 고찰, 더 나아가 국적성 문학의 해체를 시도하고 있음을 알 수 있다.

이 책에 또한 정인모의 인터뷰를 싣는데, 인터뷰 대상은 독일의 원로작가 모니카 마론이다. 그녀의 이력 자체가 보여주듯 모니카 마론이야 말로 '타자'로서의 삶을 살아왔으며, 그녀 작품은 이런 개인적인 체험의 형상화 결과이다. 유대인인 외조부, 얼굴도 모르는 독일 군인 생부, 동독 초대 내무부 장관을 지낸 의붓아버지 칼 마론 등의 가족관계를 배경으로 한 모니카 마론은 통일되기 전 동독에서 서독으로 넘어온 탈동독 작가이다. 이러한 이력의 소유자와의 짧은 인터뷰는 우리 연구 주제를 풍성하게 해 주고 있다.

우리는 이 저서 발간을 통해 위에서 언급한 난민/이민 서사에 대한 이해 및 공동체 관심의 환기를 기대할 수 있으며, 또 난민/이민문학 연구영역의 확산 및 지속성을 견인할 수 있을 것이다.

2022년 6월
금정산 기슭에서 필진을 대표하여
정인모

# 02_프랑스 문학 속 이민 서사

# 03_한국 문학 속 탈북 서사

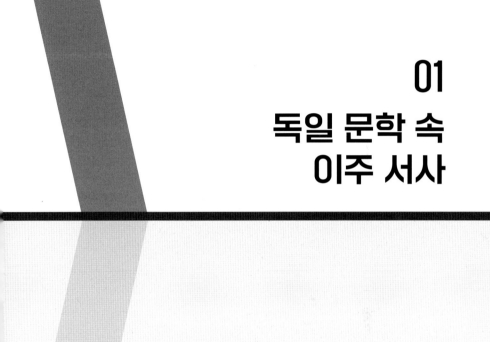

# 01
# 독일 문학 속 이주 서사

# 독일 난민/이민문학의 흐름과 특징[*]

허남영·정인모·원윤희

## 1. 독일 이민문학의 현주소

최근 독일에서 비독일 출신의 난민/이민 작가들의 문학은 양적·질적으로 점차 중요한 위상을 차지하고 있다. 그들은 이민자 혹은 이민자 2, 3세로서 경험하는 정치·사회적인 소외 문제, 민족과 고향에 대한 이중적 시선, 혼종적이고 경계적인 이민자의 정체성 등을 그들의 주체적인 시선으로 작품에 재현해 내고 있는 것이다. 그러나 초기에 그들의 문학은 한낱 이질적이고 신비한 이방인의 문화인류학적 경험 정도로 격하되었다. 주류문화가 가진 배타적 고정관념으로 인해 지금껏 주류문학의 곁가지로만 치부되어 제대로 된 미학적인 평가를 받지 못하였다.[1] 최근에 와서야 비로소 독일에서도 난민/이민자들의 서사가 새로운 문학적 패러다임으로 부상하게 되었으며 이제 독일에

---

\* 이 글은 『독일어문학』 85집(2019)에 실린 논문을 수정 보완한 것입니다.

서도 다양성과 차이가 새로운 화두가 되면서 난민/이민문학[2]의 유효성 역시 커지는 상황이다. 이민문학(Migrationsliteratur)은 단지 독일 문학의 외연을 확장하는 차원이 아니라 보편성을 실천히는 서사로 그 중요성이 부각 되고 있다.

그런데도 독일 이민문학 연구는 난민/이민에 대한 정치·사회적 관심의 일환으로 참조되는 수준에 머물러 있다. 최근 독일에서 이민문학을 비롯하여 다양한 국적을 가진 이방인들의 글쓰기가 양산되고 부상하는 상황을 고려한다면 개별 작가와 작품에 대한 논의를 통해 이민문학 자체의 시학에 집중하는 연구가 확충·심화되어야 할 필요가 있다. 그러나 그 보다 우선되어야 할 것은 독일 이민문학의 흐름과 그 특성이다. 새로운 흐름으로서 이민문학을 정의해 나가기 위해서는 과거에서 그 연구의 가능성을 가늠하는 것이 중요한 시작점이 될 수 있기 때문이다. 이에 본 논문은 이민문학을 독일의 망명문학(Exilliteratur)과 비교하고자 한다.[3]

1970년대 등장한 '이민문학'이란 용어는 이주한 사람들에 의해 쓰인 문학이라는 일반적인 용어로 이해되었다.[4] 따라서 '이민문학'의 범주에는 다양한 이주자들에 의해서 생산된 문학이 존재하며 여기에는 정치적인 탄압을 견디지 못하고 독일로 피신한 망명 작가들도 포함된다.[5] 그런데 이는 독일 나치 정권 하에서 추방된 작가들의 문학인 망명문학과 그 성격이 대부분 일치한다. 이러한 연유는 망명문학을 이민문학의 범주 안에서 논의할 수 있는 출발점이 된다. 특히 노동 이외에 이민의 중요한 동기 중 하나가 정치적인 탄압으로 이어진 망명이라는 점에 집중할 때, 이민문학을 논하면서 망명문학을 언급하지 않는 것은 바람직하지 않다. 특히 크라머(Sybille Cramer)가 모니코바(Libuše

Moníková)[6]에 대한 연설에서 그녀를 망명문학의 맥락에서 설명한 것만 보아도 이민문학과의 관련성을 배제할 수 없다.[7] 이렇듯 나치 정권 하의 망명문학과 현대 독일에서 다루어지는 이민문학은 정치적 측면에서 공통점을 가지기에 이민문학의 특징을 다각도로 분석하기 위해서 망명문학과의 비교는 유의미할 것이라 본다.

일찍이 제국주의의 출현으로 시작된 독일의 망명문학은 정치적 탄압에서 이어진 이민문학과의 공통점과 차이점을 고찰해 볼 수 있는 계기를 마련해 준다. 따라서 본 논문에서는 당시의 망명문학의 특징을 현재의 난민/이민 작가들이 다루는 작품의 경향과 비교하여 살펴보고자 한다. 그리고 이러한 연구는 앞으로 이민문학이 나아가야할 방향을 다각화하는 배경이 될 수 있을 것이다.

## 2. 독일의 망명문학과 난민/이민문학의 흐름에 대한 고찰

독일 난민/이민문학의 흐름을 정리하기 위해서 다양한 계층과 여러 집단의 작품을 살펴보는 것은 중요하다. 그러나 독일 주류작가들을 중심으로 이 문제를 진지하게 고찰한 작품은 찾기 힘들다. 그 수는 소수에 불과하며 이 문제는 현재 이주민들을 중심으로 진지하게 고찰되고 있는 상황이다.[8]

독일에서 이민문학의 개념은 '이주자문학(MigrantInnenliteratur)'과 '이민문학(Migrationsliteratur)'으로 구분된다. 이주자문학은 이주민들이 쓴 문학으로 경제적인 이유로 이주한 이들을 주제로 다룬다. 그리고

이민문학은 편견, 즉 억압된 소수 민족의 관점에서 편집되고 심미적으로 디자인된 문학'을 의미한다.[9]

초기 독일 이민문학은 1960년대 이후 독일로 이주한 노동자들에 의해 형성된 '이주노동자문학(Gastarbeiterliteratur)'[10]이다. 작품은 그들의 모국어로 쓰였으며 그 형식은 소설이나 드라마보다 '시'가 주류를 이루었다. 그 이유는 작품 속에서 이주노동자로서 독일에서 겪는 애환과 고향에 대한 향수가 주 내용으로 다루어졌으며 그들의 감정을 표현하는 데 '시'라는 매체가 효과적일 수 있었기 때문이다. 현재 독일에서 활동 중인 작가들의 대다수도 이때 독일로 이주한 작가들이다. 터키계 작가인 외렌(Aras Ören)과 외즈다마(Emine Sevgi Özdamar), 이탈리아계 작가인 비욘디(Franco Biondi) 등이 대표적이다. 이들은 이주 초기에 이주노동자로서의 어려움과 비참함, 이방인으로서 느끼는 외로움, 독일사회가 이들에게 보인 편견 등을 작품의 내용으로 다루었다. 그러나 80년대를 거치며 주제가 다양화되었고 현재는 독일사회의 정치, 사회, 문화 등을 주제로 다루고 있다.[11]

한편 독일 이민문학의 다른 줄기는 정치적인 탄압과 그로 인한 망명으로 시작된 것이다. 최근 이란과 중동, 중남미, 아프리카 등 정치적으로 불안한 다양한 나라에서 독일로의 망명이 잇달아 일어나고 있다. 특히 이란 출신의 사이드(SAID)[12]는 두 차례나 망명을 시도하여 독일에 정착한 작가로 2000년에는 독일 펜클럽 회장을 맡기도 했다. 루마니아계 작가인 뮐러(Herta Müller)와 체코계 작가인 필립(Ota Filip), 시리아계 작가인 샤미(Rafik Schami) 등도 이에 해당하며 이들은 모두 모국에서의 정치 압박을 피하여 독일로 이주한 경우다. 이들은 노동자문학의 작가들과 달리 고국에 대한 향수나 그리움만을 내용으로 다룬

게 아니라 자국의 어둡고 병든 현실까지도 작품에 표현해 내고 있다. 그리고 이민문학의 이러한 특징은 독일의 망명문학과 그 유사성을 드러내는 것으로서 이민문학의 흐름을 성찰하여 그 개념을 정의하는 데 중요한 단초가 된다. 이에 본 논문에서는 독일의 이민문학에서 후자의 경우[13]에 집중하여 '망명문학'과 비교한다.

낯선 '실존환경'에서 야기되는 정체성의 분열, 낯선 '언어환경'에서 유발되는 의사소통의 단절은 피할 수 없는 한계 상황이다. 이에 과거 망명 작가들은 모국으로부터 추방되거나 도피하면서 견디기 힘든 시련을 감내해야 했으며 동시에 새로운 자극과 도전을 맞이해야 했다.[14] 그리고 이러한 시련은 현재 난민/이민 작가들이 겪는 어려움과 다르지 않으며 여전히 계속되는 문제다. 다른 차원에서 시작된 이주와 도피였지만 결국 그들 모두에게 놓인 한계 상황은 '실존'에서 출발한다고 볼 수 있기 때문이다. 따라서 낯선 환경 속의 '실존'과 모국어 상실로 인한 '소통'의 문제는 난민/이민 작가들에게도 여전히 극복해야 할 과제이자 첨예한 갈등의 문제로 다루어질 수 있다. 각기 다른 이유로 시작된 이주지만 결국 그들이 겪는 어려움은 '실존'이라는 키워드에서 논의될 수 있는 것이다.

먼저 본 연구에서 망명문학을 발터(Hans Albert Walter)(1990)의 개념에 따라 단절의 문학이 아닌 제3제국의 문화정책에 반대하는 작가들에 의해 이루어진 문학으로 정의한다. 망명문학은 망명 작가들이 처한 상황에 따라 그 내용 및 성격에 차이가 있지만 기본적으로 나치의 문화정책에 대한 저항에서 시작된 관점에서 바라보기 때문이다. 이러한 관점에서 망명문학을 크게 '내적 망명(Innere Emigration)'과 '외적 망명(Äußere Emigration)'으로 구분한다. 그러나 본 연구에서는 난민/이주로 재현된 서사를 망명문학과 비교하고자 하기에 '내적 망명'[15]이 아닌 '외적 망명'을 주 연구 대상으로 하여 주요 작가와 작품의 성격을 정의한다.

1933년을 전후하여 독일에 나치정권이 들어서자 학계, 언론계, 작가, 예술계 등에서 약 만 명 정도의 나치 정권에 저항하는 지식인들이 망명길에 올랐다. 그들은 영국, 소련, 미국, 팔레스타인, 중남미제국 등 전 세계로 흩어졌는데 그중에서도 미국으로 망명한 작가의 수가 가장 많았다.[16] 그러나 망명 초기 미국으로 건너간 망명 작가의 수는 그리 많지 않았다. 초기에는 독일 근처의 국가들에 머물렀으나 이후 유럽이 나치에 의해 점령되면서 2차, 3차 망명이 이어졌고 최종적으로 그들이 갈 수 있는 곳은 미국, 남미, 팔레스타인 정도밖에 남지 않았기 때문이다.[17] 특히 망명 작가들 중에는 독일인 외에 유대인 작가도 다수 포함되었다. 그들은 타국에서 많은 작품들을 발표하면서 나치 정권에 대항했으며 망명자들의 대변인이 되기도 하고 그들을 대표하여 내적 망명자들과 논쟁도 이어갔다.[18]

망명 작가들이 망명을 선택한 것은 자발적 선택이 아니라 생존을 위한 마지못한 선택이었다. 그들은 망명국가에서 생활할 마음의 준비가 된 것이 아니라 낯선 땅에서 낯선 문화에 갑작스럽게 부딪혀야만 했으며 언어와 문화적 충격이 그들을 위축시키는 요인이 되었기 때문이다. 특히 그들은 영어에 능통하지 않았기에 영어로 글을 쓰는 일도 쉽지 않았다. 유럽에서는 독일어를 읽을 수 있는 독자들이 적지 않았지만 미국과 같은 망명지에서는 그 수가 2백만을 넘지 않았다. 대다수가 독일에서 이주해 온 독일계 미국인이었으며 망명자들이 대다수를 차지했다는 점이 이 같은 사실을 방증한다.[19] 그들은 글로 생계를 유지하기가 어렵기에 대다수가 글쓰는 일과 무관한 일을 하였다. 그러나 그들은 생업 후에도 글을 쓰며 작가로서의 정체성을 잃지 않으려 했으며 독일 문학의 정통성을 이어가고자 했다.[20]

망명지에서 대다수의 망명 작가들은 소외된 것처럼 느꼈다. 대다수가 모국어를 사용하지 못하고 낯선 언어에 노출되어야 했으며 새로운 문화를 수용해야 했기 때문이다. 특히 유럽을 벗어나 미국, 혹은 상이한 문화권으로 망명한 작가들은 이러한 어려움이 더 컸으며 적응에 어려움이 따를 수밖에 없었다. 그리고 이러한 재정적, 언어문화적 어려움은 작품 속에서 망명지에 대한 비판으로 나타나기도 했다.[21] 그들 스스로가 다문화사회의 구성원으로 타지에 머물며 타국, 자국을 바라본 시선을 형상화하고자 했다. 그리고 그 내용은 당시 독일 사회에 대한 비판과 원망으로 표현되었고 망명지에서 그들이 겪은 어려움은 망명지에 대한 비판으로 드러나기도 했다.

독일 문학의 경우에는 내국인 작가들의 문학 속에서 난민이나 이민자가 비중 있게 다루어지거나 그들의 문제를 진지하게 고찰한 작품은 많지 않은 편이다. 실제로 독일 문학에서 이민문학의 작가는 독일 주류작가들이 아닌 이주민 당사자, 외국 출신의 작가들이 대부분이다. 독일의 주류작가들이 이 문제를 진지하게 고찰한 작품은 많지 않은데, 권터 발라프(Günter Wallraff)의 르포문학(reportage), 하인리히 뵐(Heinrich Theodor Böll)과 스텐 나돌니(Sten Nadolny)의 소설들이 이에 해당한다.

그 중 하인리히 뵐은 권터 그라스와 함께 전후 독일문학을 대표하는 작가로 당시 실의에 빠져 있던 독일 국민들에게 문학을 통해 힘과 용기를 주는 등 세계동포주의적 성향을 보여주었다. 뵐에게 국적이나 이데올로기는 의미가 없으며 오히려 독일 국적을 강조하는 것은 '인간'의 반대 개념으로 부정적인 것을 의미하였다. 그리고 '하인리히 뵐 재단(Heinrich Böll Stiftung)'은 뵐의 이러한 정신을 계승하여 세계동포 주의적 세계관을 실천하고 있다. 1985년 뵐이 죽은 후 안네마리 뵐은 '랑엔브로흐 하인리히 뵐 하우스(Heinrich Böll Haus Langenbroch)'에서 평화실현의 구호 활동을 이어간다. 다른 사람에 대한 인간적 관심과 동포애를 드러내는데 현재 이 집은 정치 탄압과 위협으로 창작 활동에 방해 받는 작가들의 피난처로 사용되고 있다. 그 기준은 '정치적 상황', '경제적 입장', '작품 수준'으로 구분된다. 그중에서도 '얼마나 창조적인 작업을 할 수 있는가'가 중요한 기준인데 무엇보다 정치 사회적인 요인으로 '창작활동'이 힘든 사람에게 기회가 제공되고 있다.[22] 현재 이곳에 기거 중인 작가로는 시리아 여성작가인 하이다르(Rahab Haidar)가 있다.

그리고 독일 펜클럽의 '망명 작가 프로그램(Das Writers-in-Exile-Programm des Deutschen PEN)'은 추방당한 작가를 위해 연방정부가 재원을 충당한다. 펜클럽 회원들은 창작활동을 통해 그들의 출신에 관계없이 연결되어 있는데 학대받고 투옥되거나 추방당한 작가들을 독일로 피신할 수 있도록 돕는다. 독일 펜클럽이 추방당한 작가들의 망명 문제에 특히 관심을 가지는 이유는 독일의 과거에서 그 이유를 찾을 수 있다. 오늘날 세계 도처에서 갈등은 증폭되고 있다. 그 갈등 속에 독재 정부들은 잘못된 시어를 썼다거나 비판적인 글을 썼다는 이유로, 또한 '참된 믿음'에 대해 절망감을 표했다는 이유로 작가들을 처벌하고 있다. 펜클럽 런던 사무소에서 반년 간 작성한 '사례집'에 의하면 수년 혹은 수십 년 동안 감옥에서 고통 받고 있는 작가와 저널리스트의 수를 확인할 수 있다. 특히 펜클럽의 '수감 작가 위원회(Die Writers-in-Prison-Komitees)'[23]는 온갖 방법을 동원해 박해받는 작가들과 그들의 가족을 도우려고 애쓰고 있다.[24]

독재 사회는 작가의 저술 활동뿐만 아니라 인터넷을 통한 블로거의 활동도 제약한다. 중국, 북한, 베트남, 터키, 이슬람 국가들에서 점점 더 많은 블로거들이 체포되는 것은 우연이 아니다. 그들은 책을 출판한 것도 아니고 신문 기사에 이름을 올린 것도 아니지만 체포되었다. 그들은 책으로 국제적으로 이름을 알린 작가들보다 오히려 그 국가들의 의미 있는 메시지를 전하는 사람들이다. 그럼에도 많은 언어로 번역된 작품을 가진 작가들이 체포되면 국제적인 이슈가 되고 여러 국가들이 인권 문제를 들어 그를 돕는데 블로거들에게는 그렇지 않다. 블로거들은 문학적인 글쓰기, 에세이, 저널 등 다양한 활동을 모국어로 하지만 세상에 그들의 이름이 잘 알려져 있지는 않기 때문이다. 그들은 비로소 체포되었을 때야 그 이름이 알려진다. 그들은 때로 방글라데시에서 일어난 일처럼 짐승처럼 사냥되기도 하고 살해당하기도 한다. 이러한 블로거들이 살생부에 이름이 올라 있다가 독일로 피신해 현재 독일 펜클럽의 지원을 받고 있다.

이렇듯 최근의 정치적 망명에서 촉발된 난민/이민문학은 과거 제국주의시대 독일의 망명문학과 큰 흐름을 같이 하고 있음을 알 수 있다. 이를 근거로 난민/망명문학과 이민문학의 흐름에서 나타난 작가와 작품의 특징을 구체적으로 정리하겠다.

## 3. 망명문학과 이민문학에 나타난 특징

독일에서의 난민/이민 문제는 1960~80년대 초에 터키인들이 손님 노동자 자격 혹은 자국의 쿠데타를 피해 독일로 이주하면서 본격화되었다. 터키계 이주민들의 경우, 전체 1,640여만 명의 이주민 중에서 295여만 명을 차지할 정도로 독일에서 가장 큰 이주민 공동체를 형성하고 있다. 그러나 이들을 중심으로 야기된 '지역 정체성'에 대한 문제는 독일의 사회문제로까지 이어지고 있다. 1990년대 초에는 사회주의가 몰락하면서 냉전 체제가 종식되었고 동유럽 주민들이 정치·경제적인 이유로 서유럽으로 이동하는 현상이 이어졌다. 그리고 최근에는 시리아 내전으로 인해 아랍계 난민들이 대거 발생하면서 독일도 '신 난민 위기'에서 예외일 수 없게 되었다.[25]

독일을 비롯하여 '신 난민 위기'에서 자유로울 수 없는 국가들은 난민/이민으로 인해 이방성의 문화들이 유입되면서 점차 단일한 민족·언어·종교 등에 기반한 문화적 동일성이 약화·와해되고 있다. 더불어 혼종성은 갈수록 강화되고 있는 실정이다. 특히 주목해야 할 것은 난민/이민자들이 이제 문화적 재현의 대상이 아니라 스스로를 재현하는 주체로 거듭나고 있다는 점이다. 그들은 이제 "지도와 관리를 받는 대상이 아니라 자기결정권을 가진 상호주체적인 존재"[26]가 되기를 주장한다. 즉 난민/이민자는 결여나 침묵의 존재가 아니라 역사나 정치에 적극적으로 개입하는 행위자로 다시 정의되는 것이다.

이제 최근 독일에서 부상하는 이민자나 이민자 2세들은 더 이상 누군가에 의해 묘사되는 대상이 아니라 스스로 표현하는 주체로 도약하고 있다. 현재 독일에서는 이주와 망명, 고향을 다루는 난민/이민문학의 출판이 폭발적으로 이루어지고 있으며 새로운 문학 정전으로까지 불리고 있다는 사실이 이 같은 분위기를 방증한다.[27] 이러한 맥락에서 독일 망명문학과 독일로 정치적 망명을 한 작가들의 이민문학을 작가와 작품, 즉 내용적 측면에서 그 특징을 비교하면 다음과 같다.

### 3.1. 작가

망명문학과 난민/이민문학에 나타난 작가들의 공통점은 정치적 상황에 의해 불가피하게 이주한 작가들이라는 점이다. 망명 작가들은 나치 정권을 피해 타국으로 이주했고 이민문학 작가들 또한 정치·경제적인 이유로 자국을 떠나 독일로의 이주가 이루어졌다. 각기 다른 상황과 목적에서 야기된 이주라 하더라도 그들은 공통적으로 이주민으로서 타국에 머물며 이주의 서사를 이어온 것이다. 다만, 그 이주를 촉발한 원인이 상이했기에 그들의 이주 서사에 나타난 내용의 방향은 출신 국가나 민족, 인종, 계급, 문화, 젠더 등에 따라 차이를 보인다.

망명 작가는 독일에서 정치적 탄압을 이유로 이주한 작가들을 칭하는데 이들은 작가로서 그들의 작품이 수단으로 사용되기를 원하지 않았다. 그리고 정치적 굴레에서 벗어나 해방되고자 했다. [그림 1]과 같이 작가들의 망명은 유럽전역으로 이어졌으며 제국주의의 확장은 그들을 2차, 3차 망명으로까지 이끌었다. 이들 대다수는 독일인이었으나 당시 독일에서 생활했던 유대인들의 수도 적지 않았다. 이에 이들을 다시 '이주자'와 '망명자(추방된 자)'로 구분하기도 한다. 그리고 망명 작가들은 망명지에 따라 크게 그 성격이 분류된다. 그중에서 미국은 독일 망명 작가들이 가장 많이 망명한 국가로 꼽힌다. 그

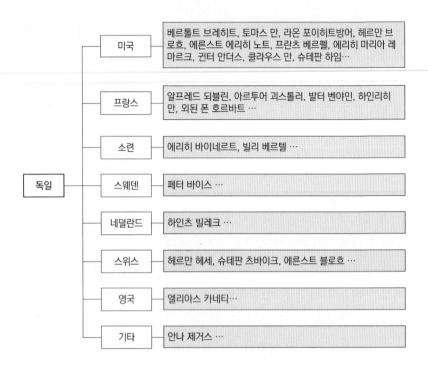

[그림1] 독일에서 타국으로 망명한 작가들

이유는 앞서 언급했듯 나치의 세력이 유럽 전역으로 확대되면서 그들이 안전하게 머무르기 위해서는 유럽을 벗어날 수밖에 없었기 때문이다. [그림1]에 제시한 바와 같이 브레히트, 만, 포이히트방어, 브로흐, 에리히 노트, 베르펠 등을 비롯한 대다수의 작가들이 최종 망명지로 미국을 택했다. 그들의 작품에는 그들이 망명지에서 겪는 어려움과 나치 정권에 대한 저항이 내용으로 다루어졌다. 그러나 망명 초기에는 독일과 인접한 프랑스로 망명한 작가들의 수도 많았다. 알프레드 되블린(Alfred Döblin), 아르투어 쾨스틀러(Arthur Koestler), 발터 벤야민(Walter Benjamin), 하인리히 만(Heinrich Mann), 외덴 폰 호르바트(Öden von Horvath) 등이 대표적이다.

그밖에 페터 바이스는 스웨덴으로, 하인츠 빌레크(Heinz Wielek) 등은 네덜란드로 망명했다. 마지막으로 정치적 이념에 따라 소련으로 망명한 작가들도 있었는데 에리히 바이네르트와 빌리 베르텔 등이 대표적이다.

독일에서 난민/이민문학 작가로 분류되는 이들은 이주, 이주민 등 이주의 서사를 작품 속에서 다양하게 다룬다. 이들 또한 그들의 국적에 따라 분류가 가능한데, 이주노동자 문학은 터키, 베트남으로 대표되며, 정치적 박해로부터 자국을 탈출한 경우는 (구)러시아연방, 중동, 아프리카, 남아메리카, 아시아 등으로 그 국적이 다양하다.

러시아 출신의 작가는 블라드미르 카미너(Wladimir Kaminer), 베트남은 부이 탄 히에우(Bùi Thanh Hiêu), 유대인으로는 바바라 호니히만(Barbara Honigmann), 막심 빌러(Maxim Biller), 시리아인은 아델 카라숄리(Adel Karasholi), 몽골인은 갈산 취낙(Galsan Tschinag), 헝가리인은 라즐로 취바(László Csiba), 한국인은 이미륵이 있다.

난민/이민 작가들을 이주의 이유에 따라 구분하여 국적별로 재분류하면 [그림2]와 같다. 본 논문에서는 망명문학과 현대의 정치적 난민/이민문학을 비교하는 것을 목적으로 하기 때문에 이주의 이유를 '정치적 망명'에 한정하여 그 특징을 살펴보겠다.

망명 작가는 정치적인 이유로 자국을 벗어난 작가들로 '독일인'이 대다수이며 유대인 등 외국인 작가들도 포함된다. 하지만 모두 독일에서도 작품 활동을 했던 작가들로 그들은 그들의 작품이 정치적 도구로 이어지기를 원하지 않았다. 그들의 망명은 1933년 베를린 '분서

[그림2] 독일로 이주한 난민/이민 작가들

'사건이 그 시작점이 되었다. 당시 유명한 석학들의 작품들도 나치 정권의 집권으로 인하여 그 작품성과 상관없이 정치에 반하고 유대인 석학들의 작품이라는 이후로 폐기 처분 되었다.

그러나 과거 망명 작가들은 전쟁이 끝난 후 그들의 대다수가 자국으로 돌아왔다. 작가들의 이념과 성향에 따라 그 선택은 동서독으로 양분되었는데 대다수는 서독행을 택했다. 베르톨트 브레히트를 비롯하여 요하네스 베허(Johannes R. Becher), 안나 제거스(Anna Seghers), 슈테판 헤름린(Stephan Hermlin), 슈테판 하임(Stefan Heym) 등이 동독으로 재이주한 작가들로 대표된다. 이들은 파시즘에 대한 저항과 동시에 냉전시대의 정치체제, 자본주의에 대한 비판 등을 내용으로 다루고 있다. 독일의 이민문학 작가들도 같은 방향에서 독일 사회에 대한 비판을 다루고 있다.

반면 난민/이민 작가들은 모두 외국인으로 구성되며 자국의 정치·경제적 어려움을 피해 독일로 이주한 사람들이다. 특히 초기 이민문학에서 가장 많은 비중을 차지하고 있는 터키인들의 경우도 손님노동자로 와서 독일에 정착한 사례다. 그러나 최근 정치적 망명을 연유로 이주한 작가들은 상황이 다르다. 신문사의 통신원, 저널리스트, 소설가, 정치적 행동가, 인권운동가 등으로 직업이 다양하며 다른 체제와 이념으로 자국에서 더 이상의 집필활동이 불가능하거나 제한을 받는 경우이다.

독일로 이주한 난민/이민 작가들 중 튀니지의 여성인권 운동가이자 시인인 아두아니(Najet Adouani)는 4년 전부터 베를린에 살고 있고 현재 글을 씀으로써 독일 문화의 일부가 되었다는 것이 기쁘다고 말한다. 그녀는 2015년에 그녀의 첫 번째 시집 『바다사막(Meerwüste)』을 독일어로 썼다. 『독일에서의 피난(Zuflucht in Deutschland)』[28]에는 많은 박해받는 작가들의 짧은 글들이 수록되어 있는데 그녀의 도피 생활은 오래전부터 시작된 것을 알 수 있다. 1983년부터 1998년까지 알제리를 거쳐 모로코로, 마지막에는 레바논으로 이어졌다. 그녀는 '글의 힘'을 믿으며 그 믿음은 날이 갈수록 커진다고 말한다.

터키의 저널리스트이며 작가인 뒨다르(Can Dündar)는 2015년 테러 단체와 연관되었다는 혐의로 감옥에 갔고 그곳에서 자전적 소설 『진실을 위한 일생(Lebenslang für die Wahrheit)』을 썼다. 고립된 상황 속에서 그는 츠바이크(Stefan Zweig)의 소설에서 많은 영향을 받았다고 말하며 츠바이크가 2차대전 당시 나치의 압박으로 브라질로 망명한 후 그곳에서 자살한 것을 예로 들었다. 그는 작품에서 "우리나라는 츠바이크를 자살로 내몬 그런 상황으로 가는 중"이라고 말했다.

쿠르바노바(Mayanat Kurbanova)는 1974년 체첸의 그로니즈에서 태어났다. 체첸 국립대학교에서 저널리즘 공부를 하고 1991년부터 다양한 러시아 매체를 위해 일을 했다. 2차 체첸 전쟁 발발 이후 그녀는 모스크바 신문의 통신원으로 일했으며 체첸의 라디오 방송국에서도 일했다. 그녀는 르포를 통해 러시아 군대의 수치스러운 행태를 폭로하고 체첸 공화국에 대한 무력 행위를 알렸다. 그녀는 「프랑크푸르트 알게마이네 차이퉁(Frankfurt Allgemeine Zeitung)」과 「쥐트도이체 차이퉁(Süddeutsche Zeitung)」에도 기고를 했다. 그러나 그의 주변인들에 대한 협박을 목격한 후 그녀는 2004년에 체첸을 떠나게 된다. 이 결정은 2006년에 체첸의 전쟁에 대해 글을 쓴 동료가 살해당함으로써 올바른 선택으로 판명되었다. 그녀는 2004년부터 2007년까지 '망명 작가 프로그램'의 지원을 받았고 이후 다름슈타트(Darmstadt)의 '엘스베트-

볼프하임(Elsbeth-Wolffheim) 재단'의 지원을 받았다. 2009년과 2011년에는 망명 작가에게 주는 상을 수상하였고 지금은 빈에서 이슬람학을 연구하고 있다.

야멘 후세인(Yamen Hussein)은 시인이며 저널리스트로 시리아의 세 번째 큰 도시인 홈즈에서 1984년에 태어났다. 22세 때 이미 저항적인 글쓰기를 시작했고 2013년에 이슬람 그룹에 대해 비판적인 글을 써서 살해 위협을 받았다. 계속적인 위협에 시달리던 그는 2014년 겨울에 뮌헨의 '망명 작가 프로그램'의 대상이 되었다. 그의 시는 프랑스어로 번역되어 출판되었고 명작선 형태로 출판되기도 했다. 현재 그는 그의 첫 번째 서정시집을 아랍어로 준비하고 있다.

에노 메이요메쎄(Enoh Meyomesse)는 1954년 중앙아프리카 카메룬에서 태어난 시인, 소설가, 드라마 작가, 정치적 행동가다. 그는 카메룬의 역사에 대한 소설을 집필했고 연작을 집필 중이다.

부이 탕 히에우(Bùi Thanh Hiêu)는 1972년 베트남 하노이에서 출생한 유명한 블로거로 2005년부터 베트남의 광범위한 사회 문제와 정치 문제에 대한 글을 썼다. 이로 인해 2009년에 체포되기도 했으나 2013년 4월 독일 바이마르에서 그를 초대하면서 베트남을 떠나게 된다. 독일 바이마르에서는 예술 장학금 프로그램을 통해 글을 쓸 수 있게 되었고 이후 베를린에서는 '망명 작가 프로그램' 대상을 수상하기도 했다. 2015년 8월에 네덜란드에서 영문으로 된 『침묵 속에서 말하기(Speaking in Silence)』를 출판하였다.

그밖에 세틴(Fethiye Çetin)은 1948년 터키에서 태어난 작가이자 인권운동가이며 아도우아니(Najet Adouani)는 1956년 튀니지 남쪽에서 출생한 시인이자 작가 저널리스트다. 구주에브(Adam Guzuev)는 1970년 체첸에서 출생한 유명한 연극인 집안 출신이다. 그는 2010년에 독일로 와서 2013년에 망명 작가 프로그램의 지원 대상이 되었다. 야즈이(Fouad Yazji)는 1959년 시리아 홈즈에서 출생했으며 데순(Liu Dejun)은 1976년 중국 허베이 출생한 유명한 인권운동가 블로거다. 그리고 바우디스타(Erik Arellana Bautista)는 1974년 콜롬비아 보고타에서 출생한 인권운동가이자 다큐멘터리 감독, 저널리스, 작가로 독일어로 글을 기고하고 있다. 시반다(Maxwell Sibanda)는 1968년 짐바브웨의 하라레에서 출생한 작가이며 쇼야에(Mansoureh Shojaee)는 1958년 이란의 테헤란에서 출생한 작가다. 또한 조로브킨(Sergej Zolovkin)은 1952년 카자흐스탄에서 출생했으며, 러시아 신문사에 근무하다가 푸틴정부에 대한 반대 기사를 써서 살해위협을 받았다. 2002년 9월 망명 작가 프로그램의 지원을 받아 독일로 왔다. 스리랑카 출신의 바라순리아(Sanath Balasooria)는 1970년에 신문 편집자로 지내다가 망명했으며 1973년에 조지아 수도 티플리스에서 출생한 작가 부르추라제(Zaza Burchuladze)는 2011년 그의 책이 여러 언어로 번역되어 출판될 정도로 성공했다. 그의 작품은 2015년에 독일어로 번역 출판되었는데 2014년 1월 이후 뷜하우스에서 1년간 지낸 후 망명 작가프로그램 지원 받았다. 마타르 Amer Matar는 1987년 동시리아 라카에서 출생했고, 2012년부터 뮌헨에서 망명프로그램 지원 받으며 창작활동을 하였다. 현재 베를린에 거주하고 있으며 『자유를 향한 힘겨운 길(Die schwierige Weg in die Freiheit)』(2012), 『낯선 고향. 망명지에서 쓴 텍스트(Fremde Heimat. Texte aus dem Exil)』(2014)와 같은 작품을 집필하였다.

## 3.2. 작품

망명 작가, 난민/이민 작가의 특성을 통해 정리했듯, 그들이 다루는 개별 작품들의 내용은 상이하게 나타날 수밖에 없다. 망명문학은 정치체제 비판이 주를 이루며 난민/이주 문학은 이민자로서의 생활 및 적응에 집중되어 있기 때문이다. 하지만 이 둘은 모두 이주의 서사로 공통점을 가지며 각각의 문학적 특이성을 보일 뿐이다. 망명문학과 난민/이민문학을 크게 작품의 '내용'적 측면에서 설명하면 다음과 같다.

### 3.2.1. 언어 상실 및 소통 부재

이들에게 나타나는 가장 주요한 특징은 언어 상실, 이중언어로 인한 실존의 문제다. 젊은 세대의 망명 작가들은 새로운 언어에 적응해 나갔지만 대다수는 그렇지 못했다. 그리고 언어의 상실, 이중 언어의 사용은 표현의 자유로움을 저해하는 한계가 되기도 했다. 즉 망명 작가들이 언어 상실, 이중언어로 한계 상황을 체험하며 망명, 이민문학 모두가 초창기에는 그들의 모국어로 쓰인 것이 맞다. 그러나 결국 대다수의 망명 작가들은 자국어로 집필을 이어갔다.[29]

브레히트는 망명지에서 쓴 시를 묶은 『스벤보르 시집(Svendborger Gedichte)』(1939)에서 시를 읽어줄 독자들이 없는 현실을 담담하게 밝히고 있다. 그는 독일에 대한 소식에 목말라하고 독일에 남아 있는 사람과 소식을 전하고 싶어 했지만 쉬운 일은 아니었다. 그로 인해 브레히트가 시를 쓰는 방법은 달라졌고 라디오 매체를 이용해 시를 낭송하였다. 나치스의 방해로 전체가 수신되지 않을 것을 염려해 일부만 읽

거나 들어도 이해할 수 있도록 짧은 텍스트의 시를 쓰는 경우가 많아 졌다.[30]

난민/이민 작가들도 여전히 언어적 한계를 경험하고 있다.[31] 워너 (Adrian Wanner)는 카미너의 독일어가 문학적이라기보다는 독일 거리 에서 들을 수 있는 관용어라고 평가했다.[32] 독일로 온 난민/이민 작가 들의 작품도 2개 국어로 구성되거나 번역출판 되고 있다. 실제로 독일 펜클럽의 '망명 작가 프로그램'에서 추방당한 작가들을 위해 행하는 활동 중의 하나도 그들의 작품을 세상에 알리는 것이다. 이에 작품을 기획, 번역, 출판할 수 있도록 출판사 및 편집자를 연결시켜 준다. 나아 가 낯선 나라에 적응할 수 있도록 독일어를 수강할 수 있도록 돕는다.

아두아니의 '시'는 훌륭하고 현대적이며 시대를 초월한다. 아 름답고 특이하며 여성적이며 매혹적이다. 그녀의 시집 『바다사막 (Meerwüste)』은 2개 국어로 되어 있는데 19편 모두 독일어와 아랍어로 제시된다. 왼쪽에서 오른쪽으로 읽는 이에게는 독일어로 번역된 작품 이 제시되며 반대의 경우 아랍어로 된 시를 먼저 확인할 수 있다.

독일에 체류한 지 오래되어 독일어로 작품 활동을 하는 이란 출신 사이드와 루마니아 출신 헤르타 뮐러는 독일어로 집필하는 이유를 독 일 독자에게 고국의 이야기를 전하기 위해서라고 했다.[33] 비록 자국어 로 글을 써서 자국의 독자들에게 현실을 알릴 수는 없지만 자신들이 현재 속하고 있는 독일에서라도 독자와 소통하고 싶었기 때문이다.

그다음으로 망명, 난민/이민문학이 다루는 주제는 공통적으로 소 외, 향수, 문화, 차별 등이다. 작가들의 망명이 정치적 박해를 피해 이 루어진 것이지만 그들도 결국 타국에서의 적응 과정에서 겪는 외로 움, 슬픔, 고통을 배제할 수 없었다. 망명으로 인해 낯선 외국에서 생활고를 견뎌야 했으며 동시에 모국어 사용이 제한될 수밖에 없었다. 따라서 이질적 문화를 체험해야만 했던 그들의 상황이 망명생활을 더욱 어렵게 만들었던 것이다. 이에 일부 망명자들 사이에서는 우울한 현실이 지속되었다. 실제로 토마스 만, 리온 포이히트방어와 같은 소수의 저명한 작가들만이 경제적 상황을 유지할 수 있었다. 즉 망명 문학은 고향으로부터 버림 받은 망명자들의 한계상황, 세계부재, 사회적인 기아에 대한 것으로 정의할 수 있다. 망명 작가들은 망명을 통해 실존, 창작의 자유를 얻었지만 여전히 망명으로 인한 실존의 문제에서 벗어날 수 없었기 때문이다. 이 과정에서 망명의 무게를 견디지 못해 자살하는 작가도 적지 않았다. 여전히 망명한 후에도 불안함 속에 놓였던 것이다. 그리고 망명에서 돌아온 작가들은 1945년 이후 독일의 상황에 실망과 환멸을 느껴 독일의 암울한 현실을 형상화하기도 했다. 구체적으로 작품을 망명 작가의 작품과 난민/이민 작가의 작품에 재현된 내용별로 구분하면 '망명지에서의 생활', '정치체제 비판', '자국에 대한 향수와 그리움'으로 정리할 수 있다.

### 3.2.2. 고향에 대한 향수와 망명지에서의 생활

브레히트는 망명시절에 그가 보고 느낀 감정들을 다양한 장르의 작품으로 재현했다. 그 중 '자연시'인 「봄(Frühling)」, 「정원의 폭파에 대해(Vom Sprengen des Gartens)」, 「자두나무(Der Pflaumenbaum)」 등을 통해서는 정치현실로부터의 도피가 아니라 여전히 유대감을 느꼈던 모습으로의 독일에 대한 향수를 표현했다.

포이히트방어는 그의 소설 『망명(Exil)』(1940)에서 대부분의 망명 작가들이 머물렀던 프랑스에서의 상황을 절실하게 묘사했다. 망명 작가들 중 일부는 독일에서의 출판물 덕분에 수입이 있었다. 망명지의 출판사나 언론을 통해 글을 발표하거나 번역, 낭독, 강연 등을 하며 수입원을 마련하였다. 이에 대부분의 활동은 불가능했으며 외부의 지원에 의존할 수밖에 없었던 상황이 묘사되어 있다.

망명 작가들을 통해 발견되는 자국에 대한 '향수, 그리움'은 난민/이민 작가들에게서도 여전히 예외가 아니다. 쿠르드족 작가인 에킨시(Yavuz Ekinci)는 이스탄불에 살았지만 분쟁 중인 쿠르드 지역의 작은 마을 출신이다. 그의 가족은 아직 고향에 살고 있다. 그는 아름다운 소설 『한 남자가 아마르 산에서 왔던 날(Der Tag, an dem ein Mann vom Berg Amar kam)』에서 파괴되기 전의 쿠르드족 마을을 묘사하고 있다. 이 소설은 그들의 삶을 잃어버리고 모두가 도주해야만 했던 시기 이전의 마을 사람들의 행동, 불안에 대한 기록이다. 인터뷰에서 그는 모든 쿠르드인은 정치적이며 살아남은 자의 부끄러움을 가지고 있다고 하였다. 또한 그는 쿠르드인은 세계 곳곳에 퍼져 있고, 그곳에서 전 세계의 언어로 글쓰기를 하고 있다고 말했다.

망명 난민/이민 작가들 모두 자신의 고향을 떠나 낯선 문화 속에서 살아가며 친숙한 언어와 낯선 언어 사이에서 문화의 경계, 혼합, 정체성의 문제를 다양하게 작품에 다루고 있다. 특히 최근 독일에서는 난민 혹은 이민자 작가들을 중심으로 그들의 문제를 다룬 작품들이 다양하게 시도되고 있는 경향이다.

그리고 조지아 출신의 작가 부르추라제는 2014년부터 베를린에서 살고 있다. 2012년 어느 여름날 그는 조지아의 수도 길거리에서 폭행을 당했고 가족과 함께 고향을 떠나왔다. 그는 『여행자의 아침식사(Touristenfrühstück)』에서 베를린에서의 이민자의 삶을 비극적이지만 유쾌하고도 아름답게 묘사하고 있다. 그는 베를린에서 완전한 자유의 삶을 누리고 있지만 다른 한편으로는 고향 트빌리시에 대한 그리움을 담고 있다.

### 3.2.3. 정치체제 비판

프랑스, 체코 등을 거쳐 미국으로 망명했던 브레히트는 『카라 부인의 총(Die Gewehre der Frau Carrar)』(1937)이라는 단막극을 통해 스페인 내란을 다룬다. 작품에서 스페인 어부의 아내인 카라는 자기 아들을 파시스트들에 맞선 싸움에 가담시키지 않기 위해 아들을 고기잡이로 보낸다. 그러나 아무런 무기도 가지지 않았던 아들이 파시스트들에게 총살되는 상황이 벌어지고 부인 자신도 파시스트에 저항하는 투쟁에 가담하게 된다. 그는 이 작품에서 파시즘에 맞선 투쟁이 불가피하며 단결하여 투쟁을 수행해야 한다는 것을 보여준다. 그리고 「서정시를 쓰기 힘든 시대(Schlechte Zeiten für Lyrik)」(1938)에서 그 시대의 정치적 상황에 직면한 서정시인의 딜레마를 '시'로 표현했다. 그는 파시즘에 대한 '경악'과 그 경악을 '시'로 표현하여 전달함으로써 독자들을 계몽시킬 수 있다고 믿었다. 또한 목격자들의 보고와 신문의 논평들을 근거로 파쇼적인 일상에서 이루어지는 24개의 장면들을 묶은 『제3제국의 공포와 참상(Furcht und Elend des Dritten Reiches)』(1935~38)에서는 「백묵 십자가(Das Kreidekreuz)」, 「적법성 규명(Rechtsfindung)」, 「유태 여인(Die judische Frau)」, 「밀정(Der Spitzel)」 등의 장면을 통해 파시즘에 직면한 부르주아 지식인들의 좌절과 소시민 및 노동자들의 나약함을 폭로한다.[34]

유대인으로 망명생활을 이어갔던 안나 제거스는 그녀의 소설 『제

7의 십자가(Das siebte Kreuz)』(1942/47)에서 제3제국 시대 독일 현실을 매우 세분화하고 인상적인 모습으로 그리며 반파쇼저항투쟁을 전한다. 그녀는 1933년부터 망명생활을 했기에 파쇼석인 일상생활을 직접 체험하지는 못했다. 이에 작품은 신문, 기록문, 문헌자료, 독일 강제수용소에서 탈출한 포로들과의 인터뷰와 대화를 통해 수집된 자료들을 통해 쓰여졌다. 그럼에도 이 작품은 전체주의 국가에서 일상을 살아가고 있는 사람들의 온갖 복잡 미묘한 면모들을 담담하고 흥미 진지하게 묘사했다.

미국으로 일찍이 망명길에 올랐던 토마스 만은 1937년 5월 스위스에서 〈절도와 가치(Maß und Wert)〉라는 잡지의 창간호에서 『바이마르에서의 로테(Lotte in Weimar)』(1939)의 일부를 게재한다. 작중 인물 괴테의 말을 인용하여 국수주의적 나치당과 독일인들의 근거 없는 인종주의적 오만과 위험한 정치적 망상을 비판하였다. 동시에 자신을 포함한 많은 독일 작가들이 망명으로 조국 독일의 정치적, 문화적 현실 상황에 대해 경종을 울리고 있음을 나타냈다.[35]

한편, 이민 작가로 2009년 노벨문학상 수상자인 루마니아 출신의 작가 뮐러(Herta Müller)는 유년 시절 시골의 보수적인 소수민 집단에서 겪은 억압적 체험들, 대학생 시절 도시로 이주하면서 겪은 사회주의 정치의 반대파에 대한 탄압, 이에 대한 반항, 비판 등을 작품의 주제로 다루고 있다. 루마니아의 독일인 소수집단인 버나트족 출신인 그녀는 루마니아어와 독일어를 사용하는데 문학작품은 독일어로 쓰고 있다.

시리아 출신 샤미는 그의 많은 작품에서 시리아의 1960년대 군부독재와 민주인사 압박과 고문에 대해 다루고 있다. 그의 최근에 나온 장편소설 『사랑의 어두운 면(Die dunkle Seite der Liebe)』은 시리아의 정치적 어두운 면을 폭로하고 있는 작품이다.

터키에서 68운동의 배경 하에 브레히트의 희곡을 공연하고 노동자들의 비참한 삶을 보도하다가 체포되기도 했던 외즈다마는 독일에 올 수밖에 없었던 자전적 상황을 『골든 혼의 다리(Die Brücke vom Goldenen Horn)』에서 잘 나타내고 있다. 같은 터키 출신이자 저널리스트이며 작가인 된다르 역시 2015년 11월에 체포되어 구속되었다. 그는 감옥에서 그의 체포와 일상생활로 이어지는 사건을 설명했다. 그는 고립과 외로움뿐만 아니라 그가 경험한 연대에 대해서도 서술했으며 그의 자전적 소설 『진실을 위한 일생』은 2016년에 독일어로 번역되었다.

## 4. 독일 난민/이민문학의 정체성

본 연구는 최근 독일의 난민/이민문학에 나타난 특징을 망명문학과 비교하여 작가와 작품으로 정리하였다. 나치 치하에서 여러 가지 이유로 독일을 떠나야 했던 망명 작가들과 어려운 정치 상항 하에서 독일로 와야 했던 정치적 이민 작가들 사이에는 분명한 공통점이 있었다.

독일 망명 작가들은 나치당이 정권을 잡고 제2차 세계대전이 끝날 때까지 주로 해외에 머무르면서 작품 활동을 했던 작가들이다. 망명 초기에는 독일 인근 국가에 머무르면서 다시 귀국하기를 희망하는 작가들이 많았으나 전쟁이 발발한 이후 미국, 러시아, 중남미 등 각국으로 흩어지게 되었다. 그들은 망명지에서 잘 적응하며 지내기도 했지만 이문화와의 충돌로 인한 정체성 혼란, 언어의 상이함에서 오는 소통 부재 등 여러 가지 문제점을 지니고 있었다.

이러한 현상은 망명 작가들에게만 해당되는 문제가 아니라 최근 독일에서 이슈가 되고 있는 정치적 난민/이민 작가들에게서도 발견되는 문제이다. 따라서 이를 바탕으로 본 논문에서는 스펙트럼이 넓은 이민문학 중에서 정치적 이민에 초점을 맞추어 과거 독일의 망명문학과 비교하였다.

자국의 정치적 압박과 폭정에 의해 독일로 온 작가들은 독일과 가까운 터키, 구 러시아 연방의 국가들, 동유럽, 아시아 등 다양한 국적을 지니고 있다. 이들은 자의에 의해서 독일을 찾아오기도 하고 독일 펜클럽의 도움을 받아 독일에 머물기도 한다. 독일은 80년 전에 정치적 탄압에 못 이겨 망명을 경험한 국가로서 당시 도움을 받았던 것을 보답하기 위해 독일 펜클럽에서 망명 작가를 위한 프로그램을 운영 중이다.

독일로 온 난민/이민 작가들은 독일에서 망명을 떠났던 작가들처럼 언어 상실과 소통 부재의 문제, 고국에 대한 그리움과 현지 생활에서의 어려움, 고국의 정치체제에 대한 비판 등을 주제로 활발한 작품 활동을 하고 있다. 터키계의 작가로는 외즈다마와 된다르, 시라아계의 작가로는 이미 독일에서 많이 알려져 있는 샤미와 신생 작가 하이다르 등이 있었다. 이 외에도 중국이나 베트남 등 아시아 국가들과 정치적으로 혼란스러운 아프리카의 여러 나라에서도 많은 작가들이 테러와 위협에 의해 고국을 떠나 독일로 망명을 해 왔다.

이제 독일의 이민문학에는 초기의 이주노동자 문학과 독일어로 작품 활동을 하고 있는 2·3세대의 작가 이외에도 최근 이슈가 되고 있는 난민 작가 혹은 망명 작가의 작품도 추가되어야 한다. 망명문학과 난민/이민문학은 그 태생에서는 차이가 있지만 결국 낯선 환경에서의 '실존'이라는 문제를 다양한 측면에서 다룬다는 점에서는 공통점이 있었다. 다만, 그들이 다루는 실존 상황이 상이한 관점을 견지하는 것은 정치, 사회, 경제적인 상황의 변화에 따른 요인으로 분석된다. 그럼에도 앞서 언급했듯, 현재 부상하고 있는 난민/이민문학의 정체성을 재고하기 위해서는 다른 문학 장르와의 비교가 필요했으며 그 대상은 망명문학이 가장 적절했다. 이에 본 논문은 이민문학의 흐름을 정리하는 데 있어서 그 정체성을 공고히 하고 새로이 연구의 방향을 모색한다는 점에서 의의가 있다고 할 것이다. 아울러 이와 같은 특이성이 세계문학적 보편성을 성찰하는 계기를 마련해 줄 것이라 기대한다.

나아가 난민/이민문학 자체의 시학에 집중하는 연구가 더 확충되고 심화될 필요가 있다. 이는 개별 작가론과 개별 작품론의 논의를 통해 가능하며 이러한 시도는 분명 독일문학계에 새로운 활력이 될 것이다. 그리고 그 방향은 이제 난민/이민문학을 단순히 외국적, 이국적 문화를 가져오는 수준에서 바라볼 것이 아니라 새로운 형식과 언어를 시도하는 문학 아방가르드로서 불확정성, 불고정성을 대표하는 현대성의 대표자로 그 가치를 평가해야 할 것이다.

1    Heinrich-Böll-Stiftung, Dossier: Migrationsliteratur-Eine neue deutsche Literatur?. Berlin, 2008, pp.4-5.

2    본 논문에서 사용하는 '난민/이민문학'이라는 용어는 과거 망명문학의 연장선에서 이해된다. 최근 정치·사회적 문제로 야기된 난민의 행렬이 과거 망명 작가들이 처한 상황과 다르지 않기 때문이다. 그러나 현재 '이민문학'이라는 용어는 '노동자 문학'과 혼재되어 사용되고 있으며, '난민문학'은 아직 국내외 연구자들을 통해 정확히 그 의미가 규정되지 않았다. 최근 독일의 연구에서도 사회, 정치, 종교, 경제적 혹은 개인적인 이유로 이주하는 것을 넓은 의미의 '이주(Migration)'로 보고 있지만, 난민, 추방 등으로부터 야기된 '강제이주(Gewaltmigration)'와는 그 의미를 구분하기 때문이다. 이에 여전히 혼재된 개념이기는 하나 '난민/이민문학'이라는 용어를 통해 '이민문학'과 그 의미를 차별화하고자 한다(Bremerich, Stephanie et al.(Hg.), Flucht, Exil und Migration in der Literatur-syrische und deutsche Perspektiven, Berlin, 2018, p.9.)

3    Koutková, Lucie, "Auf den Zeigern der Uhr gehen": zur Sprache und Topik in der Migrationsliteratur am Beispiel von Libuse Monikova, Herta Müller, Emine Sevgi Özdamar und Feridun Zaimoglu. Grin. München, 2007, p.3.

4    Rösch, Heidi, Migrationsliteratur im interkulturellen Kontext. Eine didaktische Studie zur Literatur von Aras ären, Ayseläzakin, Franeo Biondi und Rafik Schami. Frankfurt am Main, 1992, p.8.

5    Kliens, Alfrun, Migrantion-Exil-Postkolonialismus? In: Klaus Schenk, Almut Todorow, 2004, Milan Tvrdik, Migrationsliteratur, Francke Verlag, 2004, p.288.

6    '모니코바'는 체코 출신의 독일 작가로 체코어, 독일어로 작품을 쓴다. 그녀의 작품들은 1987년 알프레드 되블린 상 Alfred Döblin Prize, 1989년 프란츠 카프카 상 Franz Kafka Award 등과 같이 많은 문학 상을 수상하기도 하였다. 그리고 그녀는 1991년부터 1996년까지는 독일 펜클럽(Das deutsche PEN-Zentrum)의 회원이기도 했으며, 대표적인 작품으로는 『손상 Eine Schädigung』

(1981), 『외관 Die Fassade』(1987) 등이 있다.

7   Cramer, Sibylle, Lobrede auf Libuse Monikova. In: Michael Krüger (Hg.): Akzente. Zeitschrift für Literatur. München, 1991, p.206.

8   최윤영, 『민족의 통일과 다문화사회의 갈등; 독일 문학의 예를 중심으로』, 서울대학교 출판문화원, 2016, 47-48쪽.

9   Rösch, Heidi, Migrationsliteratur im interkulturellen Kontext. Eine didaktische Studie zur Literatur von Aras ären, Ayseläzakin, Franeo Biondi und Rafik Schami. Frankfurt am Main, 1992, p.33.

10  '손님노동자 문학', '초청노동자 문학' 등의 다양한 용어로 사용되고 있으나 본 논문에서는 '이주노동자 문학'으로 사용한다.

11  최윤영(2006)의 논문에 이민 1세대와 2세대의 독일 이민문학의 흐름이 잘 논의되어 있다. 대표적인 작가로는 라픽 샤미 Rafik Schami, 헤르타 뮐러 Herta Müller, 오타 필립 Ota Filip, 프랑코 비온디 Franco Biondi, 아라스 외렌 Aras Ören, 에미네 외즈다마 Emine Sevgi Özdamar, 요코 타와다 Yoko Tawada, 페리두안 차이모글루 Feridun Zaimoglu 등이 있다. 특히 샤미, 필립, 차이모글루, 외즈다마, 타와다 같은 작가들은 문학적으로 긍정적인 평가를 받는 동시에 대중적 인기까지 누리고 있다. 샤미와 외즈다마의 경우에는 그들의 작품이 20개국 이상에서 번역·출판되었다(최윤영, 「독일 이민문학의 현주소」, 『독어교육』 35, 2006, pp.425-426, p.430).

12  '사이드'라는 가명을 쓴 것은 이란 정보기관의 암살 리스트에 자신의 이름이 포함되었으리라고 여겼기 때문이다(서정일, 「독일 "외국인문학"의 발전 과정과 담론 분석」, 『독어교육』 50, 2011, p.214).

13  이후 이 관점을 '난민/이민문학'으로 정의한다.

14  김이섭, 「독일의 망명문학에서 보여지는 정체성과 언어의 위기」, 『독일어문학』 1, 1999, 223쪽.

15  내적 망명자들은 자의로 독일을 떠나지 않았거나 경제적 사정으로 인해 독일을 떠나지 못하고 독일에 체류하게 된 경우로 구분할 수 있다. 이들은 독일 내에서 집필을 이어갔지만, 나치 정권에 체포, 구금, 강제수용, 죽음 등의 박해를 받았다. 그들은 독일에 머물며 독일의 비극을 몸소 체험하고 투쟁하며 작품을 썼지만 이주로 인해 재현된 서사는 아니다. 그래서 현재 난민/이민 서사와는 다른 차원에서 논의되어야 한다.

16  미국으로 망명한 작가는 베르톨트 브레히트 Bertolt Brecht, 토마스 만 Thomas Mann, 리온 포이히트방어 Lion Feuchtwanger, 헤르만 브로흐 Hermann Broch, 에른스트 에리히 노트 Ernst Erich Noth, 프란츠 베르펠 Franz Werfel, 에리히 미리아 레마르크 Erich Maria Remarque, 귄터 안더스 Günter Anders, 클라우스 만 Klaus Mann 등이 있으며, 프랑스로는 알프레드 되블린 Alfred Döblin, 아르투어 쾨스틀러 Arthur Koestler, 발터 벤야민 Walter Benjamin, 하인리히 만 Heinrich Mann, 외된 폰 호르바트, Öden von Horvath 등을 꼽을 수 있다. 소련으로는 에리히 바이네르트 Erich Weinert, 빌리 베르델 Willi Berdel, 스웨덴으로는 페터 바이스 Peter Ulrich Weiss, 네덜란드로는 하인츠 빌레크Heinz Wielek 등이 망명하였다.

17  신종락, 「미국으로 망명한 독일작가들의 망명 문화 공동체」, 『독어교육』 61, 2014, 203-204쪽.

18  엘리아스 카네티 Elias Canetti의 경우, 에스파냐계 유대인으로 오스트리아에 살면서 빈대학교를 졸업한 후1938년 나치스의 박해를 피해 런던에 정착, 독일어로 작품을 썼다. 제2차세계대전 후부터 높이 재평가되어 흔히 F.카프카나 J.조이스와 비견된다. 그리고 안나 제거스 Anna Seghers는 1933년 게슈타포에 체포되었다가 풀려난 뒤 프랑스로 망명하였으며, 이후 벨기에, 스위스, 미국, 멕시코 등지를 떠돌며 14년간의 망명생활이 시작된다. 망명 중 남편이 수용소에 갇히고 어머니가 아우슈비츠에서 목숨을 잃는 등 개인 곡절이 있었음에도 반파시스트 작가로서 황성하게 활동한다. 그의 작품 중 『제7의 십자가』, 『통과비자』, 『젊은 자는 영원히 젊다』 등은 역사적 위기를 생생하게 형상화 한 작품으로 그녀에게 세계적 명성까지 안겼다. 그녀는 동독 최고의 작가이자 2차대전 시기 반파시즘 망명문학을 대표하는 작가다. 유대인 가정의 외동딸로 태어나 정통 유대교 분위기 속에서 성장했으며, 유대인 지식인이자 공산당원, 반전주의자, 작가로 활발하게 활동했으며, 반파시스트 작가로서 왕성하게 활동했다. 슈테판 하임 Stefan Heym도 프라하로 망명 후, 미국으로 이주한 유대인 작가다. 그는 동독의 1세대 반나치즘 작가였으며 동독 사회 전반부에 관심을 가졌다. 그는 창작활동 외에 동독 뿐 아니라 서독이나 미국의 〈뉴욕타임스:New York Times〉와 같은 언론에 인터뷰를 하며 동독 사회가 가지고 있는 문제들을 드러내는 데 힘썼다. 그는 독일인들에게 내면화 되어있는 파시즘, 과거 독일의 나치즘 청산 문제, 자본주의 비판, 반핵 평화운동 등 정치, 사회를 비롯한 여러 분야들의 주제들을 망라하였다.

19  Rippley, La Vern J., The German-Americans. Boston, 1976, p.198.

20  알프레드 되블린이 헤르만 케스텐 Hermann Kesten에게 보낸 다음과 같은

편지에서 망명 작가로서 그가 느끼는 어려움을 짐작할 수 있다.

케스텐 씨 당신은 당신에게 잘 맞고 또 하고 싶은 일을 하고 계십니까? 나는 사무실에 앉아서 머리님이 선민을 느낄 정도로 내 머리를 쥐어짜면서 이야기를 구상해야 한다는 생각을 합니다. [⋯] 나는 '프랑스의 로빈손'을 썼는데 그 원고는 아직도 출간되지 않은 채 베르만에게 있어요. 누가 내 원고를 출간해 줄 것인지 궁금합니다. - 비록 그것이 개인적인 책이라고 할지라도.
Lieber Kesten, arbeiten Sie denn nun wenigstens was Richtiges und zwar nach Ihrem Geschmack? Ich denke da an mich: ich habe hier in dem office zu sitzen und muss Raubbau an meinem Gehirn üben und Storys 'erfinden', daß sich Gott erbarm. [⋯] Ich hatte ja einen 'Robinson in Frankreich' geschrieben, er liegt wohl noch bei Bermann, aber wer soll heute das drucken, - obwohl es nur ein persönliches Buch geworden ist. (Kesten 1973, p.149).

21　브레히트는 그의 작품 『헐리우드 Hollywood』에서 망명인의 관점에서 미국 문화의 상업성에 대해서 비판했다. 미국인들은 스스로에 대한 성찰과 반성이 부족하고 오직 발전하는 것에만 관심이 있기 때문에 그들의 문화가 성숙되어 있지도 않고 체계도 갖추지 못했다고 평가했다(Koepke 1976, p.90). 그리고 종전 후에 독일에 남지 않고 미국으로 돌아갔던 프리랜서 작가 슈테판 하임은 미국의 자본주의 체제 속 모순들을 비판했다.

22　Kühn, Dieter, Auf dem Weg zu Annemarie Böll. Heinrich Böll-Stiftung e.V., Berlin, 2000, p.194.

23　작가들이 그들의 추적자로부터 피신하면, 독일 펜클럽의 '망명 작가 위원회' 가 다음과 같이 일을 시작한다. 첫째, 도주해온 작가들은 독일의 중소도시에서 1년에서 3년까지 살 수 있으며, 매달 일정한 지원금을 받고 의료보험도 받는다. 둘째, 그들이 고향에서 겪었던 고통스러운 일에서 어느 정도 회복이 되고 나면 저술 활동을 할 수 있도록 용기를 주고 격려한다. 작가는 글을 서랍 속에 넣어두기 위해 쓰는 것이 아니기에, 독일 펜클럽의 '망명 작가 위원회' 는 그들이 쓴 글이 세상에 빛을 볼 수 있도록 '낭독회 Lesung'를 기획하고, 작품을 번역하고 출판할 수 있도록 출판사와 편집자를 연결해 준다. 셋째, 망명 작가들을 독일 작가들과 만나게 하고 문학축제에 초대해서 그들의 작품을 독일어로 낭독하게 한다. 그런데 그들은 출신지에 따라서 영어나 프랑스어로 말할 수 있는 작가도 있고 전혀 그렇지 않은 작가들도 있다. 따라서 마지막으로 독일 펜클럽의 회원들은 망명 작가들이 괴테 인스티투트에서 독일어 코스를 수강할 수 있도록 지원한다. 낯선 나라에서 어느 정도 적응할 수 있도록

하기 위함이다. 지금껏 세계의 어느 지역 펜클럽도 이런 범위로 일을 수행한 곳은 없었다. 그러나 그들은 다음과 같이 그들의 활동에 대한 입장을 밝히고 있다. "우리는 지금 8명의 작가를 돌보고 있다. 이것은 도움이 절실히 필요한 작가들에 대한 작은 표현에 지나지 않는다. 또한 80년 진 우리의 망명 작가들을 도와주었던 국가에 대한 일종의 감사의 표현이기도 하다."(Haslinger, Josef & Sperr, Franziska(Hg.), Zuflucht in Deutschland, Fischer Taschenbuch, 2017, pp.9-10).

24　Haslinger, Josef & Sperr, Franziska(Hg.), Zuflucht in Deutschland, Fischer Taschenbuch, 2017, pp.9-10.

25　Münz, Reiner, 'Phasen und Formen der europaischen Migration'. in: Steffen Ange- nendt, ed., Migration und Flucht. München: Verlag R. Oldenbourg, Bundes- zentrale für politische Bildung, Schriftenreihe Band 342, 1997, pp.42-43.

26　정영혜, 『다미가요 제창(후지이 다케시 옮김)』, 삼인, 2011.

27　Weidermann, Volker, Ein Haus in deiner Brust, 2017. Im aktuellen Heft - DER SPIEGEL 22/2017 vom 20.05.2017: Mit Senkblei und Simsalabim und 2 weitere Artikel im Heft 21/2017, p.126.

28　이후 언급되는 독일로 망명한 작가들에 대한 설명을 주로 이 책에서 참고하였다.

29　그러나 '노동자문학'에서는 대다수가 경제적인 이유를 목적으로 노동자 신분으로 독일로 이주한 경우이며, 전문적인 작가가 아니었다. 이에 독일어에 유창할 수 없었고, 자국의 언어로 작품을 표현했다. 사용된 언어가 외국어인 경우가 많고 자기표현이나 자기주장으로서 의미만 깊을 뿐 문학적 성과가 낮아 초창기에는 독일 문학계에서 큰 주목을 받지 못했다. 이후 점차 연륜이 쌓이고 글쓰기가 깊어지면서 문학의 집단성, 정치성, 사회성보다는 문학성을 더 우위에 두게 되고 본격적으로 전업 작가로 나서게 된 것이다. 이후 이들은 체류의 장기화로 이민자 집단의 규모가 커지면서, 이민자로서 자신들의 사회, 정치적 문제를 자각하게 되면서 노동자 문학 운동을 일으키게 되었다. 이 작가들은 대부분 고국에서 고등교육이나 문학 교육을 받지 않은 노동자 층이었다. 타국에서 글쓰기를 시작한 경우도 많으며, 고국의 주류문학계와 주류문학과의 흐름과는 단절된 것이었다. 필립, 타와다는 예외적인 경우이며, 그들은 모국어로도 글을 쓰고 독일어로도 작품을 썼다.

30　이승진, 「망명상황에 대한 브레히트의 미학적 대응-시 「왜 내 이름이 불리어

야 한단 말인가」」, 『외국문학연구』 44, 2011, 178쪽.

31 러시아 출신 카미너는 『러시안 디스코 Russendisco』에서 언어로 인한 에피소드를 소개하고 있다. 그는 한 신문사로부터 '청소년 문화 Jugend Kultur'를 조사해달라는 요정을 받고 하루종일 소사를 했나. 그딘네 일고 보니 지신이 의뢰받은 것은 '유대인 문화 Juden Kultur'였던 것이다. 이것은 단순한 실수일 수도 있으나 신문사와 작가가 서로 생각하는 것이 달랐다는 점에서 소통의 정확성 부재를 보여주는 예이다.

32 Wanner, Adrian, Russian Hybrids; Indentity in the Translingual Writings of Anrei Makine, Wladimir Kaminter and Gary Shteynagrt. American Association for the Advancement of Slavic 67(3), 2008, p.670.

33 Müller, Herta, 「Es möge deine letzte Trauer sein」. In: Die Zeit. 11.08.1995.

34 Beutin, Wolfgang(Hg.), Deutsche Literaturgeschicht: von den Anfängen bis zur Gegenwart, Stuttgart: Weimar: Metzler, 2001, p.474.

35 안삼환, 『(한국 교양인을 위한) 새 독일문학사』, 세창출판사, 2016, 552-553쪽.

# 하인리히 뵐의 '타자'에 대한 이해[*]

### -『여인과 군상』을 중심으로 -

-

정인모

## 1. '나'와 '타자'

이민 혹은 이주는 익숙한 세계에서 낯선 곳으로의 이동이다. 하지만 오늘날 글로벌화[1] 국면에서 보자면 이민/이주는 보편화되어 종전의 민족, 또는 국가 중심주의가 희석된 면이 있다. 그리고 사회학자 뒤르켕(Durkheim)의 말처럼 "서로 바로 연결된 사람들이 멀리 떨어져 있는 경우도 가끔 있지만, 또 어떤 경우는 관계가 간접적이고 소원하면서도 이웃이 되기도 한다."[2] 이처럼 오늘날 서로 간 이동이 용이해지고 통신 수단 등이 발달하면서 전통적인 영토, 국가 중심에서 다민족이 혼합된 국가로 바뀌고 있으며, 따라서 이주/이민에 대한 인식도 자연스런 것으로 바뀌고 있다.

---

[*] 이 글은 『독어교육』 77집(2020)에 실린 논문을 수정 보완한 것입니다.

'나' 아닌 타자에 대한 본격적 연구는 계몽주의 이후 오리엔탈리즘의 개념이 생겨나면서이다. 오리엔탈리즘이란 동양과 서양 사이에서 만들어진 존재론적, 인식론적 구별에 근거한 하나의 사고방식이다.

사이드(E. W. Said)는 오리엔탈리즘의 출발을, 동양을 다룸에 있어 서양의 지배, 재구성, 억압이 내재된, 서양의 방식으로 이해하며[3], 유럽인의 관점에서 조작된 것[4]으로 본다. 사이드가 이렇게 보는 근거는, 동서양의 장소 및 지리적 구분도 인위적이며, 따라서 동서양의 우월 혹은 열등 상황은 힘의 관계 속에서 형성되었고, 다양한 권력과 불균형적 교환 과정 속에서 생산되고 또 그 과정 속에서 존재해 왔다는 데 있다.

동양에 대한 이러한 표상은 점차 변하기는 하는데, 이것도 여전히 유럽의 관점에서 바라본 것이고, 인종차별[5]에 있어 유럽이 강자의 위치에 있었음을 부인하지 못한다. 엠마누엘 레비나스(Emmanuel Levinas)도 서양의 자아 중심 철학은 '다른 이', 즉 '타자'를 나(자아)로 환원하거나 동화하려고 시도했으며, 이것이 결국 나의 개념적 인식이나 실천적 행동을 통해 '다른 이'와 '다른 것'을 지배하는 전쟁의 철학, 전체주의 철학을 낳게 했다고 한다.

독일에서는 특히 메테르니히의 반동적 정책으로 인해 뷔히너, 하이네 등 '최초의 근대 망명 물결'[6]이 생겨난다. 그 후 제 3제국 시기에는 많은 지식인들과 작가들이 나치의 폭압을 피해 대대적인 망명이 일어나며, 이로 인해 망명문학이 생겨난다. 러시아, 이탈리아, 스페인 등에서도 망명문학이 있었지만, 이 망명문학은 독일문학이 대표하는 것으로 간주될 정도로 영향이 컸다.

제3제국 시기가 독일에서 타국으로의 망명이었다면, 전후에는 몇 번에 걸쳐 인민/난민의 독일로의 유입이 주를 이룬다. 특히 소위 라인 강의 기적을 일으켜 경제 발전을 이루자 터키 등 외국 노동자들이 독일로 들어오게 된다. 이들은 독일이라는 나라로 이주해 들어왔지만 정체성 혼란을 겪게 되며 정치 사회적 통합의 과제를 남겨 놓는다. 전후 외국인 노동자들의 독일 유입, 90년 동구권 와해와 더불어 발생한 구 유고연방 해체 갈등에 따른 정치 난민(Asylanten)이 생겨났고, 오늘날 또 정치 난민을 비롯한 많은 이민/난민의 독일 이주가 여전히 문제되고 있다. 망명은 이주의 '특별한 형태'이고 오늘날 이주의 이유는 자연재해, 취업, 학업, 정치적 생존 등 다양하다.

이런 이민/이주에서 가장 문제되는 것은 타자(이방인)에 대한 이해이다. 이주민 같은 이방인들에게 한 집단의 경계의 벽을 넘어서기가 힘들다. 왜냐하면 집단 내 진입과정은 끊임없는 타자화 과정을 거쳐야 하는데, 이는 이방인에 대해 기존 집단은 지속적인 '구별 짓기'를 생산해 내기 때문이다. 이러한 '구별 짓기'는 또한 차별화와 배제, 불평등 강요 등을 수반하게 된다. 그래서 이주문학에서는 정체성의 문제가 중요하며, 이주문학의 정체성을 다룬다는 것은 '타자'의 바로메타라 볼 수 있다.

독일 전후 작가 중 이러한 난민/이민 문제에 대해 선구적 시각으로 '타자'에 대한 이해의 폭을 넓힌 작가로 하인리히 뵐(Heinrich Böll)을 들 수 있다. 이런 의미에서 뵐은 소위 '당사자 문학(Literatur der Betroffenheit)'의 선구자라 볼 수 있는데, 당사자 문학이란 이주민들이 사회적 소수집단으로서의 자의식을 가지고 주류 사회에 대항해 자신들의 언어로 자신들의 문제를 주체적 시각에서 발언한다는 의미에서 사용했던 용어이다.[7] 즉 다수 집단이 관심 갖지 않더라도 소수 집단 본인들에게는 자신의 절박한 입장에서 발언하는 자주적, 자기표현의 문학을 말한다. 물론 하인리히 뵐 본인은 본격적인 이주 경험을 갖고 있지는 않지만 이주민들의 절박함과 입장을 대변한다는 측면에서 '당사자 문학'의 넓은 범주에 넣을 수 있을 것이다.

뵐은 쾰른에서 나고 죽을 때까지 거기서 크게 벗어나 살지는 않았지만, 2차 대전 참전, 아일랜드 7년 거주[8], 또한 작가로서 잦은 여행 경험[9]은 갖고 있다. 그럼에도 그가 보여주는 이민/난민에 대한 작가적 사유방식과 행동은 놀라울 정도로 심오하다. 그 이유는 그의 작품이 다름 아닌 인간에 대한 그의 이해와 관심, 기독교적 세계관과 더불어 휴머니즘이라는 바탕 위에 서 있기 때문일 것이다.

여기서는 60년대의 독일(서독) 현실 상황을 우선 알아보고, 뵐의 보다 적극적인 현실 참여 이유를 밝히면서, 이 중 외국인 타자에 대한 사유 방향이 어떠한지를 살펴본다. 초기 작품에서도 이러한 것이 나타나기는 하지만, 그의 대표작 『여인과 군상(Gruppenbild mit Dame)』 (1971)을 중심으로 외국인 '타자'[10]에 대한 인식이 어떠한지, 이러한 사유 방식이 그의 휴머니즘을 어떻게 뒷받침 하는지를 알아본다. 『여인과 군상』은 주인공 레니(Leni)를 중심으로 20세기 전반적인 역사를 그려내고 있으며, 그의 작품을 총결산하는 작품의 성격을 띠는데, 여기에는 많은 외국인 및 외국 노동자들을 등장시켜 이들에게 차별 없는 인간적 권한을 부여하고 있기 때문이다.


## 2. 시대 및 '타자'에 대한 뵐의 인식

하인리히 뵐 작품의 이해뿐 아니라 그의 '타자'에 대한 인식을 알기 위해서는 시대적 배경에 대한 파악은 필수적이다. 이런 면에서 뵐의 작품은 '독일 역사의 증언'[11]인 셈이다. 이러한 사유는 60년대 문학의 정치화, 특히 68 학생운동 때 사회의 주류에서 밀려난 자들에 대한 관심과 관계있다. 뵐의『여인과 군상』도 이러한 상황 속에서 생성되었다.

주지하다시피 독일의 60년대는 종전 후 폐허 극복, 경제 성장 등에만 열을 올린 1950년대에 대해 보다 민주적이고 탈권위적 사회 구조를 요구하게 되었고, 이는 68학생운동에서 정점을 이룬다. 그래서 문학에서도 '47그룹' 중심으로 이끌어 온 독일문단을 문학의 죽음으로 선언하고, 아놀드(H. L. Arnold)의 표현과 같이, 문학의 '정치화(Politisierung)[12]'가 정점에 다다른다.

학생운동의 정점을 이루었던 1960년대 말 독일 사회에는, 오네조르크 피살, 원외반대(투쟁), 비상사태법[13], 히피운동, 반(反)슈프링어 캠페인[14], 또 국제적으로도 베트남 전쟁, 제 3세계 문제, 체코의 '프라하의 봄', 케네디와 마르틴 루터 킹 목사의 암살 등 굵직한 사건들이 많았다.

68운동의 여러 요구사항에서 두드러진 것 중 하나가 소수인에 대한 관심이 증대했다는 것이다. 즉 주변으로 밀려난 자, 여성들, 사회에서 소외된 자, 장애인, 성소수자, 히피족, 무엇보다 외국인들과 이주민들에 대해 관심을 가지게 된다. 특히 전쟁 이후 경제발전을 위해 독일로 이주한 외국 노동자들은 이미 독일국민들에 섞여 살아가고 있었고, 그들 피부색은 독일인들과 달라 독일에 살면서 정체성의 혼란을 겪게 되었다. 전쟁 이후 독일은 많은 외국 노동자를 받아들였지만 외국 노동자 혹은 이주민들은 독일인들에게 사회적 문제를 야기하는 귀

찮은 존재로 취급당하게 된다.

이로써 이민/난민 문학은 따지고 보면 깊은 역사를 가지고 있지만[15], 이것이 본격적으로 다루어진 때는 60, 70년대에 들어서이다. 이 중에서 우리가 다루려는 하인리히 뵐은 내 외국인 가릴 것 없이 일반 소시민들의 고통과 소외를 적극적으로 대변해준다는 의미에서 존재적 의미가 있다.

뵐은 전후 주옥같은 단편들을 발표하면서 세간의 주목을 받았고(「검은 양들 Die schwarze Schafe」로 '47 그룹' 상을 받는다), 그 이후 『그리고 아무 말도 하지 않았다(Und sagte kein einziges Wort)』(1953), 『보호자 없는 집(Haus ohne Hüter)』(1954), 『어린 시절의 빵(Das Brot der frühen Jahre)』(1955), 『아홉시 반의 당구(Billard um halb zehn)』(1959), 『어릿광대의 고백(Ansichten eines Clowns)』(1963)으로 이미 독일뿐 아니라 국제적으로 알려지게 되며, 특히 독일 펜클럽 회장(1970)에 이어 1971년 국제 펜클럽 회장직에 선출되고 1972년 노벨문학상을 받으면서 뵐의 활동과 작가적 위상은 정점에 다다른다. 이는 뵐의 창작 국면에서 볼 때 60년대 이후 작품에서−이를테면 『어릿광대의 고백』−사회비판적 성향이 나타나는 것도 이와 무관하지 않다.

60년대 말, 다시 말해 문학의 정치화가 정점에 다다르는 시점에 하인리히 뵐은 사회참여 입장을 공고히 한다. 68학생운동의 직접적 동인이 되었고, 어떤 새로운 역동성과 정치성을 가져오게 했던[16] 베노 오네조르크의 사망을 '공권력의 살인(Mord durch die Staatgewalt)'[17]으로 규정하고 본격적으로 학생들의 편에 서게 된다. 더구나 68운동의 또 다른 동인인 슈프링어 언론 재벌에 대한 비판을 고발한 작품 『카타리나 블룸의 잃어버린 명예(Die verlorene Ehre der Katharina Blum)』(1974)를 내

놓는다. 이처럼 68운동과 뵐은 밀접한 관계 속에 놓이게 된다.

뵐이 1968년도에 남긴 6개의 글[18] 중에서 1968년 5월 10일 〈Die Zeit〉에 기고한 "한 친구를 위한 변호"는 외국인에 대한 동정을 나타내 보이고 있다. 이 글은 러시아 지식인 작가 알렉산더 솔제니친 A. Solschenizyn 등을 비롯한 동구권 작가를 위한 일종의 구명 운동이라 할 수 있는데[19], 이는 뵐이 1976년에 쓴 「김지하에 대한 염려-구속된 한국 문인을 위한 호소문(Angst um Kim Chi Ha - Ein Aufruf für den inhaftierten koreanischen Schriftsteller)」을 연상케 한다. 뵐은 「한 친구를 위한 변호」에서 연대감, 보호, 우정을 강조하면서, 솔제니친이 시민권을 박탈당하자 거주할 곳을 연결시켜 주었고, 솔제니친 이외에도 추후 정치적 탄압으로 어려움을 겪는 샤하로프(Andrej Sacharow), 아말릭(Andrey Amalrik), 브로드스키(Josif Brodsky), 보가뜨이료프(Konstanin Bogatyrjow), 비르거(Boris Birger), 에트킨트(Efim Etkind), 부코브스키(Vladimir Bukowski) 등에 동정을 베푸는 노력을 아끼지 않았다[20].

이 글에서 두 번째로 비중 있게 언급하고 있는 사람은, 뵐과 80년 초까지 우정을 쌓았던 러시아 문예학자 코펠레프(Kopelew)이다. 1945년부터 10년간 수용소에 있다가 1961년부터 68년까지 모스크바 예술 연구소에 일을 하는데, 이후 그는 직위를 남용했다는 이유로 징계를 받는다. 그는 1961년 처음 러시아를 방문했을 때부터 친분을 맺었던 사람이다. 그 당시 코펠레프는 뵐에게 러시아 역사와 문화에 대한 정보를 주었고, 반정치 인사들과 접촉하며 도움을 요청했으며 이에 따라 뵐은 코펠레프를 위한 글을 쓰게 된 것이다[21]. 이것 때문에 1970년대, 특히 RAF 테러시기에 뵐은 정치적 외눈박이, 살롱 공산주의자, 테러리즘의 온정주의자로 비판을 받기도 했다[22].

이처럼 뵐은 자신의 외국인 노동자나 국제적 난민에 대한 동정심 뿐 아니라 그들이 겪는 차별과 불평등한 대우 등의 이유로, 이들을 위한 구호, 구명 운동에 직극적이있디.

이제 이러한 사상이 뵐 작품에 어떻게 나타나는지 구체적으로 알아본다.


## 3. 뵐 작품에 나타난 '타자'

### 3.1. 초기 작품

뵐은 아일랜드 7년 체류를 제외하고는 출생부터 사망 시까지 거의 퀼른에 거주했지만 타자(외국인)에 대한 포용 및 인간적 배려는 각별했고, 이러한 휴머니티는 그의 작품에 잘 나타나 있다.

물론 뵐이 60년대 들어 외국인 등의 인권문제에 보다 적극성을 보이지만, 그는 초기 작품부터 외국인에 대한 긍정적 상을 부여한다. 특히 이들은 주인공의 파트너로 등장하여 위로하고 도와주는 역할을 한다. 『열차는 정확하였다(Der Zug war pünktlich)』(1949)의 올리나(Olina)는 폴란드인이고, 『아담, 너 어디 있었니?(Wo warst du, Adam?)』(1951)의 일로나(Ilona)는 유대인이다. 그리고 『보호자 없는 집』에서도 알베르트(Albert)의 부인 렌(Leen)은 아일랜드 출신이다. 또 우리가 다루려는 『여인과 군상』에 오면 노동 이주자를 중심으로 '타자 이해'의 문제가 본격적으로 불거진다. 주인공 레니(Leni)가 처음으로 사랑을 느낀 사람이 러시아 출신 보리스(Boris)이며 현재 동거인으로 터키에서 온 노동자

메메트(Mehmet)가 등장한다.

뵐은 초기 작품부터 타자에 대한 포용력을 보여준다. 그의 초기 단편 「파리에서 붙들리다(Gefangen in Paris)」의 라인하르트(Reinhard)는 연합군의 공세에 밀려 어느 집안으로 숨어드는데, 그 집은 마침 전쟁으로 남편을 잃은 프랑스 여인의 집이었다. 그 부인은 자신의 남편이 독일과의 전쟁에 나가 독일군에게 죽었지만 자신의 집에 숨어 들어온 라인하르트를 수색하는 연합군에게 자기 남편이라 속이고 구해준다.

뵐에게는 독일인이라는 국적이 중요한 게 아니라 국적을 초월한 인간이 중요하다. 즉 뵐의 국적을 초월한 휴머니즘은 이러한 인종, 혹은 민족 구분이 문제가 되지 않는다.

> 내가 미국 놈을 피해 도망 온 것도 아니고 독일 놈을 피해 도망 온 것도 아닙니다. 부인, 다만 전쟁이 싫어서입니다.[23]

라인하르트는 그 프랑스 여인에 의해 자기 목숨을 건진 것으로 끝나지 않고, 그 날 밤 그녀와 사랑을 나누게 된다. 헤어질 때의 그 여인의 고백은 이러한 국경을 초월한 사랑으로 승화시키고 있음을 알게 한다.

> … 슬퍼하지 마세요. 우리를 사랑하는 세 분, 하나님과 당신 부인, 또 제 남편이 아마 우리를 용서하실 거예요.[24]

이처럼 뵐은 외국인에 대해서도 똑같은 하나의 인간이라는 인식을 나타내 보이고 있다. 당시 가장 혐오스러운 인종으로 청소대상이 되었던 유대인의 경우도 마찬가지이다. 『아담, 너 어디 있었니?』의 주인물인 23세 유대인 일로나에서 이미 긍정적 상으로 설정해 놓은 바 있지만, 작품 밖 유대인에 대한 뵐이 입장은 유대인 자가 파울 첼란(Paul Celan)과의 관계에서 더욱 알 수 있다. 『열차는 정확하였다』에서 라이트모티브로 등장하는 지역이 부코비나(Bukowina)인데, 이곳은 곧 파울 첼란의 고향이며 그가 유년 시절을 보낸 곳이다.

또한 뵐과 같은 해에 태어나 59년부터 서로 알고 지낸 후 죽기까지 서신 교류를 이어온 알로니(Jenny Aloni)와의 관계에서 유대인에 대한 인식이 잘 드러난다. 알로니는 유대인으로서, 제 3제국 시기의 유대인 박해를 떠올리면 독일이라는 나라에 증오심을 가질 수밖에 없지만, 하인리히 뵐에게서 정반대의 인간성을 볼 수 있었다고 하면서, 그녀에게 뵐은 "그녀가 아직도 믿을 수 있는 다른 독일인의 한 부분이었다"고 말한다[25].

그 외에도 아일랜드와 체코가 뵐에게 낯설지 않았는데, 아일랜드에서는 약 7년간 가족들과 체류한 경험이 있었다. 뵐은 부인 안네마리와 아일랜드 작가인 버나드 쇼(Bernard Shaw), 오 브라이언(Flann O'Brien)의 작품을 번역한다.

체코는 뵐의 부인 안네마리 뵐의 고향이었기에 뵐에게 더 친근했다. 뵐은 체코 작가 넴코바(Božena Němcová)나 하젝(Jaroslav Hašék)에 관심을 가졌고[26] 하젝의 『슈베크(Schwejk)』는 뵐의 작품 『어릿광대의 고백』의 슈니어(Schnier)를 연상케 한다. 특히 유명한 뵐의 단편 「발렉 가의 저울(Die Waage der Baleks)」(1952)은 체코의 보헤미아를 배경으로 하고 있는데, 이것은 안네마리가 어릴 때의 체험에서 가져온 것이다. 교과서에 실릴 만큼 인정을 받았던 이 작품은 1900년 보헤미아의 사회문제를 12살 어린이의 시각에서 다루고 있다.

『어릿광대의 고백』에서도 아리안 혈통, 유대 양키, 나치주의자들 등에 대한 내용이 기회주의자 비판의 측면과 연계되어 자주 언급되는데, 작가는 이들에 대해 비판적 시각을 지니고 있음을 주인공 슈니어를 통해 잘 드러내고 있다.

이처럼 뵐은 초기 작품에서부터 '타자'에 대한 관심과 이해, 더 나아가 그것을 작품화하는데 있어 다른 작가들보다 앞선다고 볼 수 있다. 즉 타자에 대한 뵐의 태도 및 사유방식에서 선구적 작가 정신을 엿볼 수 있다.

### 3.2. 『여인과 군상』

『여인과 군상』은 주제뿐 아니라 문체 면에서도 뵐의 최고의 작품이라 할 수 있으며 역사적으로는 거의 100년, 지리적으로도 가장 멀리 있는 러시아에까지 영역을 넓힌다. 이 작품은 레니라는 한 여인을 중심으로 한 여러 인물들의 초상을 그리고 있는데, 이런 인물들 간의 역학 관계 혹은 설정으로 인해 뵐의 작가적 사유가 잘 드러나고 있다. 특히 레니는 자신은 독일인이지만, 외국인과의 교제가 자유롭고 아무런 거리낌이 없는 레니의 태도에서 이것이 잘 드러난다.

우선 레니가 처음으로 사랑을 나눈 사람은 러시아 포로인 보리스(Boris)이다. 보리스는 단정한 사람으로 학교 교육도 제대로 받고 독일 작가 트라클에 대한 지식도 뒤처지지 않을 정도의 지식을 갖출 정도이다.[27] 레니는 그와 '방공호 속의 사랑'을 나눈다. 두 사람 사이에 난 아들 레브(Lev)도 이 작품에서 외국인을 돕는 데 큰 역할을 한다.

레니의 타자에 대한 이해는 보리스에게 커피를 타 주는, 소위 '커피 사건'에서 잘 드러난다. 여기서 외국인에 대한 편견이라고는 찾아볼 수 없다. 감성이 풍부한 레니에게 외국인, 즉 타자에 대한 동정심이 발동한 것도 있지만, 기본적으로 그녀는 차별을 인정하지 않고, 모든 인간에 대한 존경과 존엄을 가치 있게 여기려는 태도를 갖추고 있다. 그래서 이 '커피 타임'은 이 작품에서 가장 중요한 모티브 중 하나로 나타난다. 레니가 보리스를 안 지 불과 한 시간만에 커피를 대접하는데, 이를 질투한 나치주의자 크렘프(Kremp)가 보리스의 손을 쳐서 커피를 쏟게 했지만, 레니는 아무 말 없이 찻잔을 다시 집어다가 보리스에게 건넸던 것이다.

> … 그녀는 찻잔을 깨끗한 수건으로 조심스레 닦아 말리고 커피 주전자가 있는 쪽으로 가서 두 번째 커피 잔에 커피를 붓고서는 그것을 그 러시아 인에게 여유만만하게 갖다 주었습니다. 크렘프를 거들떠보지도 않고 말입니다. 말을 전혀 하지 않았던 것도 아닙니다. '자 드십시오!'라는 따뜻한 말까지 곁들여서 말입니다.(173-174)

이 '커피 타임'은 외국인인 타자를 '인간이 되게 한(zum Menschen gemacht)', '인간으로 밝힌(zum Menschen erklärt)'(177) 사건이다. 레니의 커피 사건 후 보리스는 안정을 찾는다.

> 이제 그는 커피를 들고 완벽한 독일어로 똑똑하고 크게 말한다. '감사해요, 부인!'

결국 '커피 사건'은 외국인 등 타자에 대한 편견이나 차별 없이 '공평하게(gerecht)'(177) 대해야 할 것을 보여준다.

이처럼 레니는 공산주의자이든 골수 나치주의자이든 가리지 않고 인간인 이상 똑 같이 '진심으로, 인간적으로(herzlich und menschlich)'(177) 대하는 '포용력 있는(großzügig)'(23) 사람으로 묘사된다. 레니는 보리스 때문에 주변사람들로부터 '러시아 군의 애인(Russenliebchen)'(9), '공산주의자 갈보(Kommunistenhure)(9)', '금발 소비에트 갈보(die blonde Sowjet-Hure)'(154), '잡년(Schlampe)'(9)같은 욕을 듣지만, 이에 그녀는 일절 대꾸하지 않고 침묵으로 일관한다.

레니의 외국인에 대한 호의적 태도는 그녀가 집세를 외국인들에게 저렴한 가격으로 제공하는 데서 두드러진다. 많은 이익을 남길 수 있는데도 불구하고, '집 전체를 외국인들에게 주고 싶다'(321)고 말할 정도로 외국 노동자들에 대한 동정심을 나타내고 있다. 레니의 이러한 태도는 쿠르트(Kurt)가 보기에 '비현실적 처신(unrealistische Verhaltensweise)'(321), '심지어 정말 미친 짓이며 사회 경제 이론 인식에 역행(was nun tatsächlich Wahnsinn sei und sogar Erkenntnissen der sozialistischen ökonomischen Lehre widerspreche)'하는 것으로 받아들여진다. 결국 업적주의 원칙과 사회경제질서에 갇혀 있는 호이저(Hoyser) 가(家) 사람들에게는 레니의 이 행위가 일종의 '시장 파괴(Marktzersetzung)'(322) 행위이며, 그녀가 공공연하게 어긴 법은 경제법과 사용법, 소유법까지 다 어긴 것으로 간주된다. 왜냐하면 그녀는 가구가 딸린 방도 세를 줄 때도 가구가 없는 방으로 산정하기 때문이다.

레니는 특히 쓰레기 차량 운전자 포르투갈인 청소부에게도 차별 없이 세를 주는데, 이는 집세 떨어뜨리는 요인이 되지만 이를 아랑곳

하지 않는다. 또한 그녀는 포르투갈 아이들을 무보수로 돌보며 그 아이들에게 독일어와 노래를 가르친다(323).

어쨌든 레니이 '무정부주의(liebenswürdiger Anarchismus)'(331) 태도는 '업적에 기초한 사회에의 투쟁 선포(die unserer auf Leistung basierenden Gesellschaft den Kampf ansagen)'(330)인 셈이다.

이윤만을 추구하는 현실에 반기를 드는 레니에게 결국 어려움이 닥친다. 집 달리들이 레니의 집을 차압하려 하는데 대해, 우선은 로테 호이저(Lotte Hoyser), 횔도네(Hölthone) 부인 등이 중심이 되어 '재정 위원회(Finanzkomitee)'가 소집되고, 곧이어 여러 계층의 사람들을 중심으로 자발적 모임인 '레니 후원회(Leni-Helft-Komitee)'가 결성된다. 이들은 구체적인 실천 사항까지 기획하게 되는데, 즉 이 집달리의 출동을 저지 혹은 지연하기 위해 고의적으로 사고를 낸다. 그래서 레니의 아들 레브의 주도로 오물 쓰레기차를 서로 추돌하게 함으로써 지체를 더 가중되게 만드는 것이다.

레브는 '명랑한 녀석(fröhlicher Jungen)으로, 자기 아버지 보리스와 자기 어머니인 레니의 아버지, 즉 외할아버지의 외모를 하고 있다. 그루이텐의 머리카락과 외할머니 바르켈(Barkel)의 눈을 하고 있어 레니의 사촌 동생 에르하르트도 닮은 그는 어머니와는 다르게 과묵하지도 않고 침묵할 줄도 모른다(23).

그런데 레브는 조직력도 인정받고 여러 가지 재능도 있으나 이러한 능력을 발휘하기를 거부한다. 경쟁사회에서 업적주의자 만들기를 강요하는 거대한 조류에 합류하기를 거부하고 그는 이러한 경쟁사회에 '도발적이고도 거만한 무관심(provocative, supercilious indifference)'[28]을 보인다. 레브가 충분히 좋은 직장을 가질 수 있는 능력을 갖추고 있는

데도 오물청소 작업 일을 하는데, 이 일은 뵐 작품에서 중요한 모티브로 등장하는 '탈락자 die Abfällige'를 충족시킨다.

> 레브 보리소비치 그루이텐은 가정 외적 환경으로 말하자면 극도로 불리하게, 가정환경으로 볼 때는 지극히 유리하게 성장했다.(351)

그래서 그의 잠재된 능력과 조직력을 어떤 고용주를 위해 제공하지 않는 것에서 '성취거부'의 모습을 찾아볼 수 있다.

레브와 함께 추돌 사고를 실행하는 터키인 툰히(Kaya Tunç)와 포르투갈인 핀투(Pinto)가 있다. '레니 후원회'에 소속된 '농부 같은 (bäuerlich)'(335) 모습을 한 그들은 레니 집에 세 들어 사는 외국인 노동자로서 레브처럼 오물 자동차 운전자 일을 하는데, 그들은 고의적으로 정화조 차량을 추돌시켜 레니 집의 차압 시간을 지연시킨다.

이 사건이 난지 이틀 뒤 아침 지방지에 '외국인이 틀림없는가? (Müssen es Ausländer sein?)'라는 제목의 글이 실린다.

> … 분명 이것은 계획된 행위임에 틀림없다… 두 외국인 운전자는 그들의 대사관이 정치적으로 신임할 수 없는 사람들이라고 했기에 그들을 다시 검토해 보아야 한다… 우리는 '언제나 외국 사람들은 그러한가?'라는 질문을 반복해야 한다.(339)

외국인에 대한 편견이나 무관용이 이러한 언론 보도에서도 드러나고 있다.

이처럼 『여인과 군상』에는 이러한 편견에 대해 저항하는 많은 작중 인물들을 통해 '타자'에 대한 뵐의 이해와 사유방식이 잘 드러나고 있음을 알 수 있다.

## 4. 뵐의 인도주의

전쟁 후 서독에서는 경제 발전 등 여러 가지(교육 등) 여건 때문에 많은 외국인 노동자들이 들어오게 되었고 이러한 이주/이민이 사회적 문제로 부각되기 시작했다. 1990년 즈음 동구권 붕괴와 구 유고연방의 해체, 보스니아 사태 등으로 정치 난민이 속출한 결과, 막 재통일이 된 독일에서는 정치 사회적 통합 문제가 요구되었다. 또 현재에도 중동 등지에서 들어오는 난민의 물결이 계속 정치 사회적 이슈가 되고 있다. 하이네 시기 망명과 나치 시대 망명을 독일에서 타국으로의 망명이라 한다면, 뒤의 것은 주로 독일로 유입되는 이주라 볼 수 있다.

이로 인해 외국인 등 '타자'에 대한 이해의 폭을 어떻게 가져갈 것인가, 어느 정도의 관용과 동정을 가지고 이들을 대할 것인가 하는 문제는 매우 중요한 인식으로 부각되었다.

이런 면에서 오늘날 이민/이주가 성행하는 시대에 하인리히 뵐의 '타자'에 대한 이해와 그들의 배려하며 실천하는 그의 작가 정신을 살펴보는 것은 매우 의미 있다고 할 것이다.

뵐이 1985년 타계한 후에도 그의 정신은 소멸되지 않고 오늘날에도 계승되어 나타난다. 이의 대표적인 기구로 '랑엔브로흐 하인리히 뵐 하우스(Heinrich-Böll-Haus Langenbroich)'와 '하인리히 뵐 재단(Heinrich-

Böll- Stiftung)'을 들 수 있다. 이는 특히 뵐의 유족들과 또 그의 뜻을 같이 하는 사람들에 의해 결성되었다.

우선 외국인 작가들(혹은 예술가들)의 은신 보호처로 '랑엔브로흐 하인리히 뵐 하우스'를 들 수 있는데, 이것은 하인리히 뵐의 막내 빈센트에 의해 세워진다. 이것은 정치 탄압으로 자국에서 창작활동을 하지 못해 독일로 피신해 들어온 작가들을 위한 보호처였다. 특히 이 시설의 운영은 뵐의 아내 안네마리의 뒷받침이 컸는데, 그녀는 1991년에서 2001년까지 이사이자 심사위원으로 이 단체에 관여했다. 이곳에 들어오는 선정 기준은, 정치적 상황, 경제적 입장, 작품 수준 등이었다[29]. 이 시설은 정치 사회적으로 창작활동이 힘든 사람에게 우선 부여되었는데, 이로써 타자인 외국인에 대한 뵐의 배려와 관심이 잘 드러나고 있음을 알 수 있다.

뵐 하우스에서는 심포지엄이 열리기도 했는데, 이를테면 공식적 오픈 3일전 '랑엔브로흐 하인리히 뵐 하우스에서의 독일-러시아 작가 만남(Deutsch-sowjetisches Schriftsteller- und Schriftstellerinnen-Treffen im Heinrich Böll-Haus Langenbroich)'이라는 심포지엄에 뵐 친구인 러시아 학자 코펠레프(Lew Kopelew) 등이 참가했다.[30]

이 시설의 혜택을 받은 사람으로 터키 작가 카디르 코눅(Abdul Kadir Konuk)[31]과 알바니아 출신 치티(Visar Zhiti)를 들 수 있고, 작가 외에 음악가로는 카멜라 쳅콜렌토(Karmella Tsepkolento)와 미술가 유리 라린(Yuri Rarin)도 있었다.[32]

'랑엔브로흐 하인리히 뵐 하우스' 외에 뵐의 작가 정신을 실천 하는 곳으로 '하인리히 뵐 재단'이 있다. 이것은 1987년에 설립되었는데, 그의 부인 안네마리 뵐이 당시 발기인 중 한 명이었다. 처음에는 이것이 뵐이 활동했던 쾰른에 있다가 이후 베를린으로 옮기게 된다.

뵐 재단은 '뵐-아카이브(Böll-Archiv)'[33]와 조인해서 여러 문화 및 문학 행사를 열기도 하고 책과 브로슈어 등을 발간하기도 한다. 이 재단은 세계 난민 구호에 초점을 둔다.

1998년 당시 뵐 재단 이사장이었던 페트라 슈트라이트(Petra Streit)는 뵐 재단 설립의 진정한 의미를 다음과 같이 표현하였다.

더 나아가 이 세상을 보다 더 평화롭게 만들고 인권을 전 세계에 알리고 또 주변 환경을 지키고 보호하고 이러한 목적을 달성하도록 격려하도록, 그러한 책임을 각 개인이나 단체가 인지하도록 하는 것이 본 재단의 목표이다… 추방당한 예술가들을 도우고 의사의 자유를 보호함으로써 하인리히 뵐의 유산을 계승시키는 것도 본 재단에서는 중요한 일이다.[34]

뵐 재단에서는 최근 '쾰른 전집(Kölner Ausgabe)'[35] 출간이라는 큰 업적을 남겼는데, 이를 앞두고 1996년 5월에 콜로키움을 주최하기도 했다.

현재 독일에서 망명 작가들을 위한 최근 시설로, 독일에서 가장 활동적이라 할 수 있는 독일 펜클럽의 '망명 작가 프로그램(Das Writers-in-Exil -Programm)'[36]을 꼽을 수 있는데, 이러한 단체가 생겨난 데에는 뵐의 영향이 적지 않았을 것이다.

이러한 사실을 고려해 볼 때 뵐의 '타자'에 대한 이해와 배려가 위와 같은 구호 기구나 재단을 통해 실천되고 있는 것을 알 수 있다.

여기서는 전후 독일 문학을 대표하는 하인리히 뵐이 보여주는 인도주의적인 면을 그의 시대정신과 작품을 통해 살펴보았다. 뵐이 선구적 작가였다는 것은 여러 주제 면에서 살펴볼 수 있지만(이를테면 『카타리나 블룸의 잃어버린 명예』의 '언론 비판'), 외국인에 대한 인간적인 배려와 관심을 보였던 뵐의 휴머니티는 향후 독일 사회에 큰 영향을 끼쳤다고 볼 수 있다.

뵐은 초기 작품부터 줄곧 '타자'(외국인)에 대한 이해와 배려를 보여주고 있다. 『열차는 정확하였다』와 『아담, 너 어디 있었니?』의 여주인공들인 올리나와 일로나에게 긍정적인 모습을 부여하고 있다. 중, 후기에 와서도 그러한 태도는 마찬가지인데, 특히 여기서 다루는 『여인과 군상』에서는 초기 주인공들의 긍정적 묘사를 넘어, 주인공 레니를 중심으로 많은 외국인들과의 연대를 통한 적극적 개혁 의지까지 보여주고 있음을 알 수 있다.

'뵐이 유명세를 탔던 작가였지만 뵐은 겸손하다고 기억하고 있으며 특히 뵐이 독일 과거를 다루는 입장에서 매우 깊은 인상을 받았다'[37]는 이스라엘 작가 제니 알로니의 뵐에 대한 평가는 우리에게 시사하는 바가 크다. 그녀가 말하는, 뵐의 휴머니즘, 신뢰성, 그리고 겸손함 때문에 뵐의 문학 정신은 후대에 큰 영향을 미치고 있는 것이다.

# 주석

1   역사학자 패슬러 Peter Fäßler는 독일의 글로벌화를 3국면으로 나눈다. 즉 1840-1914을 첫 번째 국면, 1945-1989년을 두 번째 국면, 1989 이후를 세 번째 국면으로 말하고 있다(Hermann, Leonhard/Horstkotte, Silk, Gegenwartsliteratur. Stuttgart, 2016, p.123)

2   Durkheim, Emile, Über soziale Arbeitsteilung. Studien über die Organisation höherer Gesellschaften. Frankfurt a. Main. 1988, p.245.

3   사이드, 에드워드, 박홍규 역, 『오리엔탈리즘』, 교보문고, 1978, 18쪽.

4   위의 책, 13쪽.

5   예를 들어 칸트는 인간을 4종류로 나누었는데, 즉 백인 유럽인, 흑인 아르카인, 황색 아시아인, 그리고 아메리카 인디언으로 나누었다. 그리고 블루멘바흐 Johann Friedrich Blumenbach도 피부색에 따라 5인종으로 분류했으며, 마이너는 2개의 포괄적 범주, 즉 코카시언과 몽골리언으로 나누었는데(백인만이 아름답다고 얘기함)(Kontje, Todd, German Orientalismus. Michigan, 2004, p.4에서 재인용), 이 모든 것이 중립적 견지라 보기 힘들다.

6   김병옥 외, 『도이치문학 용어사전』, 서울대학교출판부, 2001, 351쪽.

7   최윤영, 『민족 통일과 다문화 사회의 갈등』, 서울대학교출판문화원, 2016, 46쪽,

8   뵐은 7년간 아일랜드에 체류하면서 『아일랜드의 일기(Irisches Tagebuch)』, 『어린 시절의 빵』을 집필한다.

9   뵐에게 이주 혹은 여행은 중요한 개념이다. 그래서 그의 작품(특히 초기)에서는 여행이 도주(Fluchversuch)이기도 하면서, 주인공의 삶 자체가 되어 주인공들은 어디론가 향해가게 된다. 즉 여행은 뵐에게 있어 삶의 은유가 된다. 뵐 작품에서 자주 등장하는 기차역도 이러한 점에서 중요한 의미를 갖는다.(Dudaš 2008, p.334 참조

10  여기서는 '타자'의 개념을 주로 외국인(외국 노동자)에 초점을 맞추어 사용하기로 한다.

11  이런 관점으로 씌어진 대표적 서적이 'J. H. Reid: Heinrich Böll, München, 1991'이다.

12  Arnold, Heinz Ludwig, Die westdeutsche Literatur 1945 bis 1990. Göttingen, 1995, p.59.

13  비상사태법(Notstandsgesetze)은 1960년, 63년, 65년 잇달아 발동되었으며, 이것 은 '슈피겔 사건'(1962), '슈바빙 소요.'(1962)와 더불어 68운동을 알리는 경위가 된다(정대성 2014, 330).

14  당시 슈프링어 출판 그룹의 신문은 베를린과 함부르크에서 70%, 서독 전체 로는 약 40%의 점유율을 보이며 거의 언론을 독점했고, 대표적 일간지 <빌 트(Bild)>는 매일 400만부 이상을 찍어내었다. 이에 대한 반대운동이 독일사 회주의 학생연합운동(SDS) 등에 의한, 소위 '슈프링어 봉쇄(Springer-Blockade)'이 며 68 운동의 정점을 이룬다(정대성, 독일 68운동과 반(反)슈프링어 캠페인, 2014, 181-217. 한국독일사학회, 184-185; Jung, Dae Sung, Der Kampf gegen das Presse-Imperium. Bielefeld, 2016, p.12-13).

15  특히 독일의 경우, 앞서 말한 하인리히 하이네 시기와, 나치 때의 망명문학 (Exilliteratur)이 문학사에서 중요한 위치를 차지한다.

16  Schubert, Jochen, Heinrich Böll. Darmstadt, 2017, p.190.

17  위의 책, p.191.

18  "학생들은 강의실로 돌아가야 한다(Die Studenten sollten in Klausur gehen)", "한 친 구를 위한 변론(Plädoyer für einen Freund)", "침묵 규범(Taceat Ecclesia)", "프라하에 서 온 편지(Ein Brief aus Prag)"(이 글은 뵐의 아들 르네 뵐(René Böll)에 의해 2018년에 『전차가 카프카를 겨냥하였다(Der Panzer zielte auf Kafka)』라는 제목으로 나옴), '긴급 노트(Notstandsnotizen)', "페터 후헬을 위하여(Für Peter Huchel)"라는 시 - 이 상의 6개가 뵐이 68년도에 썼던 글들이다(Schnell 2018, 5-19).

19  Schnell, Ralf, Heinrich Bölls '68: Eine Annäherung in sechs Lektüren. Heinrich Böll Stiftung. Berlin, 2018, p.8.

20  같은 곳.

21  코펠레프에 관한 글은 2011년에 「서신교환(Briefwechsel)」이라는 제목으로 나 왔다.

22  Schnell, Ralf, 앞의 책, p.9.

23  Böll, Heinrich, Gruppenbild mit Dame. 9. Aufl., München. 1981, p.71.

24  위의 책, p.80.

25  Steinecke, Hartmut(Hg.), Jenny Alom - Heinrich Böll. Briefwechsel. Bielefeld, 2013, p.60.

26  정인모, 하인리히 뵐의 문학 세계, 부산대학교출판부, 2007, 313~314쪽.

27  Böll, Heinrich, Gruppenbild mit Dame. 9. Aufl., München, 1981, p.156, 이후 이 책은 쪽수로만 표기함.

28  Ghurye, Charlotte W., Writer and Society. Frankfurt a. M., 1976, p.42.

29  Kühn, Dieter, Auf dem Weg zu Annemarie Böll. Berlin, 2000, p.195.

30  위의 책, p.146.

31  코눅은 초등학교 교사로 일하다 터키 공산당 요원으로 체포되어 84년 터키 군부로부터 사형 언도를 받았다가 탈출하였으며, '랑엔브로흐'에서 1년을 지 냈다(Kühn, Dieter, Auf dem Weg zu Annemarie Böll. Berlin, 2000, p.194).

32  Kühn, Dieter, 앞의 책, p.194.

33  1979년 쾰른에 설립된 뵐-아카이브는 뵐에 관한 모든 정보, 자료 등을 수집 보관하는 기구로, 도로 공사 붕괴로 인해 자료가 소실되는 일도 있었지만 현 재는 뵐 시립도서관 내로 옮겨져 전시회 등 여러 가지 행사를 주관하기도 한 다. 특히 단순한 자료 전시를 넘어 뵐 작품이 인쇄되어 나오기까지의 창작 과정을 담은 판넬 전시와 타국에서의 뵐 번역본이나 연구서 소장 등 아카이 브는 많은 역할을 담당하고 있다(Heinrich-Böll-Stiftung(Hg.), Ich denke immer, wenn ich einen Druckfehler sehe, es sei etwas Neues erfunden. Köln, 1996, p.10 참조).

34  Heinrich-Böll-Stiftung(Hg.), Ich denke immer, wenn ich einen Druckfehler sehe, es sei etwas Neues erfunden. Köln, 1996, p.8-9.

35  2002년부터 약 10년 동안 뵐의 총 27권 전집을 발간하는 프로젝트로서, 뵐의 모든 작품뿐 아니라 각 작품의 생성사, 편집 상황, 코멘트 등을 전집 내에 포 함시켰다.

36  여기서는 여러 나라에서 독일로 망명한 작가들을 2~3년 정도 후원해 주는 프로그램인데, 가구 달린 집 제공, 장학금과 의료보험까지 지원해 준다. 주 로 북한, 중국, 베트남, 터키, 또 이슬람 국가 출신 작가들이 있다.(Haslinger,

Josef/Sperr, Franziska(Hg.) Zuflucht in Deutschland: Texte verfolgter Autoren. Frankfurt am Main, 2017).

37 Steinecke, Hartmut(Hg.), Jenny Aloni-Heinrich Böll. Briefwechsel. Bielefeld, 2013, p.229.

# 에스노그래피로서의 문학의 가능성[*]
## - 르포문학과 디아스포라문학을 중심으로 -

원윤희

## 1. 문학과 인류학

민족지(民族誌) 또는 기술적 민족학(記述的 民族學)으로 번역되는 에스노그래피(Ethnographie)는 '현지조사에 바탕을 둔 여러 민족의 사회조직이나 생활양식, 종교, 예술, 신화, 구전 문화 전반에 관한 내용을 체계적으로 기술한 자료'로 정의되며, 주로 여러 문화를 비교 연구하고자 하는 문화인류학의 보고서 형태로 간주되어 왔다. 하지만 제임스 클리포드(James Clifford)는 '포스트모던적인 에스노그래피'의 개념을 주장한다. 이제 에스노그래피는 단순히 특정 문화 집단에 대한 인류학자의 사실적 보고서로서만 기능하는 것이 아니다. 포스트모던의 새로운 에스노그래피는 학제적 현상으로서, 여러 가지 문명·문화·인종·계

---

* 이 글은 『독일어문학』 88집(2020)에 실린 논문을 수정 보완한 것입니다.

급·젠더의 경계에 문제를 던지고, 집합 질서와 다양성, 포함과 배제의 기반을 말하면서, 코드 해독과 재코드화를 하는 영역으로 기대해볼 수 있는 것이다.[1] 즉 새로운 에스노그래피는 문화나 인종, 계급, 성별과 관계된 불평등한 구조를 비판하고 권력 담론을 해체하기 위한 중요한 장이 되기를 시도한다. 새로운 에스노그래피에서 관심을 가지는 주제들은 현재 문학에서도 중심적으로 다루어지는 것이다.

문학과 인류학이라는 학문분과가 서로 밀접하게 연관되게 된 근본적인 이유는 문학연구에서 진행되고 있는 문화연구가 인류학에서의 문화연구와 크게 다르지 않다는 것이다. 인류학의 문학과의 관계는 인류학의 양면적 성격에 대한 이해를 통해 파악할 수 있다. 스노우(Snow)는 "문학과 예술로 요약되는 인문학은 과학과는 근본적으로 차이가 나는 것"으로 보았다. 인문학적 저술은 상징적이고 은유적이며 아주 개인적이어서 과학적 에스노그래피와는 구별된다고 하였다.[2] 따라서 인간의 모습을 정확하게 파악할 수 없는 비학문적인 분야라고 생각하였다. 그러나 비과학적인 문학, 특히 소설이라도 객관적 저술의 많은 예를 포함하고 있다. 사실주의자들은 그가 본 대로 접촉하게 된 세계에 대해서 진실을 쓰려고 한다는 점에서 문학과 에스노그래피의 연결점이 있다. "소설은 현실생활과 예절 그리고 그것이 쓰인 시대의 그림"[3]이라고 말해진 소설의 정의는 과학적 에스노그래피의 시도와 다르지 않음을 말한다.

그리고 현 상황에서 일정한 테두리 안의 문화적 유산을 가장 잘 보여 주는 것은 탐사를 통해 완성되는 르포문학과 이민/난민/망명문학처럼 고향을 떠난 사람들이 자신들의 문화나 정착한 곳에 대해 다루고 있는 디아스포라 문학이다. 또한 클리포드가 말했던 새로운 에스노그래피의 영역인 여러 가지 문명·문화·인종·계급·젠더 문제를 첨예하고 다루고 있는 분야도 바로 문학 분야이다. 지금까지는 인류학이 맡아 왔던 문하, 민족, 국가라는 범주와 결합된 문제들을 최근에는 이민문학 연구나 난민문학 연구가 밝혀주고 있다. 따라서 문학 속에서 소수 또는 하위로 규정되는 문화를 접할 때 인류학적 접근방식은 자연스럽게 적용된다.

그래서 소수문화 집단을 다룬 문학텍스트에 대한 연구는 인류학적 연관성을 수반할 수밖에 없고, 반대로 소수문화에 대한 인류학적 연구에 있어서도 그들의 주체적 목소리의 매개체인 문학텍스트가 중요한 자료가 된다. 문학은 에스노그래피의 설명이 지니는 객관적 태도뿐만 아니라 주관적 문제까지도 아울러 공유하고 있다. 자료수집에 있어서도 인류학적인 현지 조사 방법을 비인류학자인 작가들이 실제로 사용하고 있는 예를 많이 볼 수 있다. 특정 직업이나 사건에 대한 글을 쓰기 위해 많은 작가들이 실제로 그 직업을 체험해보거나 잠입 취재하고 대상자와의 인터뷰를 통해 인류학자들이 행하는 노력을 기울인다.

이러한 경향을 인류학자 레나토 로살도(Renato Rosaldo)는 "에스노그래피적 감성"[4]이라고 표현하고 있다. 에스노그래피는 현재 비교문화적 이해를 위한 하나의 형식으로서 일군의 학자층과 예술가, 그리고 매체 관련 종사자에게 중요한 역할을 하고 있다는 것이다. 로살도는 여기에서 더 나아가 학계뿐 아니라 기록영화와 사진, 에세이, 신저널리즘, 텔레비전 다큐멘터리, 그리고 일부 역사소설 등에도 이러한 에스노그래피적 감성이 동원되고 있다고 생각한다.[5] 이제 에스노그래피적 감성은 다양한 담론을 바탕으로 진행되는 문화 연구의 기본토대로 작용하고 있다는 것이다. 그리고 문학에 있어서는 현실의 문제를 다룬 르포문학과 이민/난민/망명문학이 에스노그래피적 감성을 창출하고 실현하는 중심에 있다고 할 수 있겠다.

이 글에서는 먼저 인류학의 과학적인 연구방법이었던 에스노그래피가 과학의 영역만을 고수하는 것이 아니라 문학적 글쓰기와 같은 주관적 영역으로 전향하는 것에 대해 논의할 것이다. 이후 에스노그래피로서의 문학에 대해 논의한 후 문학텍스트에서 에스노그래피의 가능성을 찾고자 한다. 먼저 '개인 삶의 수집가'로 불리는 W. G. 제발트(Winfried Georg Sebald)의 『이민자들(Die Ausgewanderten)』(1992)[6], 스스로 외국인 노동자가 되어 그들의 삶을 직접 기술한 귄터 발라프(Günter Wallarf)의 『가장 낮은 곳(Ganz unten)』(1985), 마지막으로 당사자로서 이민과 난민 생활을 겪으면서 자전적 이야기를 쓴 이민/난민 작가들의 문학텍스트 중 블라디미르 카미너(Wladimir Kaminer)의 『러시안 디스코(Russendisko)』(2000)에서 새로운 에스노그래피의 예를 제시하고자 한다.[7]

## 2. 에스노그래피의 문학화

문화연구에 전환이 일어나고 인류학자들의 인식이 달라지면서 에스노그래피 기술 방식에도 변화가 일어났다. 인류학자들은 소설가의 방법에 의존하여 에스노그래피를 작성하기도 하였다. 이를 에스노그래피적 소설이라고 한다.[8] 로살도는 고전적인 인류학자들이 가진 규범에서 벗어나서 새로운 문학적 서사 방식을 가지는 것이 필요하다고 강조하였다.

서사는 민족지의 고전적 규범에 의해 오랫동안 억압되어 왔다. 〈과학〉의 일원이 되기 위한 열망으로 고전적인 저술가들은 언어적 금욕주의를 따랐다. 그들의 미학적 기준에 의하면 〈진실·진리〉란 남성적이고 심각한 작업이었다. 그것은 진지하고 단순하며 장식이 없는 것이지, 어떤 재치 넘치고 우회적으로 돌려 말하거나, 인간적인 종류의 것은 아니었다. 고전적 규범을 추종하는 사람들은 객관주의의 깃발을 들고 행진했고, 도덕적 의분, 꾸지람, 훈계, 직유, 은유, 그리고 구술 등과 같은 수사학적 방식들에 반대하였다.[9]

이것은 에스노그래피가 가지고 있는 객관적이고 과학적인 방식이 결코 어떤 집단의 문화와 특징을 객관적으로 기술하지 못한다는 한계점과도 연결된다. 과학이 되고자 열망한 에스노그래피는 '관찰하는 자'와 '관찰되는 자'를 철저하게 분리하고, 인류학자가 연구대상과 같은 집단에 소속되는 것을 금하였다. 과학적 '객관성'의 확보가 그 목표였기 때문이다. 그러나 결과는 오히려 "주관적 기원을 가진 일종의 표상"[10]이 되어 버렸다. 객관적 시각으로 대상에게 접근하고자 관찰자와 관찰대상을 분리했지만, 관찰과정 속에 관찰자의 주관적인 시각이 개입된 것이다.

이러한 차원에서 후베르트 피히테(Hubert Fichte) 역시 고전적인 인류학적 보고서로서의 에스노그래피를 실패로 규정했다. 피히테의 『연구보고서(Forschungsbericht)』(1981)에서는 탈식민주의 관점에서의 에스노그래피에 대한 그의 생각을 읽을 수 있다. 피히테는 제국주의와 식민주의를 통해 각인된 시각으로부터 완전히 벗어나지 못한 에스노그래피는 언제나 탐구의 '실패'에 대한 보고서라는 것이다. 원주민들이 '이국적이고 토속적인' 행위를 할 것이라는 기대에 초점을 맞추는 연구는 성공하기 어렵고, 이를 타자의 시선으로 기술하는 것 역시 정당한 연구가 될 수 없다는 것이다. 따라서 피히테는 에스노그래피가 필연적으로 소설이라는 형식으로 전환되어야 한다고 보았다. 에스노그래피적 소설은 문화의 경계를 넘어서서 타문화에 대해 알고자 하는 이들에게 새로운 인식을 제공한다. 에스노그래피적 소설의 기술 방식은 내부인의 내면생활, 감정, 가치관을 표현하는데 효율적인 장치가 될 수 있기 때문이다 .

피히테의 주장이 아니더라도 일반적으로 소설은 무대가 된 사회의 문화와 시대정신을 이해하는 소중한 자료가 될 수 있다. 또한 특정 집단 사람들에 대한 풍부한 자료를 간직한 소설 속에서 문화적 속성을 찾는 문학인류학으로의 전환도 가능하다. 문학인류학은 서로 다른 문화의 문학을 인류학적인 방법으로 분석하는 학제적인 연구 방법이다.[11] 문학이란 그 문화 내의 사람들의 생각이나 행동을 분석하는 데 가장 풍부한 자료를 제공하는 근원이 될 수 있다. 이제 문화의 반영 요소로서의 문학텍스트는 결코 문학비평을 위한 미학적인 영역 속에 머물러 있을 수만은 없다. 문학텍스트는 주도적인 집단 속에서 가려지고 숨겨져 있는 타자의 소외와 억압의 경험들을 밝혀내는 인류학 및 사회학과도 연결된 것이다.

물론 모든 문학 작품이 에스노그래피적 속성을 갖는 것은 아니다. 에릭슨(Erickson)은 토마스 만의 소설 『부덴부로크 가의 사람들 (Buddenbrooks)』을 문화인류학적 관점으로 분석하였다. 그는 이 소설을 당시 북부 독일의 문화와 사회를 이해하기 위한 에스노그래피적 자료로 연구하였다. 에릭슨은 이 지역에서 행해진 현지 조사를 통해 얻은 자료를 토마스 만의 상세한 관찰과 비교하며 문학이 실제로 인류학을 위한 참고 자료가 될 수 있는지 연구하였다. 이 연구에서는 인류학자의 목적과 소설가의 목적이 다르기 때문에 만의 소설이 충분한 문화적 역사적 자료로 쓰일 수 없다고 주장하며 문학텍스트를 인류학의 대상으로 삼을 때 충분히 경계해야 한다고 하였다.

그러나 문학텍스트는 그 사회의 문화 현상을 그대로 보여 주는 거울이 되기도 하고, 때로는 현실을 고발하고 역사를 바꾸려는 사람들의 의지가 숨겨져 있기도 하다. 르포문학과 디아스포라 문학은 솔직한 상황을 전달하는 매개체이기도 하지만, 불합리한 구조와 상황에 대해 고발하는 기능도 한다. 슈미트-마스(Chrisoph Schmitt-Maaß)는 과학으로서의 에스노그래와 문학, 특히 자전기로서의 에스노그래피에 대해 '에스노그래피의 문학화(Literaturisierung der Ethnographie)'와 '문학의 에스노그래피화(Ethnographisierung der Literaturwissenschaft)'라는 용어를 사용하여 자전기로서의 에스노그래피의 가능성에 대해 논한다.[12]


## 3. 문학의 에스노그래피화

클리포드 기어츠(Clifford Geerz)는 에스노그래피가 문학이라는 아버지와 사회과학이라는 어머니 사이에서 태어났으면서도 아버지의 혈통은 부인하고 어머니만을 인정하고 있다고 말한다. 기어츠는 인류학자의 능력을 '정확한 시선이나 개념의 정밀성'보다는 '다른 생활에 침투해보고 그곳에서 본 것을 여러 가지 방식으로 다른 사람이 믿게 만드는 것'이라고 보았다. 결국 기어츠가 말하는 에스노그래적 글쓰기

는 '먼 곳의 삶을 가까이서 겪고 그 인상을 산문으로 전달하는 능력'[13]
이다. 즉, 에스노그래피적 글쓰기는 다른 곳의 삶을 직접 체험하고 서
사적으로 전달하는 '문학적 글쓰기'와 같다.

기어츠는 미셸 푸코(Michel Foucault)의 「저자란 무엇인가?」에서 나
타난 저자에 대한 푸코의 인식을 '저자의 전면 배치와 저자의 부재'로
요약했다. 그동안 에스노그래피적 글쓰기는 사물을 전면으로 내세우
고 자신이 현지에 있었다는 점을 강조하면서 타문화를 전지적 화자의
입장에서 총체적으로 설명하는 전통적인 서술방식이었지만, 기어츠
는 이제 앞서 말했던 '저자의 전면 배치'도 고려해야 한다고 보았다.[14]
기어츠는 인류학자들이 단순히 현장에 있었다는 것뿐만이 아니라 만
약 우리(독자)가 그곳에 있었다면 그들이 본 것을 우리도 보고, 그들이
느낀 것을 우리도 느끼며 그들이 내린 결론을 우리도 내릴 수 있게 해
야 한다는 것이다. 따라서 이제는 어머니인 사회과학만이 아니라 아
버지인 문학과의 연계에 더 관심을 기울여야 한다고 주장한다.

그렇다면 문학은 에스노그래피와 어떻게 다른가? 문학은 일반적
으로 허구라고 말해진다. 더 정확하게 말하자면 '허구화'라고 할 것이
다. 이저(Wolfgang Iser)는 문학텍스는 '현실과 상상 그리고 양자를 연결
하는 허구화'로 구성되어 있다고 보았다.[15] 이저는 허구화가 '선택, 융
합, 자기해석'이라는 세 가지 기능을 가지고 있다고 보았는데, 에스노
그래피적 글쓰기에서도 '선택'과 '융합'뿐만이 아니라 인류학자의 '자
기해석'이 들어갈 수밖에 없다. 기어츠는 인류학적 저술이란 그 자체
가 해석한 것이면 거짓된 것이라는 의미가 아니라 만들어지는 것, 혹
은 유형화되는 것이라는 의미에서 허구적인 것이라고 보았다.[16] 이렇
게 볼 때 많은 문학텍스트들이 에스노그래피와 유사성을 지닌다.

이처럼 문학텍스트를 인류학적인 입장에서 분석하려는 연구로 노이만(Gerhard Neumann)과 바르니히(Rainer Warnig)의 공저가 있다.[17] 이 책에서는 다양한 작품에 대한 분석이 이루어졌는데, 특히 노이만은 꿈(Traum)에 대한 인식이 계몽주의와 낭만주의 시기를 거치면서 장 파울(Jena Paul)이나 에·테 아 호프만(E.T.A. Hoffmann)과 같은 작가들에 따라 어떻게 다르게 해석되었는지, 그리고 어떻게 시대정신이 반영되어 있는지를 에스노그래피적 관점에서 다루고 있다.[18]

최근에 디아스포라의 원형인 유대인, 외국인 노동자, 이민/난민 문제를 다룬 문학텍스트들은 기본적으로 주체의 실제 경험을 말하고 있거나, 옆에서 관찰한 그들의 문제를 허구적 요소와 결합하여 서술한 것들이 많다. 이러한 문학텍스트들은 단순한 문학텍스트 이상의 의미를 지닌다. 타자의 경험을 가진 자들이 주체적인 목소리로 자신들의 문화에 대해서 이야기할 수 있는 기회를 획득하게 되었기 때문이다. 소수의 자전적 목소리는 강요받던 침묵으로부터 해방되어 자신을 타자로 만드는 불평등한 권력 관계를 해체하고자 노력하고 있고, 이는 한편으로 문화연구의 중요한 자료가 된다. 주체적으로 말하는 소수의 목소리는 소수문화에 대한 새로운 에스노그래피의 역할을 하고 있기 때문이다.

과거의 고전적 에스노그래피와는 반대로 자전적 글쓰기 방식을 가진 문학텍스트는 '관찰하는 자'와 '관찰되는 자'가 분리되어 있지 않다. 고전적 에스노그래피의 글쓰기 방식이 인류학자의 역할로서 '관찰하는 자'로 밖에서 안을 들여다보는 글쓰기였다면, 새로운 에스노그래피는 직접적인 행위 주체로서 '관찰하는 자'와 '관찰되는 자'가 구분이 되지 않는 안에서 안에 대한 글쓰기를 실행한 것이다.[19] 르포문학과 자전적 문학텍스트를 에스노그래피와 연결시킬 때 근본적으로 주목해야 하는 것이 바로 이 부분이다. 자전적 문학텍스트는 서술 주체가 직접 자신의 경험을 텍스트로 형상화하기 때문에 관찰하는 주체와 관찰되는 타자의 관계는 더 이상 독립된 위치로 분리되어 있지 않다. 이것은 지금까지 수동적으로 관찰되는 위치에 있던 이들이 권력 집단이 정해준 정형화를 깨고 자신을 능동적으로 표현할 수 있게 되었다는 점에서 큰 의미를 지닌다.

본 글에서는 이러한 문학의 에스노그래피화를 보여주는 작품으로 각각의 화자가 관찰하는 위치가 상이한 작품을 선정하였다. 일인칭 화자로서 작중 인물의 목소리를 대변하는 세 작품을 통해 구체적인 예를 살펴볼 것이다.

### 3.1. 개인의 삶 수집하기

W. G. 제발트의 『이민자들』은 타의에 의해 자신의 고향을 떠날 수밖에 없었던 이민자들에 대한 이야기이다. 아놀드(Heinz Arnold)는 작중 인물뿐만 아니라 제발트도 역시 다른 사람들로부터 '이민자' 혹은 영원히 떠도는 '방랑자'였던 것으로 보았다.[20] 그러나 제발트는 단순히 방랑하기 위한 방랑자, 여행하기 위한 여행자가 아니라 '끊이지 않는 호기심과 불안감 때문에 멀리 떨어져 있는 장소로 발을 내딛는 외톨이 방랑자'이다.[21] 제발트는 반성하지 않는 전후의 독일 모습에 실망하여 영국으로 '자발적 이민의 길'[22]을 떠난다.

『이민자들』에서 제발트는 일인칭 화자의 목소리를 통해서 독일인들이 교묘하게 지워버린 과거의 흔적을 탐색하고 비판한다. 가장 눈에 띄는 점은 모두 독일의 역사를 의식하고 다루고 있으면서도 반드시 개인의 생애사에 주목하고 있다는 것이다. 제발트는 "개인의 삶 이야기 수집가"[23]로 불리기도 하는데, 그가 허구적인 인물들을 창조하기도 하지만 대개 실제로 만난 사람들의 살아온 이야기를 하기 때문이다.

제발트는 나치의 역사 자체에 초점을 맞추기보다는 나치 역사가 영향을 미친 살아남은 개인들의 삶에 초점을 맞추어 관찰한다. 즉 나치의 시기를 살았던 사람들이 자신의 삶에서 나치 역사를 어떻게 받아들였는지에 초점을 맞추고 있다. 역사적 타자들에 대한 기억과 이야기가 에스노그래피적 글쓰기 방식으로 재현되는 부분이다. 제발트는 개인의 생애사에서 전체사회의 모습을 더 명확하게 볼 수 있다고 확신하게 된 계기를 그의 에세이집 『공중전과 문학(Luftkrieg und Literatur)』(2005)에서 밝히고 있다.

알렉산더와 마가레테 미첼리히의 저서 『애도의 불능성』에서 소개된 환자들의 이야기들에서 최소한 짐작할 수 있는 것은, 히틀러-파시즘 아래 행해진 독일의 파국과 독일 가정 내의 감정 조절 사이에 상관관계가 있다는 점이다. 아무튼 이 생애사 를 많이 읽으면 읽을수록, 내게 더욱 명확해지는 논제는, 시종일관 철저하게 전개되어 온 전체사회의 일탈 상황은 심리 사회적인 뿌리를 가지고 있다는 것이다. 확실히 개인의 삶의 보고서에도 올바른 통찰, 자기비판을 위한 단초들 그리고 동기들이 들어있다.[24]

스스로 이민자가 된 제발트는 구체적인 실제 인물들의 흔적을 추적 탐사한다. 『이민자들』에는 '네 편의 긴 단편들'이라는 부제가 말해

주듯 4명의 이민자 이야기가 수록되어 있는데, 이들은 모두 어릴 때 혹은 젊은 시절에 고향을 떠나 외국에서의 삶을 경험한 사람들이다. 이 중 화자의 할아버지인 암브로스 아델바르트(Ambros Adelwarth)를 제외하면 모두 유대인이며 예전 기억의 고통에서 벗어나지 못하고 자살하거나 죽음을 맞는다.

제발트는 일인칭 화자를 통해서 비-유대 디아스포라와 유대 디아스포라의 관계를 설정해 놓고, 일인칭 화자는 마치 작가를 대신하듯 인류학자처럼 자료를 수집하고, 그들의 흔적을 찾아 여행하며 그들의 삶을 발굴하여 기록한다. 제발트는 작품 속 인물들을 실제로 만나서 그들의 이야기를 듣고, 그들이 살았던 곳을 찾아가 보고, 그곳의 사진을 책에 수록하여 허구성보다는 현실성에 방점을 둔 것처럼 보인다.

제발트의 작품에서 중요한 문제는 조사된 자료를 활용하는 독특한 서사 방식이다. 자료조사 및 객관적인 관찰과 분석 및 보고를 제발트 작품에서는 일인칭 화자가 모두 담당하면서 조사된 객관적인 자료나 사진 이미지들을 허구적인 가공처리 과정 없이, 혹은 허구의 세계 내에 용해시키지 않고 제발트의 구상에 따라 독특하게 배치하고 있다.[25] 이러한 방식은 독자들로 하여금 이 소설이 모두 허구가 아니라 현실의 일부라고 인식하게끔 하는데, 가려져 있던 부분을 밖으로 꺼내어 기존에 가졌던 인식의 틀을 깰 수 있게 만든다.

『이민자들』의 첫 번째 이야기에서 일인칭 화자가 영국의 노리치에서 일을 하게 되어 집을 구하러 갔을 때 황폐해진 테니스장과 온실, 과일과 채소를 재배했던 밭에 대한 이야기를 집주인인 헨리 쎌윈(Henry Selwyn) 박사로부터 듣는다. 이 부분에는 [사진 1]이 같이 제시되어 있어서 실제로 화자인 작가가 그 장면을 찍어서 보여 주는 것 같은

[사진 1] 쎌윈 박사의 정원

효과가 있다.

진실한 이야기를 매개하는 효과를 주는 사진[26]뿐만 아니라 제발트가 사용하는 서술 방식에서도 화자의 일방적인 시각이 아니라 수집한 자료를 전달하는 방식의 문체가 사용된다. 조사·수집한 개개인의 삶의 이야기를 쓸 때 직간접적 '인용 방식'을 사용하여 이 글이 허구보다는 현실에 가깝다는 것을 주지시킨다. '~라고 말했다'와 같은 간접화법의 문체적인 특성을 통해서 이야기에 객관성과 진정성을 배가하고자 한다. 첫 만남에서 테니스장과 밭을 설명하는 쎌윈 박사는 먼저 영어로 "한창 테니스에 열중한 적이 있었지요. 하지만 여기 다른 곳들도 대개 그렇듯이 이젠 테니스장도 황폐해졌습니다.(Tennis used to be my great passion. But now the court has fallen into disrepair, like so much dlse around here.)"[27]라고 말한 후 한참 더 밭에 대해서 설명한다. 이때부터 일인칭 화자는 자신의 이야기보다 쎌윈 박사의 말을 전달하는 간접화법을 많이 사용한다.

제발트에겐 언어 혹은 문체, 텍스트, 사진의 이미지들이 진실한 이야기를 매개하기 위한 매체들이다. 다양한 매체들의 미학적인 배치에서 제발트 작품의 문학성이 돋보인다.[28] 제발트는 이와 같은 다양한 방식으로 일인칭 화자의 집주인인 리투아니아계 유대인 헨리 쎌윈 박사, 아버지가 반쪽만 유대인이어서 4분의 3만 유대인인 화자의 선생님 파울 베라이터(Paul Bereyter), 화자의 친구인 유대계 화가 막스 페르버(Marx Ferber), 어머니의 외삼촌인 암브로스 아델바르트에 대해 이야기한다. 이 중 화자의 할아버지인 아델바르트를 제외하고는 모두 유대인 이민자들이다.

작가를 연상시키는 화자는 두 번째 이야기에서 그의 선생님이었던 베라이터의 자살 부고를 보고 자신이 모르고 있었던 선생님의 이야기를 추적해 나간다. 일인칭 화자인 '나'는 자신이 추적하며 조사했던 베라이터 선생님을 이해하기 위해 감정적 동일시에 빠지기도 하지만 그럴 때마다 다시 객관적인 '나'가 되어 선생님을 객관적으로 탐색하고자 한다.

> 그의 모습을 생생하게 그려보는 것이, 장담하건대, 파울을 더 잘 알게 해주진 못했다. 감정이 흘러넘칠 때면 순간적으로나마 알 수도 있었겠지만, 그래선 안 될 것 같았고 그걸 피하기 위해 나는 이제 내가 파울에 대해 아는 것과 그에 대해 알아낼 수 있었던 것을 여기에 적었다.[29]

'나'는 그와 완전히 일체가 되는 순간을 경험하게 된다. 그리고 그 순간 그의 심정을 이해할 수도 있었음을 고백한다. 하지만 이때 이런 순간적인 이해란 심정적 동일성에 기반하고 있음을 화자는 자각하고 그런 감정적 접근을 피하기 위해 좀 더 객관적으로 그를 알 수 있는 빙법, 딤섹으로 넘이기는 것이다.[30] 회지는 이런 과정을 통해 그이 주변에 있는 유대인이 홀로코스트라는 직접적인 이유에 의해 고통받는 것이 아니라 보통의 독일인들에 의해서 이방인이 되고 자살에까지 이르는 과정을 담담하게 재현한다.

『이민자들』은 4편의 이야기로 구성되어 있는데 3명의 유대 디아스포라와 1명의 비-유대 디아스포라의 경우이다. 그러나 화자 자신도 마지막 장에서 이민자임을 밝히는 것에서 알 수 있듯이 이 작품에는 결국 5명의 이민자가 등장한다. 여기에서 이야기를 들려주는 일인칭 화자나 세 번째 이야기의 주인공인 그의 할아버지는 비-유대 디아스포라의 경우이다. 그러나 그들의 삶 역시 유대 디아스포라와 깊은 관계를 맺고 있다. 화자의 할아버지의 삶 역시 "독일에서 거의 일자리를 구할 수 없어서"[31] 미국으로 간 이주 노동자의 삶이었다. 화자의 할아버지는 미국으로 이민 간 후 여러 가지 일을 전전하다가 결국 유대인 은행가 집안에서 집사이자 관리인으로 일하였다. 제발트는 유대인의 디아스포라뿐만 아니라 독일인의 디아스포라 상황에 대해서도 탐색하는 태도를 보여 준다.

네 번째 이야기의 주인공은 제발트가 대학생 때 맨체스터에서 알았던 화가 막스 페르버다. 막스는 미술상이었던 부모님의 노력으로 1939년 일곱 살의 나이에 영국으로 보내졌으나 그의 부모님은 결국 죽음의 수용소로 끌려가게 된다. 페르버는 삼촌에게서 어머니의 일기를 전해 받고 자신이 모르던 어머니의 과거를 알게 된다. 우연히 산책길에 페르버의 작업실을 발견한 화자는 그의 비극적인 유대인 가족사를 전해 듣고 재구성하여 전달하는 역할을 한다.

## 3.2. 스스로 내부자로 잠입하기

제발트가 『이민자들』을 통해 유대 디아스포라와 비-유대 디아스
포라, 즉 독일인 이주 노동자에 대해 자료수집과 인터뷰 등을 통해 추
적 탐사했다면, 귄터 발라프는 직접 독일 내에서 외국인 노동자가 되
어 그 삶을 체험하게 된다. 발라프는 1983년부터 2년 동안 국적과 신
분을 위장하고 터키인 노동자 알리(Ali)로 살면서 독일 사회와 노동 현
장에서 겪은 차별과 착취에 대한 체험 르포를 『가장 낮은 곳』이라는
제목으로 1985년 출판하였다. 첫 출판 이후 이 책은 30개 언어로 번
역되어 독일 출판 사상 가장 기록적인 성공을 거두었다. 르포 형식의
이 책은 전체 13장으로 각각의 장마다 발라프의 경험과 다른 동료들
의 경험이 섞여 있으며 이야기나 대화체 형식으로 표현되어 있다. 이
책은 서독의 경제 성장의 그늘에 가려진 외국인노동자의 삶을 다루고
있지만, 이들뿐만 아니라 독일인 비정규직 등에 대한 문제도 함께 논
하고 있다.

발라프의 잠입 취재는 인류학자들의 에스노그래피와 닮았다. 발라
프는 자신의 체험을 묘사하고 다른 동료들이 겪은 체험도 끼워 넣으
며 이야기 속의 이야기나 대화체 형식으로 서술하고 있다.

『가장 낮은 곳』은 기록문학의 한 장르인 르포문학에 속한다. 르포
문학은 일반적으로 '보고 기사 형식을 빌려 표현하는 문학의 한 형태
로'로 정의되며, 현실을 파악하고 묘사함에 있어서 작가의 주관적 입
장이 표명되고 문학적 감동을 불어넣고자 하는 의도가 있다. 기록문

학은 현지보고, 사회탐방기사, 탐험기, 여행기, 종군기와 같은 르포류, 자서전이나 회상록, 전기, 일기, 편지 등과 같은 생활을 묶은 글 등인데 단순히 기록된 것을 떠나서 독자의 마음을 움직여야 한다.

고전적인 에스노그래피적 글쓰기가 관찰자로서 단순히 밖에서 안을 들여다 보며 글을 썼기 때문에 대상에 대한 묘사가 피상적이고 정형화될 수 밖에 없었던 점을 감안한다면, 발라프의 당사자 되기는 자신이 직접 체험하여 기록하는 새로운 에스노그래피적 글쓰기라고 할 수 있다. 발라프는 사회의 모순을 드러내고 알리기 위해 잠입 르포나 위장 취업과 같은 방법이 불가피하다고 보았다.

> 분명, 나는 진짜 터키인은 아니었다. 하지만 사회의 가면을 벗기려면 변장을 하지 않으면 안 되고, 진실을 밝히기 위해선 속이거나 위장하는 것도 불가피하다.[32]

발라프는 터키인 알리로 위장하여 겪은 멸시감과 적대감, 그리고 증오를 외국인 노동자들이 어떻게 매일 감당하는지 모를 정도라고 토로했다. 그는 독일인 동료들이 외국인 노동자에게 심한 모욕을 해도 못 들은 척하는 이유가 싸움이 붙어서 시비를 가리게 되면 당연히 외국인 노동자들이 죄인 취급을 받기 때문이라고 보았다. 한편으로는 터키인의 입장에서 한편으로는 관찰자의 입장에서 발라프는 튀니지 출신 동료로부터 외국인들이 독일어를 알더라도 말을 하지 않는 이유를 듣게 된다.

> "우리가 독일어 배워서 알아들을 줄 아는 게 그리 좋은 게 아니

야. 불쾌한 경우가 많지. 그냥 못 알아듣는 척 하는 게 더 나아." 그는 젊은 튀니지 동료들에 관한 얘기를 해주었는데 이들도 이와 비슷한 경험과 모욕을 당한 적이 있기 때문에 의식적으로 독일어를 더 이상 배우지 않고 "기능장이 무슨 말을 지껄이든 그저 항상 '예, 기능장님'이라고만 대꾸하니까 계속 떠들지 않더군."이라고 말했다고 한다.[33]

발라프는 알리의 눈으로 외국인 노동자의 실상을 체험하는 것에 그치지 않고 다른 사람의 입장에서 객관화하려고 시도했다. 텍스트를 서술하면서 관련 기사나 보도 자료, 전문가의 분석 자료, 자신이 일하고 있는 모습이 찍힌 사진 등을 삽입하여 그가 기록하는 것들이 설득력을 지니도록 하였다. 이는 제발트의 『이민자들』에서도 볼 수 있는 기법이다.

『가장 낮은 곳』에서의 알리는 위장한 터키인으로 동료를 관찰하는 것을 넘어서서 직접 외국인 노동자로 겪어야 했던 일들도 기록하고 있다. 어느 작업장에서 머리보호 헬멧이 부족했을 때 작업팀장은 알리의 헬멧을 벗겨 독일인 동료에게 준다. 그 독일인 동료는 외국인 노동자의 피해를 바탕으로 자기의 안전을 보장 받는 것이 당연하다고 생각한다.[34] 『가장 낮은 곳』의 곳곳에 이러한 관찰자의 입장과 참여자의 입장이 여러 차례 교차되어 기록되어 있다. 축구 경기장에서는 처음이자 마지막으로 터키인 알리를 부정하고 독일인 발라프로 돌아온 경우도 있었다. 그는 독일의 신나치주의자들의 무리에게서 죽음의 위협을 느끼고 표준 독일어로 말하며 자신이 외국인이 아님을 밝히려고 하였지만, 그들은 외모가 외국인으로 보이는 발라프의 머리에 맥주를 쏟아부었다고 한다.[35]

또한 외국인 노동자의 입장만을 기록한 것은 아니다. 독일인 노동자들도 불합리한 작업 환경에서 착취당하고 소외당하는 것을 보여 준다. 치아가 곪아서 병원에 가야 하는 독일인 노동자 힌리히가 상사에게 의료보험증을 요구했지만 줄 수 없다는 말을 듣는다.

> 그는 지금까지 근로신고가 되지 않아서 자신이 불법노동자 신분이라는 사실을 몰랐던 것이다. 그는 몹시 흥분했다! "이건 불법이야. 내가 고발할 거요." 그러자 클로제가 맞받아쳤다. "당장 꺼져도 좋아. 더 이상 널 보고 싶지 않아. 여기서 일하는 게 불법이라고 떠드는 인간은 악의적인 중상모략으로 손해배상 재판에 넘겨질 거야. 네가 서류를 늦게 제출해서 우리가 신고를 못 한 거지. 법을 어긴 건 너라고." 힌리히는 감히 경찰서에 갈 엄두를 내지 못 했다. 다음 날 그는 응급차에 실려 병원으로 옮겨졌다. 패혈증으로 목숨이 위태롭다는 것이었다![36]

이외에도 가톨릭교회의 부패, 대기업의 불법과 노동자 착취 등에 대한 발라프의 보고는 많은 독자들로 하여금 새로운 사실을 깨닫게 하였다. 고전적 에스노그래피의 시각은 관찰자와 관찰되는 것이 분리되어 있었고, 권력자의 입장에서 글을 쓰는 행위가 독점되었다면, 발라프의 글쓰기는 스스로 체험함으로써 관찰하는 자인 동시에 관찰 받는 자의 시각에서 글을 쓸 수 있었다. 이와 같은 경계를 허물려는 시도는, 역사적으로 종속적 위치에 있던 관점들이 설 수 있는 공간을 제공해 준다.[37] 이 과정에서 발라프의 르포 문학은 새로운 에스노그래피의 전략이 될 수 있다.

## 3.3. 내부에서 안과 밖을 살펴보기

자서전은 자전적 에스노그래피로서 내부지의 시각에서 문화의 정체성 문제를 새롭게 조명했다는 점에서 새로운 에스노그래피라 할 수 있다. 외부자의 시각에서 쓰여진 글에 대항하는 것은 바로 내부자가 구성한 자아상, 자기 재현이다. 이들은 보다 깊이 있고 세분화된 역사 및 현실 이해를 바탕으로 낯선 타자의 시선에 맞서 자전적 진실을 주장한다. 많은 이민/난민 문학이 여기에 해당된다.[38]

독일로 이주한 이미륵은 소설 『압록강은 흐른다(Der Yalu fließt)』(1946)를 통해 '한국인의 깊고도 맑은 정신' 혹은 '동양적인 사고방식의 핵심'을 전달했고, 비평가들로부터 '한국에 대한 좋은 보고서'라는 평가를 받았다. 이처럼 자신에 대해서 제일 잘 아는 사람은 밖에서 관찰한 사람이 아니라 내부에서 모든 것을 체험하고 느끼는 그 문화의 당사자들이다.

이민자들과 난민, 망명자들이 말하는 그들의 세계는 일방적으로 밖에서 바라볼 때 왜곡될 수 있는 이야기를 바로 잡는 역할을 한다. 1세대 이민문학이라고 할 수 있는 초기 이주 노동자들의 이야기나 2세대 이민문학 작가들의 경우도 이에 해당된다. 특히 경제적인 이유로 이민을 온 것이 아니라 정치적인 이유로 국경을 넘게 된 터키, 러시아, 시리아 출신 작가들의 소설에서는 1세대 이민문학에서 주로 보이는 독일 현지 생활의 어려움보다는 상호문화적인 관점에서 주체적으로 자신들의 모국 문화를 소개하고 이민국인 독일에서의 정착과 갈등, 통합의 과정에서 생겨나는 소수자에 대한 차별 등을 다룬다.

외자킨(Aysel Özakin)의 『타인의 열정(Die Leidenschaft der Andern)』(1992)

과 외즈다마(Emine Sevgi Özdamar)의 『거울 속의 마당(Der Hof im Spiegel)』에서는 외부인들이 일방적으로 제기하고 있는 머릿수건의 표상에 대해 내부인의 시각으로 자신의 목소리를 낸다. 머릿수건의 문제는 외부의 시선이 만들어 낸 고정된 정체성이라는 것이다. 서구의 지배문화권은 터키를 비롯한 이슬람 문화권 여성들을 억압하는 상징물로 머릿수건을 떠올림으로써, 이를 일방적이고 우월한 시각으로 동정해 왔다. 외자킨과 외즈다마와 같은 디아스포라 주체들은 정형화된 표상을 해체하려고 적극적으로 시도한다. 이제 수동적으로 침묵하던 관찰대상에서 벗어나서 주체적인 목소리로 '자신'에 대해서 직접 이야기를 한다.[39]

외자킨과 외즈다마는 문학 텍스트를 이용해서 서구가 비서구 문화권인 자신들을 얼마나 편견에 가득한 시선으로 관찰해왔는지를 비판하고 있다. 터키 여성들이 모두 머릿수건을 착용하는 것이 아니라는 사실과, 머릿수건이라는 표상으로 자신들을 동정하는 서구의 태도에 오히려 상처를 받고 절망감을 느낀다는 것을 내부인의 직접적인 목소리로 들려주고 있다.

시리아의 망명 작가[40]인 라픽 샤미(Rafik Shami)는 문학에만 전념하기 위해 화학자로서의 직업을 그만두고 전업 작가로 활동하고 있다. 이민 2세대가 아니어서 독일어가 제1 언어가 아님에도 불구하고 다마스쿠스에서 독일로 온 후 1977년부터 독일어로 작품 활동을 한다. 이중언어를 구사하는 샤미는 문학을 통해 문화를 전달하는 훌륭한 전달자가 될 수 있다. 타자의 입장이 아니라 주체의 입장에서 아랍 사람들의 삶을 서구에 소개하고 그 과정에서 선입견이나 편견을 깰 수 있다. 2004년에 출판된 『사랑의 어두운 면』에서는 그 전까지 지배적이었던 환상적이거나 동화적인 요소를 배제하고 사실적으로 고국에서의 삶의 현실을 표현함으로써 문화의 전달자와 같은 역할을 한다.[41]

독일어로 글을 쓰는 작가는 샤미 외에도 러시아 출신의 블라디미르 카미너가 있다. 카미너는 1990년 유대인이면 소련에서 동독으로 이주가 손쉽게 허용되던 시기에 서둘러 동베를린으로 이주한 작가이다. 카미너는 『러시안 디스코』(2000)에서 러시아인들의 문화와 독일에서 체험한 일들을 50개의 에피소드 형태로 제시하였다.[42] 단순히 독일에서의 체험만을 서술한 것이 아니라 소비에트 연방 시절의 러시아 이야기도 있고, 외부의 관찰자로서가 아니라 내부에서 체험한 것을 러시아인이자 이민자의 시각으로 서술하고 있다.

카미너는 소비에트 연방에서 유대인들이 신분을 숨기고자 했던 것은 유대인으로서의 박해 때문이 아니라 공산당원이 될 수 없고, 따라서 성공할 수 없었기 때문이라고 한다. 왜냐하면 유대인들은 원하면 언제든지 이스라엘로 갈 수 있었기 때문에 당에서 유대인을 받아주지 않았기 때문이다. 카미너의 아버지는 결국 10년 동안 당의 문을 두드리다가 실패하고 동베를린으로 이주하게 된다. 『러시안 디스코』에서는 우리가 흔히 생각하는 유대인의 모습이 너무 정형화 되어 있음을 보여준다.

> "너희들은 자신들이 훌륭한 유대인이라는 것을 보여 주었다. 이제 너희들이 할례를 받아야겠구나. 그러면 모든 것이 완벽해."
> "나는 그런 건 안 할 겁니다."
> 일리아는 완강히 거절하고 와버렸다. 사려 깊은 편인 미샤는 남아 있었다. 그동안 받았던 돈과 공동체 지도자와의 우정으로 인해 양

심의 가책을 받은 그는 이제 우리 모두의 죄를 대신하여 속죄해야만
했다. 베를린 유대인 병원에서.[43]

유대인 공동체 지도자로부터 가끔 100마르크를 지원받았던 카미
너와 친구들은 그들이 주체적인 종교의식에서가 아니라 의리와 양심
때문에 할례를 받았다는 것이다. 어떤 경우에는 랍비들의 어려운 질
문이나 교육을 피하기 위해 할례를 받았다고 한다. 이런 내용은 스스
로 그 상황에 처한 유대인이 아니라면 쉽게 알 수 없는 것이다.

「러시아 마피아 아지트(Der Russenmafiapuff)」, 「엑스트라 시절(Wie ich
einmal Schauspieler war)」과 「스탈린그라드의 참호에서(In den Schützengräben
von Stalingrad)」에서는 독일인이 러시아인들을 어떻게 생각하고 있는지
알 수 있다.

주인공과 이름이 같은 블라디미르라는 친구는 직업교육을 받고
어느 거리 모퉁이에 식당 개업을 준비하고 있었다. 그는 화장실을 물
어보는 행인이 들어 온 것에 기뻐하며 앞으로 식당이 잘 될 거라는 기
대를 갖고 있었지만 그 식당을 바라보는 독일인들의 시각은 달랐다.

그에 반해 길 건너편의 〈사냥꾼〉이라는 술집의 단골손님들은 이
미 오래전부터 친구의 가게에 대해 〈러시아 마피아 아지트〉라는 별
칭을 생각해 놓았다.[44]

카미너는 독일인들이 러시아인들은 거칠고 야만적이라고 생각한
다고 확신한다. 그래서 영화 촬영장에서도 러시아인들의 식탁을 표현
할 때 "천하의 바보들도 한 눈에 야만인들이 한창 전쟁 중에 광란의

축제를 즐겼음을 알 수 있도록, 엉망이 된 식탁 위에 샴페인을 부어 마지막을 장식했다."[45]라고 하였다. 그러나 실제로 러시안들은 독일인들이 생각하는 것처럼 뻔뻔하거나 야만적이지 않다고 카미너는 생각한다. 영화 촬영장에서 엑스트라에게 주어진 역할에 대해 묘사한 부분에서 이것이 잘 나타난다.

> 여자 조감독이 와서 누가 카메라 앞에서 자기 엉덩이를 노출 시킬 용의가 있는지 물었고, 그 대가로 출연료에 250마르크를 추가해서 준다고 말했다. 러시아인들과 불가리아인은 부끄러워 주저했고, 독일 남자만 촬영준비를 했다. 두 대의 카메라로 뒤쪽과 옆쪽에서 그의 엉덩이를 촬영했다. [⋯] 카드놀이에 진 사람은 방귀로 촛불 5개를 꺼야 했다. 그것이 바로 야만스러운 러시아의 풍습이다. 30명의 군인들은 그때 미친 듯이 즐거워해야 하는데, 그러나 모두 부끄러워할 뿐이었다.[46]

실제로 영화나 텔레비전에서 러시아인들이 악역을 도맡아 연기하는데 독일에서는 '야만인'이란 외국에서 왔고, 러시아 억양으로 독일어를 말하는 사람들이라고 생각했기 때문이라고 카미너는 말한다.[47] 이는 일반적으로 독일인들이 러시아인을 바라보는 시각일지도 모른다. 그러나 다양한 러시아인들이 존재하고 그들이 살아가는 방식도 모두 다른데, 동일한 프레임으로 러시아인들을 바라보는 것은 잘못된 시각이다.

카미너는 이중적인 베를린의 모습에 대해서도 말하는데 겉으로 보이는 그대로인 것은 베를린에 없다고 한다. 「위장영업(Geschätstarnungen)」

에서 카미너가 경험하는 것은 보이는 것과 뒤에 있는 사실은 다르다는 것이다. 어느 날 러시아에서 온 시인에게 베를린 곳곳을 안내하던 중 터키 식당을 방문했을 때 불가리아 음악이 흘러나온다. 카미너는 같이 간 불가리아 혈통의 러시아 시인 일리아 키투프(Ilia Kitup)에게 터키인들이 쉴 때는 불가리아 음악을 듣냐고 묻자 카투프는 "이들은 터키 사람들이 아니고 그냥 터키 사람으로 행세하는 불가리아 사람들이야."[48]라고 대답한다.

바로 옆 이탈리아 식당의 사람들은 그리스 사람들로 정체가 드러났다. 이탈리아 식당에 가면 이탈리아인들과 적어도 몇 마디 이탈리아어로 말하게 될 것이라고 기대한다. 얼마 후 나는 그리스 식당에 갔는데, 내 예감은 틀리지 않았다. 그 식당 종업원들은 아랍 사람들로 판명되었다.[49]

베를린 오라니엔부르크 거리의 스시 식당에서는 몽골 출신의 소녀가 일을 하고, 베를린에 있는 스시 식당들은 일본이 아니라 미국 출신의 유대인들이 장악하고 있다는 사실도 알게 된다. 카미너의 눈에 비친 베를린은 진짜는 아무것도 없는 것처럼 보인다.

이상에서 살펴본 바와 같이 『러시안 디스코』에는 우리가 몰랐던 러시아인들의 참모습과 이방인의 눈에 비친 베를린의 모습이 진솔하게 그려져 있다. 문학은 인간의 삶을 비춰주는 거울과 같다. 자전적 이야기를 통해서 드러나는 작가의 목소리는 소외된 문화를 드러내는 에스노그래피의 역할을 하고 있다.

## 4. 새로운 에스노그래피의 가능성

본 글은 문학이 사회과학의 영역으로 생각되었던 에스노그래피의 역할을 할 수 있을까? 라는 질문으로 시작되었다. 고전적 에스노그래피는 과학의 한 분야로 서구 유럽 사회의 인류학자가 '관찰자의 시각'에서 동양이나 아프리카 등 미지의 문화 속에서 생활하며 탐구하는 연구방법이었다. 그러나 이러한 연구방법은 탈식민주의적인 관점에서 비판받았고, 관찰자의 입장에서 탐색하고 기술한 내용이 정말 그 문화를 올바르게 보여 줄 수 있는가에 대한 회의가 생기게 되었다.

에스노그래피는 새로운 출구가 필요했는데, 포스트모던 시대의 새로운 에스노그래피는 인종, 젠더, 계급 등 인간 삶의 다양한 분야를 탐구하는 연구방법으로 변화되었다. 그리고 기존의 객관적인 글쓰기도 결국에는 글을 쓰는 관찰자의 주관이 개입될 수 밖에 없다는 결론에 이르자 에스노그래피는 새로운 글쓰기 방식으로 전환되기에 이른다.

사회를 가장 잘 기술할 수 있는 사람은 그 속에 속한 사람이고, 또한 작가의 주관이 들어가는 글쓰기는 문학적 글쓰기의 특징을 지니게 된다. 또한 밖에서 안을 들여다 보던 글쓰기 방식은 이제 안에서 안을 들여다 보는 방식으로 바뀌었으며 주체와 타자의 경계가 허물어졌다.

따라서 본 글에서는 르포문학이나 자전적 글쓰기 형식을 가진 문학텍스트가 에스노그래피의 기능을 대신할 수 있다고 보았다. 이를 위해 본 글에서는 W. G. 제발트의 『이민자들』, 스스로 외국인 노동자가 되어 그들의 삶을 직접 기술한 귄터 발라프의 『가장 낮은 곳』, 마지막으로 당사자로서 이민과 난민 생활을 겪으면서 자전적 이야기를 쓴 이민/난민 작가들의 문학텍스트 중 블라디미르 카미너의 『러시안 디스코』를 새로운 에스노그래피의 예로 제시하였다.

제발트의 글쓰기는 인류학자의 탐사 과정과 유사하다. 『이민자들』에 등장하는 4명의 인물들이 살았던 곳을 찾아가 자료를 찾고, 주변 사람을 인터뷰하고, 그들이 남긴 글이나 인터뷰를 통해 유대인의 디아스포라뿐만 아니라 독일인의 디아스포라 상황에 대해서도 탐색하는 태도를 보여 준다. 텍스트와 같이 제시된 수많은 사진과 자료들은 마치 이것이 실제인지 허구인지를 가늠할 수 없게 만든다.

발라프의 글쓰기는 스스로 체험함으로써 관찰하는 자인 동시에 관찰 받는 자의 시각에서 글을 쓸 수 있었다. 이와 같은 경계를 허물려는 시도는, 로살도(2002)의 말처럼 역사적으로 종속적 위치에 있던 것들이 주체로 설 수 있는 공간을 만들어 준다. 이 과정에서 발라프의 르포문학은 새로운 에스노그라피의 전략이 될 수 있다.

카미너는 『러시안 디스코』에서 러시아인의 다양한 모습과 독일인이 가지고 있는 편견을 진솔하게 묘사하고 있다. 포스트모던적 에스노그래피는 특정한 문화 집단에 대한 인류학자의 사실적 보고서가 아니라 다양한 인종, 계급, 젠더, 소외 계층, 성별에 의한 불평등한 구조를 비판하기 위한 도구가 되어야 한다. 또한 객관적인 글쓰기가 불가능하다면 에스노그래피는 결국 문학적인 글쓰기로 전향할 수밖에 없다. 따라서 문학텍스트는 새로운 에스노그래피가 될 가능성이 열려 있다.

1   클리포드, 제임스, 『문화를 쓴다(이기우 옮김)』, 한국문화사, 2002, 20쪽.

2   Edgerton, Robert A/Langness, L.L.(1974): Method and Style of Culture. Chandler & Sharp Publischers, Inc. 1974, pp.67-68.

3   위의 책, p. 68.

4   로살도, 레살토, 『문화와 진리(권숙인 옮김)』, 아카넷, 2002, 85쪽.

5   같은 곳.

6   1992년 초판이 나왔으나 본 글에서는 1994년 피셔 Fischer에서 출판된 문고판을 참고하였다.

7   본 글에서 다루어지는 세 작품은 모두 국내에 번역되어 있다. 이후 원문 인용 시 이재영(2008), 서정일(2012), 신혜선(2009)의 번역서를 참고하였다.

    서정일 옮김, 『가장 낮은 곳에서 가장 보잘 것 없이』, 알마, 2012.

    이재영 옮김, 『이민자들』, 창비, 2008.

    신혜선 옮김, 『러시안 디스코』, 학문사닷컴, 2009.

8   이기욱, 「문학인류학: 문학텍스트의 문화론」, 『영어영문학』 37(3), 1991, 657쪽.

9   로살도, 레살토, 『문화와 진리(권숙인 옮김)』, 아카넷, 2002, 210쪽.

10  초우, 레이, 「원시적 열정: 시각, 섹슈얼리티, 민족지」, 『현대중국영화(정재서 옮김)』, 이산, 2004, 269쪽.

11  Poyates, Fernando, Literary Anthropologiy: A New Interdisciplinary Approach to People, Sings and Literature. Amsterdam: John Benjamin Punlishinbg Company, 1988, p.12.

12  Schmitt-Maaß, Christoph, Erbrechen oder Einverleiben? Zwischen eigenmotivierter Fremdforschung und Gefährdung des Subjekts: Ethnographie im Spannungsfeldvon Wissenschaft, Poesie und

Autobiographie, Monatshefte 100(2), 2009, p.194.

13 기어츠, 클리포드, 『저자로서의 인류학(김병화 옮김)』, 문학동네, 2014, 16쪽.

14 위의 책, 33쪽.

15 Iser, Wolfgang, Das Fiketive und Das Imaginäre - Perspektiven literarischer Anthropologie, Suhrkamp Taschenbuch Wissenschaft. 1993, p.3.

16 기어츠, 클리포드, 『저자로서의 인류학(김병화 옮김)』, 문학동네, 2014, 15쪽.

17 (Neuman, Gerhard/Warnig, Reiner, Transgressionen. Literatur als Ethongraphy, Rombach Litterae, 2003.

18 Neumann, Gerhard, Traum und Transgression. Schicksle eines Kulturmusters: Calderón-Jean Paul-E.T.A Hoffmann-Freud. In: Neumann, Gerhard / Warnig, Rainer(Hg.)(2003): Transgressionen. Literatur als Ethongraphy, Rombach Litterae, 2003, pp.81-122.

19 Schmitt-Maaß, Christoph, Erbrechen oder Einverleiben? Zwischen eigenmotivierter Fremdforschung und Gefährdung des Subjekts: Ethnographie im Spannungsfeldvon Wissenschaft, Poesie und Autobiographie, Monatshefte 100(2), 2009, pp.195-196.

20 Arnold, Heinz Ludwig, W. G. Sebald 1944-2001, in: Ders. (Hg.): Text + Kritik 158, München, 2003, p.3.

21 Löffler, Sigrid, "Melancholie ist eine Form des Widerstands" Über das Saturnische bei W. G. Sebald und seine Aufhebung in der Schrift. In: Heinz Ludwig Arnold (Hg.): Text + Kritik 158 W.G. Sebald, München, 2003, p.108.

22 위의 책, p.106.

23 Hutchinson, Ben, "Seeman" oder "Ackermann"? Einige Überlegungen zu Sebalds Lektüre von Walter Benjamins Essay "Der Erzähler". In: Bem Hutchinson(2009): W. G. Sebald - die dialektische Imagination, de Gryter: Berlin, 2009, p.285.

24 Sebald, W. G., Luftkrieg und Literatur, Suhrkamp: Frankfurt a. M. 2005, p.90.

25 김연수, 앞의 논문, 37쪽.

26 『이민자들』에는 70여장이 넘는 사진과 자료가 실려 있다. 실종된 지 72년만에 빙하에서 유골이 발견되었다는 소식이 실린 신문, 파울 베라이터가 자살

한 철로, 이민을 떠난 친척들의 사진, 아델바르트의 첫 직장인 에덴 호텔 사진, 차 만드는 기계 등.

27  Sebald, W. G., Die Ausgewanderten. Fisher Verlag, 1994, p.13.

28  김연수, 「낯선 이웃 - 욘존의 『기념일들』과 제발트의 『이민자들』에서 읽는 디아스포라 모티프」, 『독일어문학』 54, 2011, 38쪽.

29  Sebald, W. G., Die Ausgewanderten. Fisher Verlag, 1994, p.44.

30  구연정, 「문학적 역사 기술에 나타나는 공감의 구조분석-W.G. Sebald와 김연수의 역사 다시 쓰기에 나타나는 비동일성의 감정이입 메커니즘을 중심으로」, 『뷔히너와 현대문학』 39, 2012, 165쪽.

31  Sebald, W. G., Die Ausgewanderten. Fisher Verlag, 1994, p.117.

32  Wallarf, Günter, Ganz unten. Kiepenheuer & Witsch, 1985, p.11.

33  위의 책, pp.106-107.

34  위의 책, p.127.

35  위의 책, p.29.

36  위의 책, p.63.

37  로살도, 레살토, 앞의 책, 21쪽.

38  최근 독일로 들어온 망명자들에 대한 소개는 다음 논문을 참고하시오.
    허남영·정인모·원윤희, 「독일 난민/이민문학의 흐름과 특징- 독일 망명문학과 난민/이민문학의 비교」, 『독일어문학』 85, 2019, pp.129-154.

39  터키 출신 작가들의 이민문학에 대한 연구 결과는 비교적 많은 편이다. 여기서는 다음 논문을 참고하시오.
    최윤영, 「이민문학과 상호문화성 교육 - 블라드미르 카미너의 텍스트를 중심으로」, 『독어교육』 36, 2006, 393-417쪽.
    최윤영, 「낯선 자의 시선 - 외즈다마의 텍스트에 나타난 이방성과 다문화성의 문제」 『독일어문학』 33, 2006, 77-101쪽.
    전유정, 차이 패러다임과 디아스포라 서사전략-E.S. 외즈다마를 비롯한 터키계 독일 작가 연구. 숙명여자대학교 석사논문, 2008.

40  샤미는 스스로를 이민 작가보다는 망명 작가라고 부르는 경우가 많았다. 정

치적인 이유로 더 이상 다마스쿠스에 있지 못하고 1971년 하이델베르크로 이주해 화학 박사학위를 받고 제약회사에서 일을 했었다. 본명은 수하엘 파델 Suheil Fadél이다. Wild, Bettina, Rafik Schami, Deutscher Taschenbuch Verlag, 2006, p.7.

41  Geckeler(2009)는 샤미의 작품 속에 나타난 이중문화에 대해 논하고 있고, 박정희(2010)의 논문에서는 문화의 혼종성에 대해 다루고 있다.

Geckeler, Linda Bikulturelle Elemente im Schreiben von Rafik Schami, 『독일어문학』 47, 2009, 137-153쪽.

박정희, 「혼종의 이야기, 이야기의 혼종–라픽 샤미의 환상과 현실, 오리엔트와 옥시덴트, 거짓과 진실의 세계」, 『헤세연구』 24, 2010, 315-338쪽.

42  2012년에 동명의 영화로 제작되어 코미디 영화로 큰 성공을 거두었다.

43  Kaminer, Wladimir, Russendisko, Goldmann Verlag, 2000, pp.15-16.

44  위의 책, p.105.

45  위의 책, p.144.

46  위의 책, pp.141-142.

47  위의 책, p.147.

48  위의 책, p.97.

49  위의 책, p.98.

# 『아담과 에블린』을 통해 바라본 이주 서사와 실존 문제[*]

허남영·원윤희

## 1. 장벽을 넘어서

1989년 여름 헝가리 부다페스트에 있는 독일 연방 공화국 대사관을 통해 수백 명의 동독 시민들이 사회주의 체제를 피해 도망쳤고 1989년 11월에는 베를린 장벽이 무너졌다. 그 과정에서 동독 사람들은 서쪽 낙원에 끌려 서독으로의 이주를 선택했다. 그러나 아이러니하게도 서쪽 민주주의의 사회에서 실패를 경험한 사람들에게 동독은 새로운 장소로 인식되는 경향을 보였다.[1] 적지 않은 사람들이 서독에서 동독으로 이주했는데, 이 중에는 새로운 꿈을 찾아 이주한 사람들도 있었다.

2019년은 독일 베를린 장벽 붕괴 30주년을 맞은 해로 1949년 독일

---

* 이 글은 『독일어문학』 89집(2020)에 실린 논문을 수정 보완한 것입니다.

이 분단된 지 40년, 베를린 장벽이 무너진 지 30년이 되는 해였다. 그간 독일의 분단과 통일에 대한 문제는 자국의 문제로만 다루어졌다. 그러나 최근 부상하고 있는 난민/이민문제에 비추어볼 때, 10여 년 동안 분단국가로 존재했던 동독과 서독의 이주는 단순한 국내 이주가 아닌 정치·경제적으로 다른 이념에서 야기된 이주로 볼 수 있다. 이러한 측면에서 동서독의 이주는 최근의 난민/이민 서사를 연구하는 하나의 방향이 된다.

세계화와 유럽연합이라는 현상에서 보듯이 현대세계가 민족국가의 국경을 넘어 지구촌화 되어가는 현실에서 이민문학이 주는 시사성은 크다. 특정 지역이나 민족, 문화에 고착되지 않은 정체성은 이미 현대사회의 특징이 되어버렸다. 그리고 이민문학은 고정된 정체성이 아니라 경제적 혹은 혼합적 정체성을 문제 삼으며 현대사회의 특징을 대표적으로 주체화하고 있다.

그리고 이민문학이 보여주는 가장 큰 특징 중의 하나는 '낯선 자(이방인)'의 시각과 실존의 문제를 새로이 바라보게 해 주는 데 있다. 이러한 시각은 이민문학이 가지는 독특한 특색이자 내용이다. 작품에서 새로운 환경과 공간에서 보여주는 이방인의 시각은 주제와 소재로 분명하게 각인 되어 있어 타자의 시각을 더 첨예하게 드러내 준다.

이 글에서는 독일 분단의 상징인 '베를린 장벽'을 다룬 독일 작품들 중 잉고 슐체(Ingo Schulze)의 소설 『아담과 에블린(Adam und Evelyn)』(2008)에 주목하였다. 슐체는 노벨수상자인 귄터 그라스(Günter Grass)로부터 이 시대의 진정한 이야기꾼이라는 극찬을 받는 작가다.[2] 그리고 그의 작품 중 『아담과 에블린』은 독일 전후의 시대적 풍경과 아담과 에블린의 서독으로의 이주 과정을 다루는 작품으로 이민문학을 통한 담론이 가능하다.[3] 소설은 1989년 여름 헝가리에서 시작된 사회주의 종말 시기를 배경으로 삼고 있으며 성경 「아담과 하와」 모티브를 통해 아담과 하와가 낙원에서 추방된 것을 비유석으로 나타낸다. 한편으로 이주의 상황이 개인의 정체성 인식의 과정으로 이어지며 '실존'의 문제를 새롭게 논의하게 해 준다. 소설의 특징 중 하나는 대화체다. 인물들의 대화는 이주의 과정에서 아담과 에블린이 느끼는 감정을 대변하는 것과 동시에 상황을 정확히 파악하게 해 준다. 『아담과 에블린』은 성경에서 따온 '아담'과 '에블린'이라는 인물을 통해 독일 통일 전후 상황 속에서 '이주'로 야기된 그들의 '실존'을 성경에 빗대어 결과를 암시하였다.

이에 이 글에서는 '이주와 실존'을 주제로 이주민으로서의 탈동독인과 성경 속 '아담과 하와'의 이주를 소설의 분석 배경으로 삼는다. 그리고 『아담과 에블린』에 나타난 이주와 실존의 문제를 '이주'의 시작, '이주'로 야기된 정체성 탐색의 방향, '실존'과 '이상'의 차이로 구분하여 그 양상을 분석하고자 한다.


## 2. 이주와 실존 - 정체성의 탐구

실존주의 문학은 개인의 체험을 중심으로 한다. '허무'와 '불안', '부조리' 등의 문제에 천착하여 1, 2차 세계전쟁을 통해 증폭된 인간 실존의 불안과 허무의식을 다룬다. 이러한 실존주의 문학은 카프카로부터 시작되어 카뮈와 사르트르에 의해 그 정점에 이른다. 당시의 암울한 절망과 그 속에서 배태된 자유는 실존에 대한 자각과 더불어 새로운 세대의식을 불러일으켰다. 즉 '실존주의적 자유는 일체의 과거와의 결별, 규율과 질서를 추구하는 세계와의 의도적 단절, 막연하게 꿈꾸는 미래'로 대변되며 전후 사회에서 절망과 불안을 느끼고 있던 사람들에게 공감을 불러일으켰다. 결정론적 삶을 거부하고 부조리한 세계에 맞서 인간 스스로 자유를 창조하고 획득해야 한다는 것이 카뮈와 사르트르에게서 발견되는 공통적 사상이다. 삶의 목표가 자유와 행복이라면, 전제되는 것은 '사유하는 존재'로서 세계에 대한 명철한 의식과 저항이다. 하지만 세계는 알 수 없고 거대한 힘으로 개인을 파편화시킴으로써 주체는 분열되고 해체되는 지경에 이른다.[4]

이주문학에서의 '실존'도 이와 다르지 않다. 낯선 '실존환경'에서 야기되는 정체성의 분열과 낯선 '언어환경'에서 유발되는 소통의 단절은 피할 수 없는 한계 상황이 되었기 때문이다. 당시 서독으로 이주한 이들은 다른 체제와 이상 속에서 어려움을 감내해야 했으며 동시에 새로운 자극과 도전을 맞이해야 했다.[5] 그리고 이러한 시련은 현재 난민/이민자들이 겪는 어려움과 다르지 않으며 여전히 계속되는 문제다. 결국, 국내외 이주자 모두에게 한계 상황은 '실존'에서 출발한다고 볼 수 있다. 그리고 낯선 환경 속에서 충돌하는 이상은 소설 속 '아담'이 서독으로 이주하는 과정에서 극복해야 할 과제가 된다.

소설 속 아담은 동독에서 안정되고 만족스러운 삶을 살아가는 재단사다. 그런데 그의 연인 에블린은 동독의 관료적인 통제 등으로 그녀가 가고자 하는 대학에 갈 기회를 박탈당하고 동독에서 벗어나 좀 더 나은 미래를 꿈꾸고자 서독으로 떠난다. 그리고 아담이 에블린의 뒤를 쫓으며 둘의 이주가 시작된다. 하지만 그들이 마주한 세상은 꿈과 미래에 대한 희망을 마음껏 펼칠 수 있는 이상적인 공간, 낙원이 아니었다. 현실은 그들의 이상과 달랐다. 이주의 과정에서 베를린 장벽은 무너지고 동과 서는 하나가 되었지만, 그것으로 모든 문제가 해결된 것은 아니었다. 마찬가지로 아담과 에블린의 삶도 이상과 현실의 괴리 속에서 서로 어긋나기 시작하였다. 아담과 에블린이 찾고 있는 낙원이 존재하는가에 대한 근본적인 질문은 어쩌면 계속해서 우리가 무엇을 좇는 것인지, 우리가 찾는 낙원은 어디에 있는 것인지에 대한 질문과도 연결된다.

## 2.1. '이주민'으로서의 탈동독인

동독에서 서독으로의 이주는 동일한 문화적 뿌리를 가지고 있기에 일반적 개념에서의 이주와는 다르다. 그러나 탈동독인들은 이민자와 마찬가지로 다른 정치·경제 체제하에 있었다는 점에서 이민자와 완전히 다른 범주에서 탈동독인들을 보는 것 또한 무리가 있다. 탈동독인들 또한 너무나 다른 사회 체제에서 머물렀기 때문에 서독에서 어려움을 겪을 수밖에 없었다.

국제적 지위 측면에서 이주자는 "더 나은 삶을 찾기 위해 자신의 거주 국가를 떠난 사람", 즉 경제적 이주(민)자로 난민과 구분된다. 반면 위임 난민(mandate refugee)은 자신의 조국 또는 타국에 살고 있는 개인이 유엔난민기구(UNHCR:the Office of the United Nation High Commissioner of Refugee)로부터 난민 지위를 인정받은 사람이다. 한국 탈북자의 경우 '위임 난민'에 속하며 이들은 언제든지 자신의 고향과 조국으로 돌아갈 수 없다는 측면에서 이주자보다는 난민에 가깝다.[6]

탈동독인의 경우, '이주민'으로 정의된다. 최승완의 『동독민 이주사 1949-1989』에 따르면 탈동독인들은 사회주의 정권의 탄압뿐만 아니라 경제적/직업적 이유, 가족이나 결혼 등 가정적/개인적 이유 등으로 이주했다고 한다. 즉 서독으로의 이주는 '일반적인 삶이 질'과 '가족 문제'가 주류를 이루며 '자신이 꿈꾸는 삶을 이어가려는 욕구'를 대변한다. 더 나은 자신의 삶을 위한 동기유발이 동독에서 서독으로의 이주 과정에 강하게 작용한 것이다.

한편 '이주'와 함께 논의되는 '이민', '난민', '위임 난민' 등의 개념은 세부적으로 다르게 구분된다. 그러나 이주는 어떠한 배경과 이유를 전제하든 모두 현실에 대한 불안과 불만족에서 촉발된 것이다. 그리고 더 나은 현실과 이상을 꿈꾼다는 공통점을 가진다.

소설 『아담과 에블린』은 베를린 장벽 붕괴 직전, 냉전 시대의 마지막을 살아낸 평범한 독일인들의 초상을 담았다. 그리고 소설 속 '아담'과 '에블린'의 이주는 역사·정치적 의미가 아니라 보다 사적인 의미를 담고 있다. '에블린'은 자신이 꿈꾸는 삶을 이어가려는 욕구로 '이주'를 선택하였다. 소설의 배경이 된 베를린 장벽 붕괴 직전 탈동독의 이주는 이데올로기, 사회주의 체제와의 단절에서 촉발된 경우가 적지 않았지만, 에블린과 아담의 이주는 더 나은 삶을 추구하기 위한 욕망에서 야기되었다. 실제로 '아담'은 동독 체제에 대한 불만보다 만족이 컸으며 자신의 공간인 '정원'은 '아담과 하와'가 머물렀던 에덴동산처럼 이상적인 공간으로 그려졌다. 그리고 소설은 1989년 여름, 낙원에서 시작되며 성경 속 '하와'가 아담을 권유해 선악과를 따 먹은 것처럼 소설 속 '에블린'의 이주는 아담의 이주 목적이 된다.

그리고 45장 「스파이(Spione)」에서는 이주민으로서 동독인들의 모습이 슈체 특유의 짧은 대화로 재현된다. 이 장에서는 아담과 에블린이 헝가리를 통해 서쪽으로 이주한 후 공무원과 대화를 나누는데, 그는 에블린에게 아담과 동독을 어떻게 떠나 왔는지, 헝가리와 부다페스트의 동독 대사관에서 일어난 일, 아담이 서독으로 오고 싶어 하지 않은 이유 등에 대해 심문한다. 이상과 현실이 충돌하듯 아담은 스파이로 오인을 받고 에블린은 계속해서 상황을 설명한다.

> "성과 이름이 어떻게 됩니까?" "슈만, 에블린" […] "언제부터 동독을 떠나고 싶다는 생각을 한 겁니까?" "언제나요." […] "그리고 당신과 프렌첼 씨는 기회를 노리고 헝가리로 떠났단 말이죠?" "제가 떠나려고 했거든요." "그는 아니었나요?" "그가 뒤따라 온 거예요." […] "그러면 왜 당신이 자유로운 세상으로 탈출하는 걸 반대한 거죠?" […] "그게 아니에요. 그는 나하고 함께 머물고 싶었던 거죠. 그래서 결국 따라온 것이기도 하고요." "확실합니까?" […] "한 번 더 묻겠습니다. 왜 그는 당신과 즉시 함께 가려고 하지 않았던 겁니까? 아니면 말을 바꿀까요? 당신은 반려자가 그런 판단을 내린 이유를 잘 안다고 생각하나요?" "그렇다면 혹시 아담이 스파이라도 된다는 말씀이세요?"[7]

이렇듯 소설 『아담과 에블린』은 동독인들이 1989년 헝가리와 오스트리아를 통해 어떻게 서독으로 이주하게 되었는지의 과정을 그대로 담았다.[8] 그리고 '아담과 에블린'은 '이주민'으로서 탈동독인들의 삶을 설명해 준다.

## 2.2. 성경 속 '아담과 하와'의 이주

성경 속 '아담과 하와'는 소설 속 '아담과 에블린'으로 재탄생되었다. 소설 속 '아담'이 양장점에서 일하는 것은 우연이 아니었다. 아담과 이브는 처음으로 옷을 입은 사람들이었다. 소설은 1장 「암실(Dunkelkammer)」에서의 창조로 시작된다. 에덴동산에서 최초의 인간 아담과 하와가 만들어졌듯이 암실에서는 사진을 통해 인간의 모습이 드러났다. 무(無)에서 그 형체가 드러난 것이다. 암실은 빛이 특별한 역할을 하는 곳으로 인화지 속 여인을 만들어 내고 아담은 재단사로 등장하며 여성을 더 아름답게 만들었다. 마치 성경에서 하나님이 아담의 갈비뼈로 하와를 만드는 것과 같이 아담은 옷으로 여성들의 아름다움을 만들었다.

> 돌연 여자들이 있었다. 여자들은 아담이 만든 드레스와 바지, 치마, 블라우스, 외투를 입고 무(無)로부터 나타났다. 그는 때때로 생각했다. 그들은 하얀 인화지에서 솟아났거나 아니면 그야말로 돌연 나타날 거라고. 여자들은 흡사 인화지 표면을 뚫고 모습을 드러낸 것 같았다.[9]

그리고 성경 속 '하와'는 독일어로 'Eva', 즉 에블린을 연상시킨다. 에블린의 동료는 세 명의 천사인 미카엘라(Michaela), 가브리엘라(Gabriela)의 이름과 같으며 미카엘라는 하이든의 '천지창조(Schöpfung)'에 관한 논문을 썼다. 또한 발라톤(Balaton) 호숫가에서 소규모 그룹을 주최하는 지인들은 헝가리어로 천사(Angyal)로 불렸다. 이렇듯 아담과 에블린 주변의 인물들은 모두 천사들에 의해 둘러싸여 있었다.

그리고 이주의 과정에서 아담과 함께 동독을 떠나는 거북이 '엘프리데(Elfriede)'는 성경에서 하와를 유혹하는 '뱀'에 비유되는 듯하다.[10] 엘프리데는 아담과 에블린과 함께 아담의 정원, 즉 낙원에 있었으며 아담과 함께 낙원을 떠났다. 성경에서 뱀은 말도 하고 두 발로 걸어 다녔지만 하와를 유혹한 후에는 그 벌로 인해 땅을 기어 다니며 말도 할 수 없게 되었다. 4장 「가출 Der Auszug」에서 아담의 잘못으로 에블린의 이주가 시작되고 아담이 에블린을 뒤쫓으면서 엘프리데는 바람도 들지 않는 아담의 자동차 트렁크에 담겼다. 에블린은 아담에게 엘프리데를 잘 좀 보살펴 달라며 부탁했었다. 그러나 그녀가 떠나고 아담까지 엘프리데를 데리고 동독을 떠나게 되면서 엘프리데도 자연스럽게 낙원을 떠나게 된 것이다.

> "기다려 봐"라고 말하고 그녀는 정원 뒤로 가서 작은 널빤지 위에 앉더니 손가락으로 거북이 목을 쓰다듬었다. 정원으로 "엘프리데를 잘 좀 보살펴 줘."라고 말하며 그녀가 오른쪽 바짓단을 한 단 접어 올렸다. "날마다 신선한 물로 갈아주고. 밤에는 우리에 뚜껑을 꼭 덮어 줘야 해. 담비 때문에."
>
> […]
>
> "엘프리데는 어디 있어?" […] "엘프리데는 자동차에 있어? 아직 살아 있기나 한 거야?"[11]

이외에도 소설에 묘사된 아담의 집은 마치 에덴동산과 같았다. 작가는 소설에서 계속해서 무화과, 레몬, 사과, 포도 등 과일 모티브를 언급하였다. 그러나 그 과정에서 금지된 과일이 사과인지, 오렌지인지, 무화과인지는 확실하지 않다. 그럼에도 소설 속 과일 모티브들은 23번 정도 언급되며 언급될 때마다 메타 텍스트의 일부로 소설을 이끈다. 그리고 소설 속 성경 텍스트에 대한 논의는 동독에서 서독으로의 도착으로 연결된다.

42장 「인식(Erkenntinsse)」에서 누군가 호텔에 놓아둔 성경은 이후 아담과 에블린의 이주 과정에 계속해서 언급된다.

> " … 어, 누군가 뭘 놓고 갔네. 성경이네. 이거 묘하군." "우리 때문에 그걸 거기다가 둔 건가?" "우리가 일종의 피난민이라서?" "뭐. 용기를 내라. 그런 뜻이겠지. 여기 사람들 진지하게 그뤼스 고트라면서 종교적인 뜻이 담긴 인사말을 주고받곤 하잖아."[12]

소설에서 성경의 내용은 1989년 장벽 붕괴와 통일의 시대에 '원죄'와 '선택'이라는 문제에 비유된다.[13] 그리고 이것은 소설에서 성경의 '아담과 하와'를 소설분석의 배경으로 간과할 수 없는 이유가 된다. 실제로 소설 속 아담과 에블린이 성경을 읽으며 논쟁하는 부분에서는 그들의 이주에 따른 결과가 상징적으로 대비되고 있다.

> "여호와 하나님이 그 사람을 데려다 에덴동산에 두시고 그곳을 다스리고 지키게 하시니라. 그리고 여호와 하나님이 사람에게 명하여 가라사대 동산 각종 나무의 실과는 네가 임의로 먹되 선악을 알게 하는 나무의 실과는 먹지 말라. 네가 먹는 날에는 정녕 죽으리라 하시니라." "죽는다고?" "이미 다 읽어 봤다며?" "아니, 그런데 왜 죽

어? 그들은 파라다이스를 떠나게 될 뿐이잖아?" "그거나 저거나 마찬가지지." "파라다이스에 있으면 그들이 죽지 않으니까?"[14]

## 3. 『아담과 에블린』에 나타난 이주와 실존의 문제

잉고 슐체의 소설 『아담과 에블린』은 2008년에 발표되어 독일 도서 상 최종 후보에 올랐던 작품이다. 소설은 성경 「아담과 하와」의 모티프를 인용하여 독일 통일 과정에서 동독 주민들이 겪은 경험을 두 연인의 사랑 이야기로 경쾌하게 풀어냈다. 2009년에는 동독 출신의 연극 감독인 율리아 휠셔(Julia Hölscher)를 통해 옛 동독 지역인 드레스덴에서 연극 무대에 올려지기도 했으며 2018년 안드레아스 골드슈타인(Andreas Goldstein) 감독을 통해 영화로도 제작되었다. 이 소설은 연극적 요소를 많이 가지고 있으며 코미디, 드라마 및 서사시의 요소를 결합한 형태를 띠고 있다. 실제로 소설은 55개의 짧은 장으로 이루어져 있으며 대부분이 대화체로 구성된다. 슐체는 소설에 연극처럼 대화 형식을 잘 사용하며 대화는 쉽고 세련되고 현실적이다.

소설은 모두 통일 직전 동독을 배경으로 동독에 머무르려는 아담과 서독으로 떠나려는 에블린의 이야기가 한 편의 '이주 서사'로 정리되었다. 그리고 그 과정에서 그들이 낯선 공간에서 겪는 어려움은 '실존'의 문제를 다시금 논의하게 하였다.

소설의 배경은 철의 장막이 무너지고 동독과 서독을 나누던 베를린 장벽이 사라지는 1989년이다. 동독에 거주하는 재단사 아담과 웨이트리스 에블린은 평온한 삶을 살아가는 커플이다. 여름휴가를 준비 중이던 두 사람이지만 아담의 바람기를 의심한 에블린은 친구들과 헝가리로 휴가를 떠나버린다. 그런 에블린을 찾아가던 아담은 카탸(Katja)라는 너싱이 서쪽으로 이주하는 걸 몰래 돕는다. 그 과정에서 서독으로 탈출하는 젊은이들도 많이 만난다. 다시 만나게 된 아담과 에블린은 지모네(Simone)의 친척인 서독 사람 미하엘(Michael)[15]과 함께 동독에서 체코로, 체코에서 다시 헝가리로 이동하며 국경을 넘는다. 그런데 두 사람에게도 선택의 순간이 찾아온다. 꿈꾸는 미래를 위해 고향을 떠나서 서쪽으로 갈 것인지, 아니면 그대로 동쪽에 머물 것인지 두 사람은 선택의 갈림길에 서 있다. 1989년 베를린 장벽 붕괴와 재통일이라는 현실을 배경으로 작가는 아담과 에블린의 선택을 '아담과 하와'에 비유하여 낙원[16]에 대한 갈망으로 상징화했다. 즉 '아담과 하와' 속 유혹이라는 개념을 현실에 비유하며 인간의 실존을 고민하게 한다.

그러나 소설에서는 '아담'과 '에블린'의 다른 이주 서사가 그려진다. 자발적으로 '이주'를 계획한 에블린과 에블린을 쫓기 위해 시작된 아담의 이주는 새로운 공간에서 다른 관계를 맺으며 다른 양상을 띤다.

### 3.1. 아담과 에블린의 '이주'의 시작

이주는 인간의 본질적 속성에 속하며 인간은 다양한 이유로 본래 머물렀던 익숙한 공간을 떠나 낯선 공간으로 이동한다. 인간은 특정 의도와 목적을 가지고 새로운 환경을 찾아 나서며 주어진 환경과 상황에 대해 능동적이고 적극적으로 대응한다. 즉 인간은 현재보다 더 나은 삶의 기회를 얻기 위해 특정 공간 혹은 낯선 공간으로 이주한다. 그리고 이러한 이주로 인해 촉발된 삶은 개방, 탈규제, 무한경쟁 등 초국가적 신자유주의 경제 체제를 지향하는 '세계화(globalization)'와 연관된다.[17]

세계화는 다양한 문화들이 만나 교류하고 서로 영향력을 주고받는 공간을 창조함으로써 새로운 관계를 맺게 한다. 그러나 역설적이게도 세계화는 다시 인간들을 직·간접적으로 삶의 다양성에 노출하며 자신의 고유한 정체성 속으로 도피시키고 분리주의자의 이데올로기를 수용하는 경향을 보인다.[18]

소설 『아담과 에블린』에서 '에블린'은 전자에 '아담'은 후자에 속하는 경우다. 다양성의 인정과 수용은 정체성을 상대화, 고정화함으로써 특정 문화구성원의 배타적 고립을 이끈다.

아담의 정원에는 새가 울고 거북이 '엘프리데'는 덤불 속을 움직였다. 1989년 여름에 시간이 멈춰진 것처럼 아담의 정원은 낙원이었다. 그런데 아담만이 그 낙원에 살고 있다. 이렇듯 소설은 낙원에서 시작한다. 동독이 존재하는 마지막 몇 년 동안 동독은 '틈새 사회(eine Nischengesellschaft)'[19]라고 불렸으며 아담은 이 '틈새 사회'에 대해 매우 호의적이었다.

소설 속 아담은 1989년 베를린 장벽 철폐 이전 동독에서는 재단사로서 기능인이자 자영업자였다. 그에게는 정원 딸린 집도 있고 결혼할 애인도 있었다. 그는 옷을 짓는 솜씨와 직업 덕분에 소위 '삶의 질'에 만족하며 살고 있었다. 이는 단지 공산당 체제 내의 정치적인 지위는 아니었다. 아담은 통통하고 나이가 지긋한 여성에게도 그 여성만의 개성과 아름다움을 돋보이게 하며 또 그렇게 자신이 공을 들여

창조한 아름다움을 사랑했다. 그가 만든 옷을 입는 고객은 그의 상품을 사 가는 익명의 고객이 아니라 그가 특별히 아름다움을 선사한 여성 '릴리(Lili)'처럼 실존하는 인물이었다. 그리고 아담이 사는 곳은 시간이 천천히 지나가며 공장에서 대량생산으로 찍어 내는 상품에 몸을 맞추기 위해 모든 여성이 똑같이 날씬해지려고 다이어트를 하고 성형수술을 받아야 하는 세상과는 달랐다. 아담이 사는 세상에서는 자동차 같은 물건조차도 단지 성능 좋은 이동 수단이거나 구매 가격에 따라 자신의 부를 남에게 과시하는 재산이 아니었다. 아담은 자동차를 가족이나 친구처럼 '하인리히(Heinrich)'라는 이름으로 불렀다.

"아무튼 난 기뻐. 하인리히가 잘 견뎌 줘서. 언제든지 믿을 수 있다니까." "하인리히?" "아담의 바르트부르크 말이야. 아버지가 쓰던 이름을 그대로 물려받았대." "자동차를 하인리히라고 부른다고?" "왜 웃는 거지?" "한 번도 그런 경우를 들은 적이 없어서." "서독 사람들이야 몇 년에 한 번씩 새 차를 사고 옛날 차는 고물상에 넘겨 버리니까 그렇겠지. 우리나라에서 자동차는 한 식구나 다름없어."[20]

그런데 '에블린'에게는 그러한 세상이 만족스럽지 않았다. 에블린이 바라보는 동독이라는 사회, 즉 사회주의 사회는 일반적으로 주민들에게 훌륭한 삶의 질을 누리게 했거나 자유와 평등을 보장했던 곳이 아니었다. 오히려 아담의 만족스러운 삶은 예외에 속했다. 아담을 제외한 나머지 소설 속 인물들은 서쪽으로 탈출하기를 희망한다. 특히 '에블린'은 동독의 정치적이고 관료주의적인 통제로 인해 대학에 갈 기회를 박탈당하고 자신이 원하지 않는 직업을 가지고 답답한 삶을 살고 있었다. 에블린은 가슴 속에 품은 미래의 꿈을 이루고 자유롭게 주체적으로 살아가려는 젊은이라면 누구나 서독으로 가지 않으면 안 된다고 여겼다. 1989년 헝가리 국경이 열리고 베를린 장벽이 무너지면서 냉전이 종식되었던 것도 사실 공산 진영 주민들이 여행의 자유와 더 나은 삶을 달라고 외치던 시위가 그 첫 발단이었다. 독일 통일은 심각한 물자난과 부패하고 무능한 공산당의 정치권력, 구속과 억압, 통제를 더는 참지 못한 사람들이 거리로 뛰어나와 정권에 변혁을 요구하며 베를린 장벽을 허문 것으로부터 시작되었다.

에블린은 아담과 고객인 릴리가 벌거벗은 몸으로 함께 욕실에 있는 장면을 목격하고 친구 지모네와 휴가를 떠났다. 그들은 지모네의 친척이며 서독 사람인 미하엘이 운전하는 서독제 자동차 빨간 파사트를 타고 갔다. 그리고 그 뒤를 아담이 그의 차 '하인리히'를 타고 뒤쫓았다. 이렇게 아담과 에블린의 긴 이주는 시작되었다.

동독인들은 헝가리를 통해 자유와 희망을 꿈꾸며 서쪽으로 이주하였다. 아담과 하와가 금단의 열매 앞에서 결정해야 했던 것처럼 아담과 에블린은 동독과 서독을 두고 결정을 내려야 했다. 즉 1989년 여름의 예외적인 상황에서 갑작스러운 선택의 자유는 성경 '아담과 하와' 속 금지와 유혹, 사랑과 인식이라는 최초 인류의 역사와 낙원에 대한 갈망으로 이어졌다. 그러나 낙원은 어디에 있는가.[21] 독일의 역사는 성경을 통해 현재 우리의 삶에 다시 질문을 던진다.

아담과 하와는 금단의 열매를 먹음으로써 에덴동산에서 추방당하였다. 그런데 아담과 에블린의 이주는 재단사 아담이 그의 손님 릴리와 '간음'을 범하면서 시작되었다. 소설은 성경과 달리 아담이 원죄를 저지르며 그가 그의 낙원을 떠나는 것으로 그려졌다. 그런데 아담의 실제 이름은 '루츠 프렌첼(Lutz Frenzel)'이며 사람들이 그를 '아담'이라고 부를 뿐이다.

이렇듯 아담과 에블린의 이주는 다른 이유에서 시작되었다. 그리고 그 결과 또한 다른 정체성 인식으로 이어지며 다른 결과를 만들어냈다. 즉 서독으로의 이주 과정에서 느낀 정체성과 실존의 문제는 '아담'의 옛집 방문을 통해서 서독과 동독 그 어느 체제와 공간도 이상적이지 않음을 시사한다. 어느 쪽이든 새로운 공간과 사회로의 이주는 오랫동안 형성된 관습적 태도와 사회적 배경이 맞물리면서 충돌을 일으켰다. 그리고 이주에 따른 새로운 공간은 상실의 두려움과 정착의 어려움, 소통의 부재로 이어졌다.

아담과 하와에서는 에덴동산에서의 추방이 힘든 노동과 고통, 죽음을 맛보게 하였으나 선과 악을 알면서 자유(선택)의지도 가지게 하였다. 그런데 소설에서는 아담과 에블린의 다른 월경 경험, 이주 서사를 그림으로써 존재에 따른 새로운 인식을 경험하게 하였다. 하지만 선과 악, 낙원에 대한 경계는 여전히 모호하다.

### 3.2. '이주'로 야기된 정체성 탐색의 과정

이주의 과정에서 만나는 사람들은 모두 대개 젊은이들이며 그들은 모두 서쪽으로 향하고 있다. 그들은 자유와 새로운 이상을 찾아 그들이 원하는 꿈을 이루기 위해 이주하였다. 이런 측면에서 소설은 1960년대 미국의 로드무비를 연상시킨다. 소설은 잉고 슐체의 이전 작품들 『심플 스토리(Simple Storys)』(2008), 『핸드폰』(2007)에서와 같이 특유의 초절약형 대화문이 사용되었다. 『아담과 에블린』도 대부분은 인물들이 나누는 대화체로 구성되며 아담과 에블린을 둘러싼 모든 사건은 그들과 주변 사람들의 대화를 통해서 전개되었다.

소설 속에서 아담의 정원과 시독은 낙원으로도 해석된다. 이주의 과정에서 서독은 꿈을 이루어 줄 수 있는 자유로운 세계로 묘사되며 카탸와 에블린을 매료시켰다. 그 과정에서 함부르크 출신 미하엘은 서구 세계의 우월성을 확신하였다.

하지만 넌 얼마나 좋은지 모르잖아. 얼마나 멋진지! 우리 쪽에선 넌 훨씬 더 잘 살 거고, 훨씬 더 오래 살 거야.[22]

발라톤 호수[23]와 헝가리의 몇몇 장소들은 1989년 당시 동독 사람들에게 인기 있는 여행지였다. 하지만 여행을 위해서는 비자가 필요했으며 제한된 환전 금액은 더 먼 곳으로의 이주를 허락하지 않았다. 온화한 기후, 친절한 사람들, 슈퍼마켓 진열장의 서양식 제품과 좋은 과일은 동독 사람들을 매료하기에 충분했으며 서방 혹은 서독의 친구들이나 친척들을 자유롭게 만날 수 있는 최적의 장소였다. 그리고 이들은 이곳에서 새로운 관계를 맺을 수 있었고 새로운 선택을 할 수 있었다.

에블린을 쫓아 여행을 시작한 아담은 발라톤 호수에서 에블린을 만났다. 그리고 아담은 그녀와 함께 서독으로 향했다. 그런데 서독에 머무는 에블린에게 카탸는 아담이 서쪽 세계에 익숙해지는 데 문제가 있다고 이야기한다.

"누구라도 널 본다면 아무도 네가 막 몇 주 전에 이곳에 온 사람이라고는 생각하지 않을 거야. 너는 모든 게 다 익숙해 보여. 여기서 태어난 사람처럼. 반대로 아담을 보자면, 그는 무슨 위조지폐 같은 형색으로 여기서 빙빙 맴돌아. 기워 먹지도 않아" "그럼 넌?" "난 중간쯤, 너하고 그의 중간"[24]

아담과 에블린은 국경만 넘으면 그들의 꿈과 미래에 대한 희망을 맘껏 펼치며 새로운 인생을 살 수 있을 것이라고 믿었지만 현실은 이상과 달랐다. 소설 45장 「스파이(Spione)」에서 공무원이 에블린을 심문하는 내용을 통해서도 '자유로운 세계'가 무엇인지 의문을 갖게 된다. 아담은 동독에서의 이주를 후회하지만, 에블린은 현재 머무는 공간을 일종의 '원더랜드'라고 생각했기 때문이다. 그러나 스파이와 상호 감시라는 설정은 여전히 그들이 꿈꾸는 이상이 실현된 것인지 의문을 갖게 했다.

정착지 서독은 아담에게 상실과 존재의 의미를 새롭게 일깨우는 공간이 되었다. '이주'에 대한 논의는 앙리 르페브르의 "(사회적) 공간은 (사회적) 생산물이다"라는 명제가 의미하듯, 공간은 사회학적 실천의 산물로 사회적 관계들의 생산에 결정적인 역할을 한다.[25] 이미 산업화, 자동화된 서독에서 아담이 할 수 있는 일은 없었다. 동독에서 그는 재단사로서 존재의 가치가 충분했지만, 공장에서 대량 생산된 기성복을 입는 서독에서 그가 설 자리는 없었다. 그의 개성이 상실되면서 존재의 가치 또한 축소되고 의미를 잃어간 것이다. 어쩌면 '동독'은 그가 믿고 그의 정체성을 확인시켜주는 공간과의 괴리에서 전통과 정체성, 안정성을 대변하며 진정한 유토피아적 장소에 대한 동경을 상징한다고 볼 수 있다. 마치 성경에서 '아담과 하와'가 에덴동산에서 쫓겨나며 낙원, 유토피아를 잃은 것처럼 '아담'의 이주는 상실감으로도 대변되는 것이다.

### 3.3. 아담과 에블린의 '실존'과 '이상'의 차이

아담과 에블린은 여러 고비를 겪으며 서독에 도착했다. 그리고 그곳에서 얼마 지나지 않아 베를린 장벽은 무너지고 동서독은 하나의 독일이 되었다. 그러나 아담은 서독에 도착한 후 아담과 하와가 에덴동산의 낙원에서 쫓겨난 것처럼 불행의 나락으로 떨어졌다. 서독, 즉 자본주의 세상에는 '맞춤 재단사' 같은 당당한 직업 자체가 없었다. 아담은 동독에서 최고의 재단사로 부와 명예를 누렸지만 이제 서독에서는 자신의 재능이 별로 쓸모없다는 것을 알게 되었다. 서독에서는 굳이 맞춤 재단사가 필요 없었고 그의 존재가 필요한 이유 또한 자연스럽게 사라져 갔다. 이제 자본주의 세상에서 아담은 실업자가 되었다. 아담은 에블린을 따라 이주한 서독에서 낙원을 잃고 방황하는 불행한 패배자가 된 것이다. 아담이 설 자리를 잃은 것에 대해 에블린은 다음과 같이 말했다.

여기 사람들한텐 맞춤 재단사 같은 게 필요 없어. 모두들 기성복을 사니까. 기젤라조차도 그의 옷을 입으려고 하지 않아. 공짜로 해준대도 싫대. 방세 대신에 그렇게 한다는데도. 나 역시 모르겠어. 왜 여기 여자들은 자신들한테 진짜로 딱 맞는 옷을 원하지 않는 건지. 정말로 몸에 착 붙는 옷을. 아담 말로는 그들이 맞춤옷이 뭘 의미하는지, 바로 그 감각을 잃어버려서 그런 거래. 우리가 낸 광고에도 아

직 아무도 연락해 오지 않았어.[26]

아담은 서쪽에 도착한 후에 일을 포기하면서 점점 우울해졌다. 서독은 소위 자유세계였지만 아담에게는 자신이 할 수 있는 일이 없는 공간으로 에덴동산은 아니었다. 게다가 아담은 '이주 증후군(Übersiedlungsyndrom), 적응 장애(Adaptions-schwierigkeiten)'라는 병까지 얻었다. 낭만적이고 낙천적인 성격의 아담에게 자본주의 사회에서 빠르게 돌아가는 시스템이 어울리지 않았다.

"… 난 의사한테 갔다 왔어. 의사가 병가 진단서를 끊어 주더라."
"어디가 아픈데?" "아, 뭐 '이주 증후군'이라나, '적응 장애'라나. 그런 걸 그들이 인정할 거래. 돈도 더 많이 받을 거라고 했어."[27]

그리고 에블린은 행복한 서구에서 아담의 우울증을 그의 말을 인용하여 다음과 같이 묘사했다. 아담은 서구에서 너무 많은 것들, 즉 물질의 인플레이션이 모든 것, 그중에서도 진짜 사물의 가치를 매장한다고 이야기했다. 동시에 성경을 인용하며 우리의 원죄도 결국 더 많은 돈을 원하는 욕망을 통해 파괴될 것이라고 말했다.

그는 괴로웠던 거야. 자기 자신에게 화가 나서 절망한 나머지. […] 그가 말하길, 뭐든지 너무 많대. 말도 너무 많고, 옷도 너무 많고, 바지도 너무 많고, 초콜릿도 너무 많고, 자동차도 너무 많다면서, 그러더니 모든 것이 넘치도록 많은 걸 기뻐하기는커녕 이렇게 말하는 거야. 너무 많다, 너무 많아. 모든 것을 매장하는 인플레이션. 본연의 사물을, 진짜 사물의 가치를 매장한다면서. 그런 식으로 그는 말해. 그는 심지어 원죄에 관해 언급한 적도 있어. 정말이야, 원죄! 그는 원죄란 점점 더 많이, 점점 너 많은 돈을 원하는 욕망이라는 거야. 그게 모든 것을 파괴할 거라면서.[28]

반면 에블린은 아담과 달리 자신의 꿈을 실현하기 위해 선택한 이주였다. 그러나 에블린에게도 서독의 현실은 여전히 극복해야 할 대상이었다. 베를린 장벽이 무너졌지만 남겨진 과제가 많았던 것처럼 아담과 에블린에게도 이주로 얻은 세계 사이에 여전히 높은 장벽이 자리하고 있었다.

그러나 통일이 되면서 달라진 사회 속에서 동독, 아담의 낙원마저도 사라져 버렸다. 베를린 장벽이 철폐된 후 다시 돌아간 동독에도 예전에 그가 살던 정든 집은 그대로 남아 있지 않았다. 아담이 없는 사이 누군가 빈집에 들어와 소중한 것들을 파괴하고 망가뜨려 놓았다. 아담에게 낙원은 이제 어디에도 존재하지 않았다. 꿈과 희망을 위해 어려움을 견디며 이주했지만, 그가 처한 현실의 장벽은 높았다. 화려했던 지난 동독을 그리워했지만 이제 그곳마저도 존재하지 않았다.

'유토피아(utopia)'는 그리스어의 ou(없다), topos(장소)를 조합한 말로 문자적으로 따지면 '어디에도 존재하지 않는 곳'이란 뜻이다. 모든 사람이 이상적으로 생각하는 곳이지만 '이 땅 어디에도 존재하지 않는 세계' 그것이 사람들이 꿈꾸는 유토피아다.[29] '유토피아'란 말 그대로 이제 아담에게 낙원은 서독과 동독 그 어디에도 존재하지 않는다. 성경 속 아담과 하와가 에덴동산에서 추방당하며 다시 돌아갈 수 없었던 것처럼 이제 그에게 낙원은 없다. 아담이 소설에서 여러 번 말한 것처럼 낙원은 동독에 있는 것도 아니었다.

그러나 에블린은 소설 48장 「전화 통화 후(Nach dem Anruf)」에서 서독에서의 희망직한 유토피아를 상상하였다.

맞춤옷을 지을 수 있는 당신 같은 사람은, 당신처럼 잘하는 사람은, 당신 같이 아이디어가 넘치는 사람이라면! 그런 사람을 어떻게 그냥 놔두겠어? 일단은 보조 역할뿐이라 하더라도, 일 년, 혹은 2년 정도일 뿐이야. 그게 뭐가 그리 나빠. 그러면서 당신은 기술을 배우는 거지. 사업 수완 말이야. 그 상점 고객의 반을 당신이 확보하는 거야. 한 번만이라도 당신한테 왔던 사람은 다른 곳으론 절대 가려고 하지 않을 테니까. 당신이 더 잘 알잖아. 믿음, 사랑, 희망, 여기 어딘가에 있다고. 사랑, 그건 우리한테 이미 있고, 당신을 믿는 마음도 있고. 희망만 빠졌네. 오로지 희망만. 하지만 그거라면 당신한테 내가 있잖아. 내가 희망이거든.[30]

에블린은 서쪽 사회에 희망이 있다고 생각하였다. 동독 생활에 만족했던 아담과 달리, 동독 사회에서 기회를 박탈당하며 자유를 원했던 에블린은 이제 모든 것을 새롭게 시작할 기회를 얻었다. 이주를 통해 행복을 누릴 준비가 되었다. 여전히 현실의 벽은 높지만, 에블린 앞에는 그녀가 원하는 기회가 놓여있었다.

이렇듯 소설 속에는 두 가지 낙원의 개념이 병치 되었다. 아이러니하게도 동쪽 사회도 이상적인 낙원으로 묘사되고 번영을 약속하는 서구 소비사회도 다른 차원의 낙원으로 제시되었다. 선악과를 먹고 타락한 이후의 세계를 기반으로 하는 성경과는 달리 동쪽 세상이 계속해서 이상적인 사회로 묘사된 것이다. 그러나 무너진 장벽은 동독과 서독을 구분하며 계속해서 이전과 현재의 세계 중 어느 것이 나은지 선택하게 했다.

## 4. 파라다이스는 존재하는가?

우리는 이주를 통해 현재보다 나은 이상을 꿈꾼다. 자발적이든 강제적이든 어떠한 이유와 목적에서 이루어진 이주인지는 중요하지 않다. 현재보다 나은 새로운 이상을 펼치기 위해 이주는 시작된다. 난민/이민문학에 나타난 서사 또한 다르지 않았다. 그러나 이상은 늘 현실에 부닥치며 원하는 대로 실현되지 않을 수도 있다. 반면 그러한 이상이 실현되는 예도 적지 않을 것이다. 어쩌면 소설 『아담과 에블린』은 양극단을 비유적으로 잘 보여주는 예다. 두 사람은 '그대로 머물 것인가, 미래를 위해 고향을 떠나 서쪽으로 갈 것인가'라는 갈림길에서 이주를 선택하였다. 그들은 이주를 통해 낙원, 행복을 꿈꿨지만 그들의 이상과는 달랐다. 소설은 그들이 이주를 통해 꿈꿨던 것은 무엇인지, 무엇을 위해서 이주를 희망하였는지를 보여주었다. 그들이 어떠한 목적과 선택을 통해 서독으로의 이주를 희망하였든 그들의 이주를 통해 알 수 있는 것은 공산주의는 무조건 잘못된 사회이며 자본주의 진영은 좋은 가치와 제도를 가진 것이 아니라는 사실이다.

잉고 슐체는 전작 『새로운 인생(Neues Leben)』(2005)에서 독일 통일을 계기로 커다란 삶의 변화를 겪은 한 동독 청년의 이야기를 다루었다. 그리고 『아담과 에블린』에서도 다시금 1989년 장벽 붕괴와 재통일을 배경으로 하였다. 전작에서는 서독으로의 망명을 꿈꾸었던 순수한 문학청년이 통일 이후 자본주의 체제에 눈을 떠 사업가로 변모해 가는 모습을 그렸다. 감시와 억압이 심했던 동독 체제, 베를린 장벽의 붕괴와 독일의 통일, 서독 자본주의 체제의 도입 등 당시 독일의 정치 상황이 개인에게 미친 거대한 영향력을 묘사하며 역사와 개인 간의 문제에 대해 되짚어볼 기회를 제공하였다. 그런데 『아담과 에블린』에서는 성경 '아담과 하와'를 인용하여 소설 속 '아담과 에블린'의 선택, 그 행동으로 귀결된 실존의 문제와 관련해서는 그것이 옳았는지 혹은 아닌지에 대해서 답을 아끼며 계속해서 우리에게 무엇이 옳은 것인지 질문한다.[31]

잉고 슐체는 동독 사람들에게 1989년은 주요 전환점으로 "전환기는 사랑, 공기, 음식, 옷, 돈, 일 등 모든 것이 완전히 바뀌었음을 의미한다. (Die Wende bedeutete, dass sich absolut alles geändert hat: Von der Liebe, von der Luft, vom Essen, von der Kleidung, dem Geld, der Arbeit.)"라고 했다. 모든 것은 새롭게 논의되어야 하고 모든 것이 재고되어야 한다면서 '나쁘다'의 문제가 아니라 변화한 상황에서 사람들이 어떻게 느끼며 변해가는지 보여 주는 것이 중요하다고 말한다.[32]

소설 속 아담과 에블린은 서독으로 이주했지만 그들이 실현하고자 했던 이상은 다른 가치관과 생활 방식, 사회 구조 속에서 현실과 충돌했다. 그리고 이주의 과정에서 그들이 느끼는 정체성 인식 과정은 이주의 의미가 무엇인지, 현대사회의 의미가 무엇인지를 질문했다. 하지만 결론은 두 사회 모두 완벽하지 않으며 이데올로기나 선전 선동만이 아니라 개인의 성장과 발전에도 장단점이 있다고 강조한다. 그렇다면 우리가 꿈꾸는 실존은 어떤 것이며 이주의 이유와 목적은 무엇을 향하는지 계속해서 질문이 남겨진다. 결국, 성경 속 '아담', '하와'와 같이 '아담', '에블린'의 선택에서 시작된 이주의 시작과 이주를 통해 새롭게 주이진 환경은 우리가 추구하는 것이 무엇이며 무엇을 쫓아야 하는지, 그 실존의 의미를 다시 생각하게 해 준다.

1   https://www.buecher-wiki.de/index.php/BuecherWiki/AdamUndEvelyn

2   잉고 슐체는 1998년 베를린 문학상과 요하네스 보브로프스키 메달을 수상했
    고 2007년에는 『핸드폰(Handy)』(2007)으로 라이프치히 도서전에서 수상했다.
    그밖에도 페터 바이스 상, 튀링겐 문학상, 마인츠 문학상, 그란차네 카보우르
    상 등 권위 있는 문학상을 받으면서 그는 현재 독일 문단에서 가장 주목받는
    작가 중의 한 명이다.

    https://de.wikipedia.org/wiki/Ingo_Schulze_(Autor)

3   독일에서 이민문학의 개념은 '이주자문학(MigrantInnenliteratur)'과 '이민문학
    (Migrations literatur)'으로 구분된다. 이주자문학은 이주민들이 쓴 문학으로 경제
    적인 이유로 이주한 이들을 주제로 다룬다. 그리고 이민문학은 편견, 즉 억압
    된 소수 민족의 관점에서 편집되고 심미적으로 디자인 된 문학'을 의미한다.

    참고: Röschm Heidi, Migrationsliteratur im interkulturellen Kontext. Eine
    didaktische Studie zur Literatur von Aras ären, Ayseläzakin, Franeo Biondi
    und Rafik Schami. Frankfurt am Main. 1992, p.33.

    초기 독일 이민문학은 1960년대 이후 독일로 이주한 노동자들에 의해 형성
    된 '이주노동자문학(Gastarbeiterliteratur)'이다. 이들은 이주 초기에 이주노동자
    로서의 어려움과 비참함, 이방인으로서 느끼는 외로움, 독일사회가 이들에게
    보인 편견 등을 작품의 내용으로 다루었다. 그리고 독일 이민문학의 다른 줄
    기는 정치적인 탄압과 그로 인한 망명으로 시작하였다. 이들은 노동자 문학
    의 작가들과 달리 고국에 대한 향수나 그리움만을 내용으로 다룬 게 아니라
    자국의 어둡고 병든 현실까지도 작품에 표현해 내고 있다. 다른 차원에서 시
    작된 이주와 도피지만 결국 그들 모두에게 놓인 한계 상황은 '실존'에서 출발
    하기 때문이다. 이러한 측면에서 『아담과 에블린』은 내적 망명을 다루고 있
    으며 이주의 과정에서 주인공들이 겪는 상황은 현재 이민자들과 다르지 않
    다는 점에서 이주문학의 범주에서 논의가 가능하였다.

    참고: 허남영·정인모·원윤희, 「독일 난민/이민문학의 흐름과 특징-독일 망

명문학과 난민/이민문학의 비교」, 『독일어문학』 85, 2019, 132-133쪽.

4   조현천, 「파트릭 쥐스킨트의 『비둘기』와 실존주의」, 『독일어문학』 69, 2015, 263-264쪽.

5   김이섭, 「독일의 망명문학에서 보여지는 정체성과 언어의 위기」, 『독일어문학』 10, 1999, 223쪽.

6   박정희, 「북한에서 남한으로, 동독에서 서독으로- 영화 〈댄스 타운〉(2011)과 〈베를린 장벽〉(2013)을 중심으로」, 『독일어문학』 87, 2019, 405쪽.

7   Schulze, Ingo, Adam und Evelyn, 3. Auflage 2019, Berlin Verlag, 2008, p.243, pp.245-247.

8   Bartels, Gerrit, Das Paradies liegt immer nebenan, der Spiegel, 07. 08. 2008

9   Schulze, Ingo, 앞의 책, p.11.

10  Michael Opitz, Michael, Erkenntnis, Paradies und Verführung, Deutshlandfunk, 11. 08. 2008.

11  Schulze, Ingo, 앞의 책, p.120.

12  위의 책, p.224.

13  http://cle.ens-lyon.fr/allemand/litterature/rda-et-rfa/litterature-de-rda/adam-und-evelyn-von-ingo-schulze-

14  Schulze, Ingo, 앞의 책, p.226.

15  에블린의 이주는 아담의 바람기를 의심하며 시작되었고 이주의 과정에는 40대 중반의 서독 남자 미하엘이 있었다. 에블린은 미하엘과 함께 그의 빨간 파사트를 타고 헝가리 부다페스트를 거쳐 친구의 집으로 떠났다. 헝가리에 머물면서 에블린은 미하일과 사랑을 나누게 된다. 그럼에도 에블린은 결국 미하엘이 아닌 아담과 계속 살기로 했다. 서독으로 이주한 후 에블린은 자신이 아기를 가진 사실을 알게 되지만 아기의 아빠가 미하일인지 아담인지 정확히 알지 못한다. 에블린은 자신의 꿈을 실현하기 위해 사회주의 세계에서 자본주의 세계로 이주했지만, 그녀에게도 새로운 체제로 인한 혼돈은 피할 수 없는 장벽이었다. 그렇다면 동독과 서독으로 상징화되는 아담과 미하엘도 에블린에게 알 수 없는 낙원을 상징화하는 것인지 모른다. 이후 아담이 겪게 되는 혼돈과 부작용을 통해 무엇이든 과잉으로 공급되는 자본주의적 질서가 과연 바람직한지, 나름의 미덕을 가진 동독이 낙원인지는 끝까지 알 수 없듯

이, 에블린에게도 어느 곳이 낙원인지 정확하지 않다.

16  소설 속 낙원은 '이주'라는 키워드를 통해 크게 '동독', '서독'으로 양분되는 양상을 보였다. 그러나 소설에서 성경 '이담과 하와' 속 가인, '무화과, 레몬, 사과, 포도 등'이 반복되며 무엇이 금지된 과일인지 알 수 없었던 것처럼 '아담의 집, 정원', '발라톤 호수', '페피의 집', '뮌헨의 아파트' 등도 그들이 때로는 안락함을 느꼈던 공간, 즉 낙원이다. 그렇다면 낙원은 어디에도 존재하지 않는 곳이자 동시에 어디에든 존재할 수 있는 곳이라 볼 수 있다. 동시에 그 어느 곳도 완전한 곳은 없다. 나아가 소설은 낙원을 현대사회로 상징화하면서 우리가 추구하는 것이 무엇이며, 무엇을 쫓아야 하는지에 대한 과제를 남긴다.

17  김형민 , 「유럽의 상호문화주의」, 『2019년 추계연합학술대회 '이민·난민·세계시민' 발표집』, 2019, 61쪽.

18  Cantle, Ted, Interculturalism. The New Era of Cohesion and Diversity, Hampshire, Palgrave Macmillan, 2012:14, p.87.

19  권터 가우스(Günter Gaus)는 별장에 있는 정원에서의 휴식, 우표를 모으거나 집에서 음악을 감상하는 동독인들의 일상을 관찰하며 '틈새 사회'라는 용어를 사용하였다. 많은 동독 시민들은 사적 영역으로 물러나는 것이 정당과 국가의 접근을 피하고 독재에서 자유를 창출하는 기회로 보았다.

참고: Wittstock, Uwe, Bei Ingo Schulze wird im Osten noch geliebt, WELT, 09. 08. 2008.

20  Schulze, Ingo, 앞의 책, p.138.

21  https://www.perlentaucher.de/buch/ingo-schulze/adam-und-evelyn.html

22  Schulze, Ingo, Adam und Evelyn, 3. Auflage 2019, Berlin Verlag, 2008, p.151.

23  발라톤 호수가 소설 및 영화에서 탈동독의 장소로 묘사된 것은 처음이 아니었다. 베를린 장벽이 붕괴되기 약 1년 전을 배경으로 하는 로버트 탈하임(Robert Thalheim) 감독의 영화 〈서풍(Westwind)〉(2011)에서도 발라톤 호수가 배경이 되었다. 실제 이야기를 기반으로 한 이 영화는 1988년 헝가리에서 서독으로의 이주 과정을 다루고 있다.

24  Schulze, Ingo, 앞의 책, p.271.

25  르페브르, 앙리, 『공간의 생산(양영란 옮김)』, 에코리브르, 2011, 71쪽.

26  Schulze, Ingo, 앞의 책, p.273.

27  위의 책, p.278.

28  위의 책, pp.291-292.

29  '유토피아(utopia)'는 영국의 사상가 토머스 모어가 1516년에 만들어 낸 말로 라틴어로 쓰인 그의 저작 『유토피아』에서 유래되었다. 의도적으로 지명을 지칭하는 유토피아는 '현실에 존재하지 않는 이상적인 사회'를 일컫는다.

30  Schulze, Ingo, 앞의 책, p.267.

31  Wittstock, Uwe, Bei Ingo Schulze wird im Osten noch geliebt, WELT, 09. 08. 2008.

32  https://www.deutschlandfunk.de/ingo-schulze-ueber-mauerfall-und-wende-alles-musste- neu.691.de.html?dram:article_id=455755

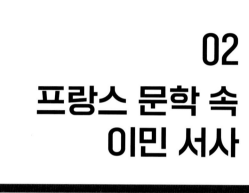

# 02
# 프랑스 문학 속
# 이민 서사

# 엘리자 수아 뒤사팽의 『파친코 구슬』에서 본 디아스포라 서사[*]

서명숙

## 1. 재일한국인 디아스포라

『파친코 구슬(Les billes du Pachinko)』(2018)은 한국-프랑스계 스위스 작가[1] 엘리자 수아 뒤사팽(Elisa Shua Dusapin, 1992~)의 두 번째 소설이다. 첫 소설 『속초에서의 겨울(Hiver à Sokcho)』(2016)이 다수의 권위 있는 문학상을 수상하면서[2] 단번에 유럽 문단의 주목을 받은 이 젊은 작가는 우리나라에서도 수차례 북 콘서트를 통해 독자들을 만난 바 있다. 작품성을 인정받은 프랑스 신예작가가 한국계 20대 여성이라는 사실도 새롭지만, 소설의 제목부터 배경, 인물과 스토리에 이르는 거의 모든 요소가 한국적인 프랑스 소설을 접하는 것 또한 우리 독자들에게는 새로운 경험이었음에 분명하다.

---

[*] 이 글은 『프랑스문화연구』 43집(2019)에 실린 논문을 수정 보완한 것입니다.

『파친코 구슬』은 여기에서 한 걸음 더 나아가는 소설이다. 프랑스 이민/난민서사 가운데 유일하게 재일한국인[3] 디아스포라[4]를 다룬 작품이기 때문이다. 먼저 프랑스 이민/난민서사의 경우, 프랑스가 그 어느 나라보다 이민 관련 담론이 활발하고 이민/난민서사의 역사가 깊은 나라이지만 이 소설 이전에 재일한국인 디아스포라를 소재로 삼은 작품은 없다는 사실을 확인할 수 있다.[5] 역으로 재일한국인 디아스포라 서사 역시 지금껏 한국문학 또는 재일한인작가가 쓴 일본문학의 범주에 국한되는 것이 당연시되어왔다. 그런데 『파친코 구슬』은 프랑스계 작가가, 프랑스어로, 프랑스 문학의 방식으로 재일한국인 디아스포라 문제를 다루고 있다는 점에서 그 위치나 의미가 남다른 것이다. 이 작품에 대한 우리의 관심도 여기에서 비롯된 것이다.

　『파친코 구슬』의 한국어 번역본에는, 프랑스판에는 없는 〈한국 독자들에게〉라는 일종의 머리말이 따로 있다. 여기에서 작가는 "5년 전 처음으로 일본을 방문했을 때, 그곳에 거주하는 한국인들을 만나보고 큰 충격을 받았"다고 운을 떼면서, "자신을 오늘날의 한국인과 동일시하지도 못하고 그렇다고 스스로를 일본인이라고 여기지도 않는 그들의 이러한 이중적인 유배"에서, "프랑스에서도, 한국에서도, 심지어 스위스에서도 온전히 내 나라에 안주해 있다는 느낌을 받지 못"하는 자신의 감정과 유사한 것을 처음으로 엿보았다고 밝힌다.[6] 여기에 덧붙여 작가는 또 하나의 사실을 언급한다. "나는 그들을 보며 내 할아버지와 할머니를 떠올렸습니다. 두 분은 일제 치하에서 성장해 한국전쟁을 겪고 50여 년 전부터 스위스에서 살고 계십니다. 그 긴 세월에도 그들은 그들의 문화를 지키고 있습니다. 어릴 적엔 할머니 할아버지가 스위스 한가운데 한국이라는 섬에 동떨어져 사는 것처럼 느껴졌습니다."[7]

여기에서 짐작할 수 있듯 『파친코 구슬』은 작가가 관찰하고 공감한 재일한국인 디아스포라 세계에 자신의 가족이 실제로 살아낸 코리언 디아스포라가 투사된 픽션이다. 하지만 대개 이민서사의 전면에 드러나기 마련인 굴곡진 삶의 여정이나 극적 전개는 찾아보기 어렵다. 많은 점에서 작가를 떠올리게 하는 1인칭 화자는 시종일관 담담한 어조로 현상적인 것만 서술하고, 굳이 다른 등장인물들의 내면을 들춰내거나 분석하려 들지 않는다. 인물들의 대화도 배경묘사도 간결하고 명료하다. 때로는 생략과 침묵으로 더 많은 의미를 전달하기도 한다. 소설을 관통하는 절제의 미학을 떠나서 이 작품의 힘을 논하기 어려운 이유다.

이와 같은 맥락에서, 우리는 본 연구를 통해 『파친코 구슬』의 토대를 이루는 디아스포라 의식에 먼저 주목하면서, 이러한 주제를 소설 전체에 걸쳐 전개하고 발전시키는 서사기법을 분석하고자 한다. 3대에 걸친 이산의 우여곡절을 곡진하게 그려내는 대신 제한된 시야, 순차적 배열, 압축과 생략, 그리고 암시적 이미지 등을 채택하고 있는 작가의 절제된 글쓰기가 주요 분석대상이 될 것이다. 아울러, 작가와 화자-주인공이 중첩되어 보이는 이 소설을 통해 작가가 궁극적으로 이룬 성취가 무엇인지도 살펴보고자 한다.


## 2. 절제된 글쓰기

『파친코 구슬』의 중심인물이자 화자인 클레르(Claire)는 서른 살의 한국계 스위스 여성으로, 외조부모가 살고 있는 도쿄에서 여름방학을 보내는 중이다. 한국전쟁 때 일본으로 건너와 재일한국인으로 살고 있는 외할아버지와 외할머니는 50년이 넘는 세월 동안 한 번도 모국을 찾은 적이 없다. 할아버지가 운영하는 파친코 가게를 비울 수가 없다는 것이 그 표면적 이유다. 그래서 클레르는 이번에 조부모를 설득하여 1주일가량 함께 한국여행을 떠날 계획을 갖고 있다.

도쿄에 머무르는 동안 화자는 간간이 미에코(Mieko)라는 어린 소녀에게 프랑스어를 가르친다. 미에코는 프랑스문학 교수인 어머니와 단둘이 기묘한 구조의 좁고 습한 아파트에 살고 있다. 그들은 곧 호텔로 리모델링될 이 건물에 마지막으로 남아있는 주민이다. 어느 날 갑자기 잠적해버린 이후 생사조차 알 길 없는 미에코의 아버지를 기다리는 모녀는 결국 공사가 시작된 마당에도 이곳을 떠나지 못한다.

소설의 후반부에 이르러, 그동안 한국여행 이야기를 회피하기만 하던 조부모의 마음이 바뀌면서 가족은 갑자기 여행 준비로 분주해진다. 할머니가 비행기를 겁내는 바람에 도쿄-히로시마-후쿠오카-부산-서울에 이르는 다소 복잡한 여정을 택한 그들은 히로시마를 거치는 김에 미야지마 섬에서 하룻밤을 보내게 되는데, 이곳에서 클레르는 처음으로 할아버지의 가슴속에 맺혀있던 이야기를 듣게 된다. 그리고 부산 행 여객선 대합실에서 소설의 마지막 반전이 조용히 일어난다. 막상 배에 오를 시간이 되자 할머니가 완강하게 승선을 거부하는 것이다. 이번 여행이 오로지 조부모를 위한 것이라 생각해온 화자는 어찌할 바를 모르고, 이 상황을 해결하기 위해 갖은 애를 쓴다. 그리고 마침내 깨닫게 된다. 조부모가 아니라 바로 그녀 자신이 할아버지, 할머니 그리고 엄마의 모국에 가야 한다는 사실을. 그리고 이것이 단순한 여행으로 끝나지 않고 긴 여정이 될 수 있다는 예감도 받아들이기에 이른다. 결국 홀로 배에 오른 클레르와, 단둘이 부두에 남은 조무보가 서로를 향해 작별 인사를 하는 장면으로 소설은 끝이 난다.

이와 같은 줄거리에서 알 수 있듯, 『파친코 구슬』은 화자를 중심으로, 조부모의 디아스포라 스토리와 해체된 미에코 가족의 스토리가 교차되면서 직조되는 텍스트이다.[8] 이처럼 외형적으로 전혀 다른 두 스토리는 과연 내적으로 긴밀하게 조응하는 하나의 입체적 이야기로 완성될 수 있을 것인가?

### 2.1. 서술의 제한

소설은 화자-주인공이 미에코네 집을 찾아가는 장면으로 시작한다. 시나가와(Shinagawa) 역 부근 주상복합아파트의 꼭대기 층에 자리한 집이다. 이 아파트는 통유리 구조라 창문이 따로 없다. 화자는 이 집의 외형을 거의 카메라 기법으로 묘사하는 가운데 주인공이 느끼는 인상만은 거듭 강조하고 있다. "(욕실은) 정말 작다. 내가 겨우 서있을 정도다. 맞은편에 있는 침실 역시 비좁기 짝이 없다."[9]라며 유독 '좁다'라는 느낌을 강조하는가하면, 환기 불량으로 통유리에 김이 서려 더욱 좁게 느껴지는 주방에서는 "자칫하다간 죄다 깨뜨릴 수도 있겠다."(p.16)는 불안감을 토로하기도 한다.

미에코의 방은 더욱 기묘하다. 콘크리트 층계를 따라 한 층 아래로 내려가야 만나는 그 방은 예전에 호텔 수영장이었던 곳이라 한다. 수영장 물을 빼고 나서 10살짜리 미에코의 싱글침대와 책상, 서랍장을 들여놓아 만든 공간인 것이다. '나'는 별다른 반응을 보이지 않는데도 미에코의 어머니 오가와 부인(Mme Ogawa)은 애써 여기가 미에코의 '임시' 침실이라는 설명을 덧붙인다.(p.11)

실제로 미에코 모녀는 이 건물에 살고 있는 유일한 주민이다. 건물을 다시 호텔로 개조하는 공사가 한 달 안으로 예정되어 있기 때문이다. '나'는 그들이 이곳을 떠나지 않는 이유를 굳이 묻지 않는 터라 독자 역시 현재로선 그 이유를 알 길 없다. 독자로선 다음 장(chapitre)에 대한 기대를 이어갈 수밖에 없게 되는 것이다.

이와 같이 『파친코 구슬』은 스토리 속 주인공이자 화자인 '나'의 제한된 관점에서 지각되고 서술된다. 주네트(Gérard Genette)의 서사이론을 빌면, '나'는 보는 자(서술의 초점화focalisation)이면서 말하는 자(서술의 목소리voix)이고, 『파친코 구슬』은 초점인물(personnage focal)인 '나'에게 내적으로 초점화되어 있는 서사(récit à focalisation interne)이다.[10] 내적초점화서사에서 화자-초점인물은 자신이 직접 경험하는 것, 지각하는 것, 생각하는 것만을 충실히 서술하게 된다. 그 결과, 앞서 본 것처럼 초점인물의 심리는 서술에 고스란히 반영되는 반면, 다른 등장인물이나 사건에 관해서는 초점인물이 외부적으로 지각할 수 있는 것만, 지각의 순서에 따라 보고되는 것이다.

그렇다면 초점인물이 이미 알고 있는 사실에는 서술적 제한이 없는 것인가? 내적초점화서사는 외부적으로는 제한된 시야의 이야기지만 초점인물에게 내적으로 초점화되어 있으므로 화자-초점인물이 이미 알고 있는 사실에는 서술적 제한이 따르지 않는 것이 원칙이다. 그런데 『파친코 구슬』의 화자는 이 경우에도 서술적 '제한'을 적극적으로 활용하고 있는 것이 특징적이다. 화자의 서술은 현재시제로 일관하고, 초점인물이 이미 알고 있는 사실조차 단번에 알려주지 않으면서 단편적 정보들만을 순차적으로 제공하고 있다. 초점인물 자신의 중요한 행동이나 생각, 심지어 자신에 관한 개인적정보도 이런 방식의 세한 또는 지연의 대상이 된다.

제1장에서 화자가 자신과 관련하여 제일 먼저 "내 나이 거의 서른이지만 아이들은 익숙하지 않다."(p.12)라는 사실 정도만 언급한 것도 같은 맥락이다. 불완전한 정보로 인한 독자의 궁금증, 차후 정보에 대한 기대가 짐작되는 대목이다.

두 번째 정보는 다음과 같다. "나는 제네바에서, 도쿄의 소피아 대학교 문과대학 사이트에 올라온 광고를 봤다. '여름방학 동안 도쿄에서 10세 아이를 가르칠 프랑스어 원어민 여성 가정교사 구함.' 마침 나도 9월 초에 함께하기로 예정해놓은 한국여행을 위해 할아버지, 할머니 곁에서 8월 한 달을 보내 계획이었다."(p.13)

여기에서도 독자가 명확하게 알 수 있는 것은 화자가 '프랑스어 원어민 여성'이라는 사실 뿐이다. 스위스, 일본, 한국을 혼란스레 오가는 화자의 설명은 독자의 호기심을 자극하는 부수적 효과는 있을지언정 구체적 정보와는 거리가 멀다.

보다 구체적인 정보는 오가와 부인의 질문이 매개한 세 번째 언급을 통해서야 이어진다.

오가와 부인이 (…) 내가 어디에 묵는지 알고 싶어 한다. 여기서 멀지 않은 곳. (…) 할아버지 댁. 나는 어색해서 말을 멈춘다. 할아버지, 할머니에 대해 일본어로 얘기를 하면 그분들이 나에게 낯선 사람인 것 같은 느낌이 든다. 티 내지 않으려고 나는 가슴을 펴고, 그분들은 한국인이고, 사시는 동네인 니포리에서 파친코 가게를 한다고 말한다.

"작은 가게예요. 이곳으로 이주하신 후로 오십 년 넘게 운영하고 계세요."라고 또박또박 밝힌다.(p.13)

오가와 부인은 단지 숙소가 어딘지를 물었을 뿐인데, 지금까지 짧고 가벼운 응수만 하던 '나'가 다소 거북한 반응을 보이면서 이례적으로 길게 대답을 이어가는 것이 먼저 눈에 띤다. 여기에서 "할아버지, 할머니에 대해 일본어로 얘기를 하면"이라는 말은 지금처럼 일본인과 대화하는 상황, 그들의 시선에 비친 조부모를 의식하는 상황을 말할 것이다. '나'의 관점과 '그들' 관점 사이의 간극을 알기에 '그들'의 눈으로 보면 조부모가 낯설게 여겨진다는 것이다.

이어지는 서술을 보자. 재일한국인이나 파친코에 대한 일반적 인식은 초점인물이 이미 인지하고 있는 내용이다. 그럼에도 화자는 그것을 진술하기에 앞서 외부의 객관적 시선부터 먼저 포착한다. 미에코 모녀의 반응이 그것이다. "미에코는 이제 입을 뻐끔거리는 틱도 멎은 채 식탁에 바싹 다가앉는다. 오가와 부인은 당황한 표정으로 머리를 끄덕이는데, 내가 요가를 해본 적이 없다고 말했을 때의 바로 그 표정이다."[11] 재일한국인과 파친코의 이면에는 수십 년에 걸친 한일 간의 역사와 문화가 얽혀 있다. 일본인과 재일한국인의 관점이 같을 수도 없다. 이런 상황에서 화자는 먼저 미에코 모녀의 민감한 반응을 관찰자의 시선으로 묘사한 다음에야 초점인물인 '나'의 인식을 다음과 같이 절제된 목소리로 보고하는 데 그치고 있다.

"일본에서는, 일종의 핀볼 게임인 파친코를 카지노의 슬롯머신과 마찬가지로 본다. 모두가 즐기면서도 좋게 보지는 않는다."(p.14)

이 간결한 서술에 함축되어 있는 것은 재일한국인으로 살아온 조부모의 50여 년의 이야기다. 소설의 제목을 상기하게 만들고 파친코에 대한 일본 내 인식의 모순된 양면성을 암시하는 이 대목에 이르러서야 우리는 소설의 주제에 조금 더 접근했음을 깨닫게 된다. 이렇듯 화자-초점인물은 이미 알고 있는 사실도 단번에 전말을 다 말하지는 않는 것이다.

'나'와 관련한 네 번째 정보는 클레르(Claire)라는 이름이다.

> 미에코는 나를 '센세이'라고 부른다. 일본어로 선생님이라는 뜻이다. 나는 내 이름대로 '클레르'라 부르라고 하지만 아이는 '퀄레루'로 발음하는 게 고작이다. 그래서 '언니(onni)'라고 부르기로 한다. 한국어로 언니라는 뜻이다.(p.14)

여기에서 새롭게 알려진 것은 주인공의 이름이 클레르라는 것, 처음 만난 사이에도 '언니'라는 가족 간 호칭을 스스럼없이 사용하는 한국문화에 그녀가 익숙하다는 사실 정도이다. 재일한국인 조부모에서 '프랑스어 원어민' 손녀로 이어지는 이 가족의 역사는 이와 같은 단편적인 정보를 지속적으로 유추하고 해석하는 적극적 독서를 통해서야 전모를 드러내게 될 것임을 예상할 수 있다.

## 2.2 반복적 이미지

그렇다면 『파친코 구슬』의 서술적 특징은 이렇듯 제한된 시야와 절제된 목소리에 국한된 것인가? 독자를 끌어당기는 서사의 내적 긴장과 통일성은 어디에서 오는 것인가? 이러한 질문을 제기해보면서, 앞서 검토한 제1장이 어떻게 마무리되고 있는지를 먼저 확인하기로 하자.

> 꽈배기 한 조각이 이 사이에 끼어 빠지지 않는다. 혀를 굴려 빼보 려고 해본다. 결국 그것이 없어지는 대신 내 혀에서는 피가 난다.(p.17)

화자가 여기서 슬며시 언급한 '틈새에 끼인(resté coincé)' 과자 부스 러기는 사실 그 자체로는 아무 의미가 없어 보인다. 앞서 서술된 스토 리와도 무관하다. 독자들은 대개 이 대목을 무심코 지나칠 것이다. 그 런데 이어지는 스토리를 따라가면서 우리가 계속 접하게 되는 일화들 은 조금 더 흥미로운 것들이다.

제2장부터 제4장까지에서 화자가 지속적으로 묘사하는 인물은 클 레르의 할아버지가 파친코가게의 홍보를 위해 고용한 샌드위치 우먼 (femme-sandwich)이다. 샌드위치맨에 비해 우먼이 좀 더 낯설기는 하지 만 어쨌든 우리는 '샌드위치'가 어느 언어에서건 '무엇인가의 사이에 끼어 있는(coincé) 상태'에 대한 비유[12]라는 것을 알고 있다. 실제로 그 녀의 역할은 두 개의 광고판 사이에 끼여 언제나 같은 자리에서 단조 로운 구호를 반복하는 일이다(p.19). 밤에는 녹음된 목소리를 스피커로 내보내는 바람에 그녀의 목소리는 24시간 내내 같은 자리를 지킨다 (p.23). 어쩌면 그녀는 광고판과 절대 끊어지지 않는 구호 사이에 끼어 있는지도 모르겠다.

제5장에서는 클레르가 미에코를 데리고 간 디즈니랜드의 풍경이 묘사된다. 손을 흔들며 인사하는 어린 인어는 케이블에 묶여 천정에

매달려 있는데, 인어 의상 아래에 감춘 안전벨트 때문에 배가 울퉁불퉁 찌그러진 모습이다(p.29). 디즈니의 주인공들이 퍼레이드에서 화려한 춤을 추며 합창하는 '행복의 나라'는 립싱크여서, 24시간 끊임없이 울리는 샌드위치 우먼의 녹음된 구호를 연상시킨다. 알라딘의 마차에 리본으로 묶어있는 배우들은 '행복하고 또 행복한 표정으로' 함박웃음을 짓고 있지만 어쩐지 노예를 떠올리게 할 뿐이다(p.33).

제6장은 할머니의 실종신고와 관련한 이야기로 시작된다. 한국 상점들이 있는 동네에 가기 위해 혼자 전철을 탄 할머니가, 막상 어디에서 내릴지를 몰라 계속 돌고 도는 전차 안에 머물다가 잠이 드는 바람에 일어난 해프닝이 그것이다.(p.34) 이 일로 심기가 불편해진 할아버지와 할머니 사이에서 어쩔 줄 모르는 '나'는 마침내 "두 분은 파친코 주변에 틀어박혀(cloitré) 산다."(p.35)라고 토로하기에 이른다. 자이니치(Zaïnichis) 즉 재일한국인 공동체와도 어울리지 않는 조부모(p.35)가 지리적으로뿐만 아니라 사회적으로도 갇혀 지낸다는 하소연으로 들린다.

제7장에서 미에코는 플라스틱 통 안에 갇혀있다 죽어버린 벌 한 마리를 보며 "제가 너무 끔찍해요.(Je suis horrible)"라고 수없이 자책하며 울먹인다. 며칠 전에 자기 방으로 날아든 벌이 무서워 얼른 통으로 덮어버렸던 건데, 말라 죽은 채 통 한 쪽에 들러붙어 있던(reste collé) 벌이 바스러지는 걸 본 탓이다.(p.40). 잠시 후 '나'와의 대화 중에 미에코는 언젠가 기차를 타고 떠난 뒤 돌아오지 않는 아빠에 관한 이야기를 하면서 이렇게 덧붙인다. "하지만 아빠가 돌아오지 않는 한 우리는 떠날 수 없어요."(p.43)

여기까지 이르면 대부분의 독자들은 소설의 진행과 더불어 반복되는 유사한 이미지에 더 이상 무심할 수 없을 것이다. 얼핏 스토리와 무관해 보이는 사소한 일화라 하여도 만약 그것들이 조금씩 결을 달리 하며 반복적으로 서술되는 과정에서 특정적 이미지를 드러낸다면 그것은 하나의 표지(point de repère)[13]로 인식되기 마련이다. 어떤 상황이나 감정과 결부된 이러한 이미지들은 독자의 기억 속에서 메아리처럼 꾸준히 조응하는 과정을 통해 하나의 망(réseau)처럼 유기적으로 연결되기에 충분할 것이다. 이런 맥락에서 우리는 『파친코 구슬』이 설명보다는 유사한 이미지의 반복을 통해서 더 많은 것을 암시하는 이야기로서, 앞서 언급한 서사의 내적 긴장과 통일성 역시 이러한 이미지의 연결망에 기반한 것이라 판단한다. 그러므로 『파친코 구슬』의 독서 또한 화자의 제한된 서술을 바탕으로 정보를 재구성하는 것은 물론, 암시적 정보를 보다 적극적으로 해석하는 데까지 이르러야 할 것으로 보는 바이다.

## 3. 디아스포라 서사와 '진퇴양난'의 테마

지금까지 우리는 '나'의 이 사이에 끼인 꽈배기 조각이라는 삽화적 소재가, 광고판 사이에 끼인 샌드위치 우먼, 디즈니랜드의 화려한 분장과 의상에 갇힌 가짜 웃음과 립싱크, 파친코 주변에 갇혀 사는 조부모, 통 속에 갇힌 채 죽어버린 벌, 기약 없는 기다림에 매어있는 미에코 모녀의 이미지로 변주되면서 하나의 의미구조로 수렴되는 것을 보았다. 소급해 보면, 제1장에서 서술된 바, 통유리로 된 탑 꼭대기에서 내려오지 못하는 미에코 모녀, '모두가 즐기면서도 좋게 보지는 않는'

파친코 가게에 매인 조부모의 50여년 삶 역시 이러한 의미망의 일부였던 것이다. 외견상 상이한 이 두 가족의 스토리가 내적으로는 서로 쌍을 이루며 소응하는 병행관계에 있다는 해석이 가능한 이유다.

소설은 제8장 이후로도 이러한 이미지의 조직망을 지속적으로 펼쳐 나갈 것이다. 앞서의 분석은 이러한 이미지들이 '사이에 끼어 이러지도 저러지도 못하는' 상황과 감정에 결부되어 있음을 알려준다. 진퇴양난(impasse) 또는 고립(isolement)의 테마로 간주되어 무방할 것이다. 지금부터는 디아스포라 서사와 불가분의 관계에 있는 정체성(identité)의 문제, 언어의 문제 등이 『파친코 구슬』의 '진퇴양난' 내지 '고립'의 테마와 어떻게 긴밀하게 조응하고 있는지를 살펴볼 차례다.

### 3.1. 경계인의 정체성

디아스포라 서사의 중심에는 항상 정체성의 문제가 있다. 정체성은 객체로서의 자아와 주체로서의 자아가 동일시되는 과정을 통하여 형성되는데[14] 디아스포라는 모국(pays d'origine)과 거주국(pays d'accueil) 그 어디에서도 온전한 소속감을 느끼지 못하기 때문에 정체성의 문제가 부각되는 것이다. 이와 같이 경계인으로서 분열된 정체성이 글쓰기의 동력이 된다는 사실은 디아스포라 서사의 아이러니가 아닐 수 없다.

그런데 『파친코 구슬』은 "정체성을 둘러싼 문제들로 오랫동안 방황한"[15] 작가가 자신의 체험이나 관찰 결과를 생생하게 재현하는 소설과는 거리가 멀다. 작가는 자신이나 가족의 체험 대신 가공의 재일한국인 핏줄의 3대에 걸친 이산의 역사를 다루고 있기 때문이다. 우리는 이것이 '민족과 민족 사이에 낀 틈새적 존재'[16]라 할 디아스포라의 세계를 더 넓게, 더 낯설게 바라보고, 가급적 자신의 경험을 상대화하고지 하는 작가의 신택이라고 판단한다.

작가는 또한 우리가 앞서 확인한 것처럼 재일한국인 디아스포라의 현실을 핍진하게 묘사하기보다는 암시와 유추 사이의 내적 긴장을 이어가는 서술적 선택을 하고 있다. 화자-주인공의 제한된 시야를 앞세운 내적초점화 방식도 그 가운데 하나다.

내적초점화서사에서 등장인물들이 갖는 경계인으로서의 정체성 문제를 검토하기에 앞서 우리는 먼저 서술 대상이 초점인물인 경우와 다른 등장인물인 경우를 구분할 필요가 있다. 전자의 경우, 화자는 자신의 생각이나 인식을 전달하는 데 아무런 제약이 없는 반면, 후자의 경우에 화자는 다른 등장인물들의 내면을 드러낼 수 없고, 외부적으로 지각 가능한 것만을 전달한다는 차이가 있기 때문이다. 그런데 전자의 경우에도 생각이나 인식의 객관적 분석은 불가능하고 후자의 경우에 시야의 제한은 결정적이므로 이러한 한계를 보완하기 위해 화자는 암시적 이미지를 적절히 동원하게 되는 것이다. 지금부터 우리는 주인공의 디아스포라적 정체성을 상징적으로 드러내는 서술을 먼저 검토한 다음, 주변 인물들의 경우를 살펴보게 될 것이다.

초점인물인 '나'와 관련한 첫 번째 에피소드의 배경은, 도쿄에서 두 시간 거리에 있는 '하이디 마을(Village de Heidi)'이다. 다음은 폭염이 기승을 부리는 날에 미에코를 데리고 그곳을 방문한 주인공이 '하이디 마을'의 온실에서 마주친 일본인 직원과 대화하는 장면이다.

- (⋯) 이곳 분이세요? 라고 그녀가 손을 닦으면서 묻는다.

나는 한국 사람이라고 말한다.

(…)

- 새로 오신 분인시 너쭤봤던 긴네요. 직원이세요?

- 아뇨, 스위스에서 왔어요.

그녀가 속눈썹을 깜박거린다.(p.95)

    얼핏 봐도 주인공이 동문서답을 하고 있는 상황임을 알 수 있다. '하이디 마을' 유니폼을 입은 직원의 첫 번째 질문이 다소 막연한 반면 두 번째 질문은 혼동의 여지가 없는데도 '나'는 계속 엉뚱한 대답을 하고 있는 것이다. 그렇기는 하지만 대답과 동시에 '나'는 자신의 실수를 알아차린 것으로 보인다. 속눈썹을 깜빡거리는 상대방의 반응을 놓치지 않고 있기 때문이다.

    "이곳 분이세요?(ここの ひとですか?)"라는 질문은 한국어나 프랑스어에서와 마찬가지로 맥락에 따라 여러 가지 의미로 해석될 수 있는 표현이다. 그런데 '나'는 이것을 즉각 "일본인이세요?"라는 질문으로 받아들이고 한국 사람이라고 국적을 밝히고 있다. 정체성에 대한 '나'의 강박을 짐작하게 해준다.

    두 번째 대답은 더 엉뚱해 보인다. "아뇨, 스위스에서 왔어요."는 직원인지 여부를 묻는 질문에 대한 답이 될 수 없다. "아뇨, 그냥 관람객인데요." 정도로 대답하는 것이 상식적이다. 따라서 '나'의 이 말은 두 번째 질문에 대한 답이 아니라, 방금 자신이 했던 대답을 바로잡으려는 말로 이해된다. 결국 "이곳 분이세요?" 즉 "여기 직원이세요?"라는 단순한 질문에 그녀는 "한국 사람인데요. 아뇨, 스위스에서 왔어요."라는 대답을 한 셈이다. 한국과 스위스의 경계에서 그녀가 겪는 정체성의 혼란이 고스란히 전달되는 대목이다. 또한, 속눈썹을 깜빡거리는 상대방의 반응을 놓치지 않는 예민함은 이러한 상황이 그녀에게 치욕이 아님을 일러주는 듯하나. 이렇듯 우리는 정체성 문제로 겪는 '나'의 강박과 혼란이 단 몇 마디의 짧은 대화를 통해 강력하게 서술되고 있음을 확인할 수 있는 것이다.

다음은 '나'의 정체성 인식과 관련한 두 번째 진술이다.

> 밤이 되자 불안감이 더 커진다. 화장실에 가서 몸을 좀 식혀야 하는데도 이불을 턱까지 끌어당긴 채 불덩이 같은 몸으로 버티는 데까지 버티고 있다. 내가 잠들지 않는 한 아무것도 변하지 않을 것이고, 아무것도 늙지 않을 것 같은 느낌이다. 또한, 내 양쪽 귀에서 흘러내리는 진물만큼이나 곪아터진 땅껍질 위에서 나는 이러지도 저러지도 못하고 끼어있는 느낌이다.(p.107)

여기에서 '밤'은 주인공이 급성중이염에 걸린 날의 밤을 말한다. 밤이 되자 불안감이 더 커지는 이유도, 그녀가 한사코 잠들지 않으려는 이유도 알기 어렵지만, 적어도 문맥상으로는 '변화'와 '늙음'에 대한 우려가 그 원인인 것으로 보인다. 왜 '나'는 갑자기 이런 불안감에 빠진 것일까? 잠들지 않으면 변화와 늙음을 막을 수 있다고 정말 믿는 것일까? 이 상황을 이해하기 위해서 이 대목 직전의 서술과 거기에 중첩된 유사한 이미지에 주목할 필요가 있다.

화자가 먼저 떠올린 것은 어느 저녁에 우연히 본 할아버지의 모습이다. 소파에서 입을 벌린 채 잠든 할아버지의 잇몸은 치아를 제대로 지탱하기 어려울 정도로 무너져 내린 상태였다(p.107). 그 다음 서술은 중이염에 걸린 바로 그날 저녁의 상황으로 이어진다. '나'는 '귀가 완전히 먹은 채' 할아버지와 할머니 사이에 앉아 티브이를 시청한다. 뉴스에서 방영되는 것은 지진 장면들이다(p.107). 그리고 세 번째로 서술된 것이 바로 위의 대목인 것이다. 어제까지 멀쩡하던 '나'의 귀에서 진물이 흘러내리는 상황, 단단하기 그지없던 땅껍질이 지진 한 번에 곪아터진 속을 드러내는 형국에 중첩되는 유사한 이미지가 바로 그 불안의 원인임을 짐작할 수 있다. 예전엔 그토록 강인해 보이던 할아버지도 늙음 앞에서는 속절없이 무너져 내린 현실을 인정해야 하는 것이다. "내가 잠들지 않는 한 아무것도 변하지 않을 것이고, 아무것도 늙지 않을 것 같은 느낌"이 터무니없는 억지라는 걸 알기에 불안감은 더 커지는 것이 아니겠는가.

엄마가 거의 이십 년 전부터 친정에 발길을 끊은 이후로 '나'의 뿌리의 절반은 오로지 조부모와 이어져 있는 것이나 마찬가지다. 세월과 함께 변하고[17] 노쇠해진 조부모의 현재는 머지않은 죽음을 예고하는 것이기도 하다. 그것은 현실적인 슬픔은 물론이고, 지금까지 단단하다고 믿었던 '나'의 뿌리를 뒤흔드는 사건이기도 한 것이다. 다분히 함축적인 위의 인용문은, 온통 무너져 내리는 것들 사이에 '이러지도 저러지도 못하고 끼어있는(coincée)' '나'의 이미지를 통해서, '매번 자신을 어딘가에 붙들어 매려고 애쓰는'(p.62) '나'의 불안한 정체성을 재차 확인시켜 주는 것으로 판단된다.

이번에는 초점인물 외 등장인물들의 정체성 인식과 관련한 서술을 검토할 차례다. 주인공 다음으로 중요한 등장인물은 당연히 '나'의 할아버지와 할머니다. '나'는 그들을 가장 가까이에서 관찰할 수 있는 위치에 있다. 하지만 그들 사이에는 스위스와 일본 간의 지리적 거리,

조부모와 엄마의 불화 이후로 소원해진 관계 외에도 언어적, 문화적 차이로 인한 소통의 어려움이 상존한다. "나는 몰랐다, 할아버지와 할머니의 과거에 대해서는 거의 아무것도 몰랐다."(p.38)는 토로가 가능한 배경이다.

여기에 더하여 초점인물의 제한된 시야 또한 그들의 내면세계에 대한 접근을 가로막고 있으므로 화자는 대부분의 경우 '나'의 시선에 비친 그들의 디아스포라적 삶을 암시적 이미지로 형상화하는 편을 택한다. 대표적인 것이 파친코로 상징되는 그들의 삶이다.

> 쉬지 않고 구슬을 뱉어내고, 가끔은 구슬에 두드려 맞기도 하며, 채워지자마자 소화시킬 새도 없이 바로 비워지는 그 기계들을 보면서 나는 애정과 두려움 그리고 연민이 뒤섞인 감정을 느꼈다.(p.54)

여기에서 파친코는 한낱 기계가 아니라 감각과 감정이 살아있는 생물체처럼 그려지고 있음을 알 수 있다. 일본에서 살며 노동하지만 여전히 모국의 삶의 양식을 고수하는 재일한국인의 분열된 정체성이 연상된다. 그리고 파친코 기계를 바라보는 '나'의 감정이 이렇게 복잡한 것 역시 그 기계 너머로 할아버지, 할머니, 나아가 재일한국인들의 디아스포라가 겹쳐지기 때문일 것이다.

화자에 따르면 파친코는 국적 때문에 노동시장에서 거부당한 재일한국인들이 상상해낸 게임으로, 오늘날에도 자이니치와 그 후손들이 운영하는 20만 개 이상의 파친코가 아직 남아 있다(p.56). 즉 파친코와 재일한국인은 불가분의 관계인 것이다. '파친코 구슬'이라는 표제만으로도 재일한국인 디아스포라가 연상되는 이유이기도 하다. 그런데 작가가 제사(épigraphe)로 삼은 것은 다음과 같은 롤랑 바르트(Roland Barthes)의 글이다.

"파친코는 집단적이면서도 고독한 게임이다. (…) 각자 기계 앞에 서서 자신을 위한 게임을 한다. 바로 옆에 있는 사람에게도 눈길 한 번 주지 않는다."(p.7)[18]

작가가 이 제사를 통해 표상한 이미지가, 게임의 세계 안에 자발적으로 고립된 게이머들의 고독에 한정된 것은 아닐 것이다. 바르트의 글을 빌어 작가가 '파친코'의 상징적 이미지 안에 담고자 했던 진정한 함의는 같은 공간, 같은 공동체 안에 거주하지만 '여러 경계선에 포위되고 고립된'[19] 삶을 강제당하는 재일한국인의 고독인 것으로 보인다.

그런데 소설 속에서 할아버지는 딱 한 번 '나'에게 정체성의 딜레마를 털어놓게 된다. 부산으로 향하는 여정 중에 미야지마 섬에 들렀을 때의 일이다. "일본에 거주하는 한국인들에게는 남과 북이 따로 있었던 적이 결코 없어. 우리는 모두 조선 사람들이야. 이제는 더 이상 존재하지 않는 나라의 국민들이지."(p.132)라고 토로한 것이다. 그들의 모국이 둘로 쪼개어진 이상, 어느 편을 선택하든 그것은 더 이상 그들의 모국이 아니다. 이른바 모국의 실종이다. 모국의 실종은 이제 그들에겐 돌아갈 곳이 더 이상 존재하지 않는다는 뜻이기도 하다. 할아버지가 "이번 여행이 네 생각대로 진행되지 못할 수도 있어"(p.132)라는 언질과 함께 이 이야기를 꺼냈던 이유가 여기에 있었던 것이다.

모국으로 돌아가지도, 거주국에 뿌리를 내리지도 못하는 디아스포라의 어긋남과 불일치를 상징적으로 보여주는 것이 바로 다음의 장면이다.

> 돌아갈래, 라고 할머니가 말한다.
> - 이제 가잖아요.
> - 거기 말고.
> - 아니긴요, 라고 내가 재차 말한다. 가요, 한국으로 간다고요.
> 할머니는 또 다시 주변을 돌아본다.
> - 돌아갈래.(p.138)

이것은 부산으로 가는 배에 탑승하기 직전에 할머니와 '나' 사이에 오가는 짧은 대화이다. 할머니가 '돌아가고' 싶은 곳이 한국이 아니라 도쿄라는 의사가 제대로 전달되기까지 언어는 계속 '나'와 할머니 사이에서 미끄러지는데, 화자는 단 몇 마디의 대화에 이러한 어긋남을 압축해 놓은 것을 알 수 있다. 이러한 해프닝의 기저에, 모국과 거주국 사이에 있는 경계인으로서의 이중 자아가 있는 것은 물론이다.

경계인으로서의 이방인 의식은 오가와 부인에게서도 발견된다. 다만, 그녀의 경계인 의식은 강제된 것이 아니라 오히려 갈망의 결과라는 차이가 있다. 스위스에서 유학했던 그녀는 그 시절을 자기 인생에서 가장 좋았던 때로 기억하지만(p.47), 경계를 횡단한 자신의 경험을 직접 말하지는 않는다. 독자는 화자의 암시적 서술들을 통해 이를 유추할 수 있을 뿐이다.

그녀는 먼저 '나'에게 『하이디(Heidi)』를 읽어 봤는지 묻는다. 또한 요한나 슈피리(Johanna Spyri)가 앓았던 우울증을 언급하면서, 그녀는 자녀를 다 키운 다음에야 이 이야기를 집필할 수 있었다고 덧붙인다.(p.47) 가족의 해체 앞에서 이러지도 저러지도 못하는 정체성의 딜레마에 빠져 있는 오가와 부인은 자신을 『하이디』의 작가와 동일시함으로써 이 막다른 골목을 벗어나고자 하는 것으로 보인다.

두 번째 서술은 경계의 횡단에 뒤따르는 '동화(intégration)'의 문제를 제기하고 있다. 그녀는 미에코가 프랑스어를 자유자재로 구사해야만 스위스의 고등학교에 보낼 생각이다. 현지에서 언어를 배울 수도 있다는 '나'의 말에 오가와 부인은 이렇게 반문한다. "하지만 제대로 동화되기 어려울 거예요. 선생님도 마찬가지 아닌가요? 사실, 선생님도 절대 일본어를 말하지 않을 거니까요."(pp.48-49) 이것은, 처음 만난 이후 오로지 일본어로만 오가와 부인과 대화를 해온 '나'에게는 당혹스럽기 그지없는 말이다. 하지만 『파친코 구슬』의 화자는 초점인물이 모르는 것을 말하거나 설명해주지 않기에 위의 문맥에 내포된 의미를 독자의 입장에서 유추해 보면, 오가와 부인의 관점에서 '나'는 절대 언어적으로나 문화적으로 일본에 온전히 동화되지 못할 것이라는 뜻으로 해석된다. 그리고 오가와 부인이 이렇게 단언할 수 있는 배경에는 스위스에서 언어적, 문화적 경계인으로 살았던 자신의 체험이 있다는 해석도 가능할 것이다.

세 번째 서술에서 그녀는 남편의 잠적이 '배신'이 아님을 강조하면서, 일본에서는 매년 수천 명이 사라지는데, 일부는 민간 기업을 통해 '새로운 정체성(nouvelle identité)'을 얻기도 한다고 설명한다.(p.51) 말없이 사라져서 생사도 알 수 없는 남편이 사전에 자신의 계획을 미리 알렸을 가능성은 희박하다. 오가와 부인의 설명이 다분히 자의적인 것이거나, '새로운 정체성'을 꿈꾸는 자신의 욕망이 투사된 것이라는 해석이 더 타당해 보인다.

마지막은 그녀의 이름과 관련한 서술이다. 그녀가 자기를 '선생님' 대신 '앙리에트(Henriette)'라 불러달라고 '나'에게 청한 것이다. 화자는 이때 그녀가 "순간적인 부끄러움을 지우려는 듯 재빨리 말했다."(P.52) 라고 부언하기를 잊지 않는다. '나'는 그녀가 앙리에트라는 이름을 원하는 이유를 며칠 후 미에코에게 물어 본다. 미에코는 아마 '하이디' 때문일 거라고 대답한다. 둘 다 'H'로 시작한다는 것이다.(P.78) 새로운 이름과 관련한 이 일화 역시 '나'로서는 알 수 없는 오가와 부인의 내면을 드러내기 위해서 화자가 선택한 우회적 서술인 것으로 보인다. 일본의 법은 결혼한 여성이 남편의 성을 따르도록 규정하고 있지만 그녀는 이러한 규범적, 문화적 경계를 가로지르고자 한다. 그녀에게 하이디와 유사한 울림을 갖는 앙리에트라는 이름은 대자연 속에서 자신의 존재를 자유롭게 풀어놓을 수 있는 새로운 삶의 표상인 것이다. 오가와 부인은 이렇듯 경계를 횡단하는 새로운 이름을 통해 새로운 삶, 새로운 정체성, 새로운 자아를 꿈꾸지만, 현실에서는 한 걸음도 경계 밖으로 내닫지 못하는 인물로 해석된다.

문화적 균열의 이미지는 등장인물들을 통해서만 전달되는 것은 아니다. 우리는 앞서 보았던 디즈니랜드와 유사한 이미지를 '하이디 마을(Village de Heidi)', 우에노(Ueno) 동물원 등에서도 만나게 된다.

먼저, 『하이디』를 일본에 재현해놓았다는 '하이디 마을'을 보자. 마을에 들어가기 전에 '나'와 미에코가 제일 먼저 만난 것은 마을을 에워싸고 있는 높은 벽이다.(p.90) 이곳이 알프스의 대자연 속에서 거침없이 살아가는 하이디와 어울리지 않는 공간임을 짐작할 수 있다. 할아버지의 통나무집에 쳐진 쇠줄은 관람객들의 접근을 막고, 식탁 위에 차려진 실리콘 음식들에는 일본어 이름표가 붙어 있다.(p.92) 성당 문간에 앉아 벽에 등을 기댄 '나'는 삐걱거리는 소리에 놀라 성당 안을 들여다보다가, 그것이 제대로 된 건물이 아니라 석고로 만든 전면민 칠제 골조로 지탱시켜 놓은 모조품이라는 사실을 발견하게 된다.(p.93)

'나'의 시선에 포착된 우에노 동물원 역시 큰 새장들(volières), 철책(grillage), 창살(barreaux), 담장(enclos), 새장(cages)으로 뒤덮인 공간이다.(pp.124-125) 폭력적 방법으로 동족들과 분리되고 고향에서 추방된 동물들은 결국 죽을 때까지 이곳을 벗어나지 못할 것이다. 여기에서 우리는 이산의 운명이 인간에게만 국한된 문제가 아니라는 사실을 상기하게 된다.

이상에서 우리는 『파친코 구슬』의 초점인물이 지각하는 디아스포라적 정체성의 다양한 양상을 화자의 절제된 서술과 결부하여 검토해 보았다. 다음은 두 언어 혹은 여러 언어 사이에 끼인 디아스포라의 언어적 정체성의 문제를 확인할 차례다.

### 3.2. 언어의 감옥

디아스포라 의식과 불가분의 관계에 있는 다른 하나는 바로 언어의 문제다. 대개의 경우 디아스포라는 모국의 상실과 모국어의 상실이라는 이중의 상실로 귀결되기 때문이다. 모국어의 상실이란, 보다 정확하게 말하면 모국의 말(langue du pays d'origine)과 거주국의 말(langue du pays d'accueil) 사이의 분열을 뜻한다.

한국전쟁 때 일본으로 건너온 '나'의 외조부모가 바로 이 대립적인 두 언어의 경계에 서 있는 인물들이다. 일본어는 그들이 속한 사회가 요구하는 언어다. 하지만 그들은 비록 모국은 잃었어도 모국어는 남아있다는 강력한 믿음을 고수한다.(p.132) 그래서 할아버지는 일본어 사용을 꺼리고 할머니는 한사코 **일본어**를 거부한다. 그들은 스스로 '언어의 감옥'[20]에 갇혀 사는 셈이다.

모국과 거주국 사이에 낀 언어의 불협화음은 일본에서 태어난 재일한국인의 경우에는 더 심각한 문제가 될 수 있다. 소설에서는 '나'의 엄마가 여기에 해당한다. 그들에게 일본어는 단순한 거주국 언어를 넘어, 태어날 때부터 속한 공동체의 언어, 즉 모어(langue maternelle)이기 때문이다. 한국어는 그들의 모국어요, 일본어는 모어인 것인데, 이것은 그들이 지배자의 국어를 모어로 하는 아이러니한 운명을 타고 났다는 사실을 의미한다.[21] 하지만 『파친코 구슬』의 화자는 부모에 관한 스토리를 거의 건너뛰다시피 하고, 엄마가 겪었을 부당한 차별, 정체성의 혼란, 부모를 떠나 스위스로 가게 된 경위 등에 대해서도 함구하고 있다. 독자로서는 그녀의 분열된 언어 정체성에 대한 유추 해석조차 불가능하므로 이 문제는 논의의 대상에서 제외하기로 하자.

디아스포라 3세대에 해당하는 '나'는 스위스에서 태어나고 자랐다. 엄마는 한국인이지만 아버지는 스위스인이다. 가족이 현재 사는 곳도 스위스다. 따라서 프랑스어가 모국어이고, 한국어는 어머니의 언어일 뿐이다. 그녀가 프랑스어를 배우면서 차츰 한국어를 잊게 된 것은 어쩌면 당연한 일이다. 문제는 그녀가 한국어를 잊게 되면서 조부모와의 소통에 어려움이 생기기 시작했다는 데 있다.

나는 프랑스어를 배우면서 한국어를 잊게 되었다. 처음엔 할아버지가 나를 나무라셨다. 요즘은 더 이상 아무 말씀도 안 하신다. 우리는 간단한 영어나 한국어, 과장된 몸짓이나 표정으로 소통한다. 일본 어는 절대 쓰지 않는다.(pp.21-22)

'나'는 조부모와의 소통을 위해 한국어를 배우고자 했지만 스위스 의 대학에는 한국어 강좌가 없었다. 한국어 대신 일본어를 배우면서 그녀는 조부모와 좀 더 편하게 이야기를 나누게 될 것이라 기대했을 것이다. 하지만 조부모는 '나'와 있을 때 절대 일본어를 쓰지 않는다. 그들 사이에 자유로운 소통을 가능하게 해 줄 유일한 언어를 거부한 것이다. 그래서 그들의 식탁을 주로 지배하는 것은 속 깊은 대화가 아 니라 침묵이다. 할머니가 간간히 "Is good? Is good?"으로 묻고 나는 "예, 맛있어요(Ye, mashissoyo)." 라고 나지막이 대답하는 게 고작이다. 식 사가 끝나면 침묵은 더 무거워진다.(p.21)

할머니가 만들어낸 '얼굴 놀이(jeu du visage)'에 관한 일화는 분열된 언어로 인한 혈육 간의 안타까움을 따가운 감각으로 새기게 한다. '얼 굴 놀이'는 손녀의 기억 속에서 한국어가 점점 희미해지는 것에 대한 조바심에서 할머니가 고육지책으로 생각해 낸 놀이로 보인다. 할머니 는 손녀의 얼굴을 온통 반창고로 덮은 다음에 손녀가 '입', '눈', '코' 등 을 제대로 대답하면 해당 부위의 반창고를 조심스레 떼 주면서 온갖 칭찬을 침이 마르게 퍼붓는다. 하지만 손녀가 자꾸 틀린 대답을 하면 "할머니는 모든 반창고를 한꺼번에, 얼굴에 불이 날 정도로 따갑게 떼 버렸다. 그 낱말들을 잊어버리면 나는 미라로 남게 될 거라고 잘라 말 하면서."(p.59) 미라는 겉모습만 멀쩡한 시체가 아닌가. 할머니는 미라 의 끔찍한 외관을 손녀에게 상기시키면서, 모국어를 잊어버리면 혼이 죽은 것이나 마찬가지라는 가르침을 각인시키고 싶었던 것 같다.

할머니가 자주 쓰는 구어에서 그녀와 손녀 사이의 언어적 불협화음은 더욱 도드라진다. 대표적인 것이 "아이고, 예쁜 새끼"라는 표현이다. 미루이 짐작긴대 힐머니는 '나'의 엄마에게도 이 말을 자주 했을 것이다. 하지만 스위스에서 자란 '나'는 이 표현에 문화적, 언어적 이질감을 느낄 수밖에 없다. 그래서 '나'는 "특히 새끼 동물들에게나 쓰는 'sekhi'라는 말이 듣기 싫다."(p.106) 그런데 할머니로부터 엄마를 거쳐 '나'에게로까지 전해진 이것이야말로 상실된 말 사이에서 살아남은 말이 아닌가. 그리고 이것은 번역될 수 없는 말이다. 그래서 화자는 이것을 소리 그대로 "Aïgou, yeppun sekhi"로 표기하고 있는 것이다.(p.58, p.106) 마찬가지로, 『파친코 구슬』의 헌사에서 작가가 "À ma halmoni et mon halaboji"라고 표기한 것도, 'grand-mère'나 'grand-père'를 통해 다 담아낼 수 없는 '할아버지', '할머니'만의 함의가 있기 때문일 것이다. 평소에 가족 간에 사용하는 이 호칭을 활자화함으로써 작가는 조부모로부터 자신에게까지 이어지는 강력한 정체성 인식을 기꺼이 수용한 것으로 보인다.

알다시피 '나'의 이름은 클레르(Claire)다. 그런데 등장인물 가운데 누구도 내심을 분명하게(clairement) 말하지 않는다는 것이 이 소설의 특징이기도 하다. '나'와 조부모 사이의 불분명한 소통은 당연히 언어적 장애 때문이다. '나'는 한국말이 서툴고 할아버지, 할머니는 일본어를 입에 담기 싫어한다. 미묘한 문제를 언급하거나 내밀한 감정을 전하기에 역부족인 '나'는 그래서 할머니와 함께 있을 때도 가족 간의 옛날 추억이나 장래 계획 등을 이야기하기보다는 게임을 하거나 만화영화를 보면서 시간을 보내는 것이다.

불분명한 소통은 오해의 여지를 남기고 갈등으로 번지기 마련이다. 실제로 '나'의 생일 저녁에 기어이 폭발하고야 만 갈등의 원인 또한 소통의 실패에 있다. 할머니는 생일 하루 전부터 이상하리만큼 들떠서 부엌을 분주하게 오갔지만 '나'는 그 이유를 물어보지 않았고, 할아버지와 할머니 역시 손녀를 위해 생일상을 준비했노라고 미리 알려주지 않았다. '나'는 나대로 미에코 집에서 생일 저녁을 먹기로 약속했다는 사실을 할머니에게 알리지 않았다. 쏟아지는 할머니의 원망을 들으면서 마음속으로 외치는 '나'의 항변에는, 모국의 언어와 거주국의 언어 사이에 끼어 이러지도 저러지도 못하는 경계인의 언어 정체성이 압축되어 있다.

> "제 탓이 아니에요, 제가 아무 말도 안 하는 건. 제가 한국말을 잊은 것도, 프랑스말을 하는 것도 제 탓은 아니죠. 할아버지, 할머니를 위해서 일본말도 배운 걸요, 프랑스말도, 일본말도 다 우리가 살고 있는 나라의 말이잖아요."(p.98. 강조는 작가)

그런가하면 미에코는 언어적 소통에 전혀 장애 요인이 없는데도 '분명하게' 내심을 전달하지 않는 인물이다. '나' 외의 다른 사람들과는 대개 침묵(mutisme)으로 소통한다는 것이 더 정확할 것이다. 입을 뻐끔거리는 틱 장애도, 대화 중에 말수가 줄어드는 것도, 삼삼오오 모여 앉아 재잘거리는 또래들과 어울리지 않고 혼자 떨어져 지내는 것도, 자기 의사를 분명하게 내세우지 않고 늘 엄마나 '나'의 제안을 군말 없이 따르는 것도 다 미에코 나름의 소통 방식이다. 미에코는 학교에 가기 싫다는 말을 분명하게 하지 않고, 그녀의 엄마는 엄마대로 딸의 스트레스나 틱 장애에 이렇다 할 반응을 보이지 않는다.[22]

그런데 '나'는 "신기하게도 미에코를 훨씬 오래 전부터 더 잘 알고 있다는 느낌이 든다."(p.99)라고 말한다. '신기하다'는 건 그녀 자신도 그 이유를 잘 모른다는 뜻이고 그래서 독자에게도 설명할 수 없다는 말일 것이다. 하지만 우리는 '나'와 미에코가 프랑스어든 일본어든 편할 대로 말하자고 일찌감치 합의했던(p.45)사실을 알고 있다. 두 사람 사이의 친밀감은, 조부모와의 사이에서와 달리, 소통을 가로막는 언어적 장애를 미리 제거했기에 가능했던 것이 아니겠는가.

한국어가 서툰 '나'에게 한평생 가슴 속에 담아왔던 이야기를 해주기 위해 할아버지가 일본어로 말할 수밖에 없었던 이유가 여기에 있다. 우리가 앞서 보았던 바, 미야지마 섬에서 나눈 대화가 그것이다. 모국은 더 이상 존재하지 않지만 "우리에게는 하나의 언어가 남아있다."(p.132)라는 그 말을 일본어로 터놓을 수밖에 없는 아이러니한 상황은 모국어와 일본어 사이에 끼인 재일한국인들의 언어적 불협화음을 상징적으로 보여준다.

이제 마지막으로 『파친코 구슬』을 마무리하는 화자의 서술을 보기로 하자. 소설은 "하나의 메아리만 울려 퍼진다. 서로 뒤섞이는 언어들의 메아리가."(p.140)라는 함축적 서술로 끝난다. 출항이 임박한 여객선에서 일본어, 한국어로 번갈아가며 안전수칙을 안내하던 확성기 소리가 멎자 하나의 메아리만 울려 퍼진다는 것이다. 일본어, 한국어로 서로 대립하던 언어들 사이의 불협화음이 이제는 조화롭게 공명하는 하나의 메아리로 울려 퍼질 수 있다면, 지금 '나' 의 내면에서 끊임없이 분열하는 자아들 또한 언젠가는 조화롭게 결합될 수 있지 않겠는가. 여기에서 우리는 이 장면이 결국 하나의 서사의 마지막일 뿐 아니라 새로운 서사의 출발에 대한 암시이기도 하다는 사실을 깨닫기에

이른다

## 4. 새로운 서사를 향해

이상에서 우리는 『파친코 구슬』의 스토리 분석을 통해 등장인물들의 디아스포라 의식을 추적하는 한편, 작가의 서술적 선택을 분석하는 가운데 그 핵심이 절제와 암시 그리고 유추에 있음을 드러내보였다. 그런데 소설의 말미에 이르러 우리는 이러한 표층적 서사의 아래에서 점점 수면 위로 또렷하게 드러나는 또 다른 서사의 존재를 깨닫게 되었다. 그것은 조부모가 아니라 자신이 한국에 가야만 하는 이유를 화자가 마침내 수긍하기에 이르는 변화의 과정에 대한 서술로서, 외부에 집중되던 화자의 시선이 점차 자기 내면을 향해가는 과정과 일치한다.

이런 관점에서 우리는 소설의 마지막 장면이 이야기의 진정한 '종결'이라기보다는 '중단' 또는 새로운 '시작'에 가깝다고 보았다. 실제로, 소설의 시작과 끝 사이에 다양한 일화들이 개입되어 있는 것은 사실이지만, 그 양쪽 끝을 나란히 대비시켜 보면 변한 것이 아무것도 없는 것 또한 사실이다. 소설이 끝나기까지 조부모는 일본 땅을 한 발짝도 벗어나지 못하고, 미에코 모녀 또한 공사 중인 아파트를 떠나지 못한다. 이런 시점에 화자가 조부모와 미에코 모녀의 스토리를 '중단'시키며 슬그머니 자신의 이야기로 돌아선 것이다. 결국 여기에 만약 변화가 있다면 그것은 화자의 내적 체험과 인식의 변화가 아니겠는가. 다른 등장인물들과는 달리, 화자는 주변 인물들의 스토리를 서술하는 가운데 결국 자신의 스토리를 발견하고 새로운 가능성을 찾아가는 결단을 내렸기 때문이다.

인간은 결코 자기 눈으로 자신의 얼굴을 볼 수 없지만, 그렇기 때문에 그를 둘러싼 모든 것에 늘 스스로를 비춰보면서 결국 자신의 이야기를 만들어가는 존재라는 점에서 이 소설의 핵심은 결국 작가의 '글쓰기'에 있다는 해석도 가능하다. 이런 맥락에서 볼 때, 이 소설은 화자가 디아스포라의 가족사를 통해 경계인으로서의 자기정체성 문제를 정면으로 바라보기에 이르는 과정에 관한 이야기이자, 동시에 작품을 통해 여전히 자신의 정체성을 찾아가는 과정에 있는 작가의 글쓰기이기도 한 것으로 판단된다.

# 주석

1   뒤사팽은 프랑스인 아버지와 한국인 어머니에게서 태어났고('Elisa'는 프랑스식
    이름, '수아'는 한국식 이름임) 열세 살 때 스위스로 귀화하였다. 그녀가 때로는 프
    랑스인으로, 때로는 스위스인으로 소개되는 이유가 여기에 있다. 사실 뒤사
    팽이 스위스인인지 프랑스인인지를 따지는 것은 편협한 국민주의에서 제기
    되는 질문에 불과하다. 본고에서는, 다국어를 사용하는 스위스 작가들의 작
    품이 국적보다는 언어를 기준으로 독일문학, 프랑스문학 등으로 분류되어온
    관례에 따라 뒤사팽의 작품들을 프랑스문학의 범주에 포함시키고 있음을 밝
    힌다.

2   프랑스에서는 '문필가협회 신인상', '레진 드포르주 상'을, 스위스에서는 '로
    베르트 발저 상', '알파 상' 등을 수상했다. (Un des prix ≪ Révélation ≫ de la SGDL,
    Prix Régine Deforges, Prix Robert Walser, Prix Alpha, etc.)

3   서경식에 따르면, 전 세계 코리언 디아스포라의 총수는 대략 600만 명이며,
    그 일부가 재일조선인이다 (약 60만 명). 현재의 일본사회에서는 '재일한국인'
    이라는 호칭과 '재일조선인'이라는 호칭이 애매하게 뒤섞여 존재한다. '한국'
    은 국가를, '조선'은 민족을 나타내는 용어라는 점에서 관념의 수위가 다르기
    때문이다. (서경식, 『디아스포라 기행 - 추방당한 자의 시선』, 김혜신 역, 돌베개, 2006, pp.4-
    16). '자이니치'(在日)라는 일본어음 호명도 흔히 사용되는데, 서경식은 이것이
    "일본에 거주하고 있다."라는 상태를 나타내는 것에 지나지 않는 말로서, 거
    주하고 있는 그 주체가 누구인지를 흔적 없이 지워버린 용어, 즉 일본인이 만
    들어낸 '타자 표상'이라고 간주한다. (서경식, 『디아스포라의 눈』, 한승동 역, 한겨레출
    판, 2012, p.87).

4   'diaspora'는 본래 그리스 동사 'speiro(씨 뿌리다)'와 전치사 'dia(위)'의 합성어
    로서, 바빌론 유수(BC.586) 이후 팔레스타인 지역을 떠나 세계 각지로 흩어진
    유대인이나 유대인 공동체를 의미하는 용어였다. 이후 이 용어는 1960년대
    아프리카학 연구자들이 디아스포라 개념을 활용해서 유대인과 아프리카인
    의 강제이주 경험을 서술하면서부터 학문적으로 사용되기 시작했다. 그러나
    디아스포라가 본격적인 연구대상으로 부상한 것은 1990년대 들어서다. 오
    늘날 디아스포라는 이민자, 망명자, 외국인 노동자 등 국경의 경계를 넘나드

는 초국적 주체들과 그들의 네트워크를 통칭한다. 한국의 디아스포라 연구는 2000년대 들어 본격적으로 진행되었다. (임경규 외 공저, 『디아스포라 지형학』, 도서출판 앨피, 2016, 9-10쪽).

5    1965년부터 발간된 *Hommes & Migrations*은 프랑스에서 가장 오래된 이민 관련 전문잡지로서, 2006년부터는 국립이민역사박물관(Musée nationale de l'histoire de l'immigration)에서 간행되고 있다. 지구상 이민과 관련한 모든 사회적, 문화적 뉴스(서적, 영화, 연극, 음악, 논쟁, 각종 행사 등)를 다루는 이 잡지의 기사는 모두 인터넷 검색이 가능하다. 〈Le Japon, pays d'immigration?〉이라는 제호의 1302호(2013년 4-6월) 기사에 따르면, 현재 재일한국인과 유관한 프랑스어 소설이 두 편 있으나 이것은 모두 일본어 원작을 프랑스에서 번역, 출판한 것이다. 2013년 이후의 잡지에서도 재일한국인 관련 프랑스 작품을 소개하는 새로운 기사를 찾을 수 없고, Google을 비롯한 여러 포털을 통한 검색결과도 마찬가지다.

     (http://www.hommes-et-migrations.fr/index.php?/numeros/le-japon-pays-d-immigrationration 참조)

6    엘리자 수아 뒤사팽, 『파친코 구슬』, 이상해 역, 북레시피, 2018, 6쪽.

7    위의 책, 6-7쪽.

8    미에코 가족의 스토리는 제1, 5, 7, 13, 15, 17, 22-24장에서, 조부모의 스토리는 제2-4, 6, 8-12, 14, 16, 18-21, 25-26장에서 전개된다. (이 작품은 총 26개의 장(chapitre)으로 분할되어 있지만 각 장의 순서를 나타내는 일련번호는 매겨져 있지 않다. 여기에서 밝힌 각 장의 번호는 연구의 편의를 위해 본 연구자가 부여한 것임.)

9    Elisa Shua Dusapin, Les Billes du Pachinko, Zoe, 2018, p.10. 이하, 본문에서 괄호 속에 페이지 번호만 표기.

10   주네트는 기존의 서술이론들이 관점(perspective)의 범주와 화자의 문제를 뒤섞어 놓고 있다는 사실을 지적하면서, '누가 보는가?/지각하는가?'를 초점화의 문제로, '누가 말하는가?'를 목소리의 문제로 명확히 구분함으로써 그 한계를 극복하였다. 또한 목소리의 문제를 개입시키지 않고 초점화의 범주만을 고려하여 초점화 유형을 무초점화, 내적 초점화, 외적 초점화라는 세 가지로 분류하였다. 기존 영미 비평의 '전지적 화자의 서사'는 무초점화 혹은 비초점화서사로, '제한된 시야의 서사'는 내적 초점화서사로, '객관적' 또는 '행동주의적' 서사는 외적 초점화서사로 불렀다. (Gérard Genette, *Figure III*, Seuil, 1972, pp.203-211 ; Gérard Genette, *Nouveau discours du récit*, Seuil, 1983, p.43)

11 처음 만났을 때부터 '나'는 미에코가 "물고기처럼 입을 뻐끔거린다."(p.12)는 언급을 한 바 있다.

12 프랑스어의 'etre pris en sandwich', 영어의 'be sandwiched' 등도 여기에 속 한다.

13 Roland Bourneuf et Réal Ouellet, *L'univers du roman*, Presses Universitaires de France, 1985, pp.63-66 참조.

14 임경규 외 공저, 『디아스포라 지형학』, 도서출판 앨피, 2016, pp.148-149. (예 를 들면, 미에코를 데리고 놀러간 디즈니랜드에서 '나'는 이렇게 토로한다. "사람들은 내가 일본 인이라 믿고 있지만, 나는 이 애와 함께 다니는 올 여름만큼 내가 이방인이라 느낀 적이 거의 없 다."(p.30))

15 엘리자 수아 뒤사팽, 『파친코 구슬』, 이상해 역, 북레시피, 2018, 5쪽 ('한국 독 자들에게' 중에서).

16 서경식 외, 『경계에서 만나다: 디아스포라와의 대화』, 현암사, 2013, 10쪽.

17 예를 들어, 어릴 적에 외할머니와 온갖 음식을 함께 만들던 기억을 간직하고 있는 화자는 이제 할머니가 매일 가게에서 사온 도시락으로 끼니를 때운 뒤 번들거리는 빈 통들을 부엌문 뒤에 무더기로 쌓아두는 것에 "충격을 받았다 (Cela m'a bouleversée)"라고 서술하고 있다.(p.63)

18 l'épigraphe du livre, reprenant les mots de Roland Barthes dans *L'Empire des signes*.

19 서경식, 『디아스포라의 눈』, 한승동 역, 한겨레출판, 2012, 87쪽.

20 서경식의 『언어의 감옥에서 - 어느 재일조선인의 초상』의 표제에서 따온 표 현임.(권혁태 역, 돌베개, 2011).

21 재일한국인의 관점에서 정의되는 '모어'와 '모국어'의 개념은 서경식, 『디아 스포라 기행』, 김혜신 역, 돌베개, 2006, 18-19쪽 ; 임경규 외 공저, 『디아스포 라 지형학』, 도서출판 앨피, 2016, 142쪽 참조.

22 "그녀는 미에코가 학교에서 받는 스트레스를 알고나 있을까?"(p.119)

# 창조된 정체성<sup>*</sup>

# 창조된 정체성[*]

- 이민서사로 본 자크 오디아르(Jacques Audiard)의
⟨예언자(Un prophète)⟩[1] -


이송이


"나는 이민자들에게 이름, 얼굴, 형체, 그들 고유의 폭력을 선사하고 싶었다."

자크 오디아르.

"누아르 영화(le film noir)는 극도의 사실주의, 외과의사의 보고서이며,
파헤쳐진 현실이다."

파트리스 호발드(Patrice Hovald).


## 1. 자크 오디아르 - 프랑스 영화의 어떤 풍경

프랑스 관객들이 영화 개봉을 손꼽아 기다리는 감독들 중 하나라
할 수 있는 자크 오디아르는 독특한 영화적 행보를 보여주는 작가로
도 알려져 있다.

장편 데뷔작으로 1994년 개봉한 스릴러 영화인 ⟨그들이 어떻게 추

---

[*] 이 글은 『프랑스문화연구』 43집(2019)에 실린 논문을 수정 보완한 것입니다.

락하는지 보라(Regarde les hommes tomber)〉부터 2018년 베니스 영화제에서 은사자상을 수상한 서부극 〈시스터스 브라더스(Les Frères Sisters)〉까지의 필모그래피가 보여주듯이, 오디아르는 장르영화를 기술적으로 만드는 감독이라 할 수 있다. 그리고 1996년 칸 영화제 수상을 시작으로, 그는 세계 유수의 영화제에서 지속적으로 상을 받으면서 명성을 쌓게 된다. 따라서 오디아르는 장르영화를 계속 만들면서 영화 작가로 인정받게 된 셈이라 할 수 있다. 그리고 이런 사례는 사실 프랑스 영화계에서 그리 흔하지 않은 경우이기도 하다. 이제 오디아르는 2015년 〈디판(Dheepan)〉으로 칸 영화제에서 황금종려상을 수상함으로서, 동시대의 프랑스 영화계를 대표하는 영화작가 중 한 명으로 자리매김하게 되었다.

한편, 장르영화로 분류되는 그의 영화들은 전형적인 장르 영화들로 간단히 분류되기 어렵다. 오디아르의 영화들은 미국의 대중적인 장르영화가 흔히 보여주는 특징과 프랑스의 전통적인 사실주의를 함께 보여주는 영화들로 자주 평가받고 있기 때문이다. 따라서 서로 이질적인 요소들이 함께 부딪히면서 공존하는 오디아르의 영화들은 동시대 프랑스 영화의 새로운 풍경을 만들어내고 있으며, 더불어 새로운 전망을 제시하고 있다고 할 수 있다.

한편, 오디아르가 인터뷰에서 직접 밝혔듯이, 주인공의 지극히 내면적인 여정을 따라가는 것처럼 보이는 그의 영화들은 역설적으로 동시대 사회를 그대로 반영하고 있는 거울의 역할을 함께 하고 있다. 오디아르는 〈그들이 어떻게 추락하는지 보라〉에서부터 지속적으로 사회의 주변부로 내몰린 인물들을 영화의 주인공으로 등장시키고 있다. 이들은 정신적, 신체적 장애로 인해 사회가 규정하는 정상의 범위를 벗어났거나, 범죄나 불법체류로 인해 사회에서 공인된 위치를 얻지 못한 사람들이다. 그리고 이들의 고통은 동시대 프랑스 사회의 문제나 변화와 긴밀하게 연결되어 있다. 이런 이유로 오디아르의 영화들은 "범죄물과 연대기(polar et chronique)"로 규정되기도 하는데, 그의 영화들 중 이 정의에 가장 어울리는 영화는 다름 아닌 〈예언자〉일 것이다. 북아프리카 계 프랑스 국적인 청년, 말리크 엘 제베나(Malik El Djebena)가 교도소에서 스스로 만들어가는 정체성은 프랑스 사회의 변화해가는 정체성에 상응하고 있는 것으로 해석될 수 있기 때문이다. 즉 말리크는 자신의 자아를 창조하면서 프랑스의 변화하는 정체성을 예언하는 예언자가 되는 셈이다.

## 2. 충돌과 공존

오디아르의 영화세계에는 도시 범죄, 장애인, 이민자, 전과자 등 동시대 프랑스를 구성하는 중요한 현실적인 요소들과 함께 환상과 꿈이 공존하고 있다. 다시 말해, 공존할 수 없는 요소들이 서로 충돌하면서 함께 하고 있는 셈이다.

〈예언자〉에서 파리 근교의 교도소 역시 폭력과 살인이 일상화 되어있는 공간이지만 유령과 꿈이 함께 거주하는 곳으로 재현된다. 소년범이었다가 처음으로 성인 교도소로 오게 된 말리크에게 교도소는 지저분하며 끔찍한 폭력의 공간이었다. 그러나 코르시카 갱의 두목인 세자르 루치아니(César Luciani)의 협박으로 레예브(Reyeb)를 살해하고 나자 오히려 사정은 달라진다. 레예브는 유령이 되어 말리크를 보호하고 상상의 친구로 변하기 때문이다. 여기에 더해, 말리크는 감방에서 스스로 목숨을 구하게 되는 계기가 되는 이상한 꿈까지 꾸게 된다. 그는 브라임 라트라슈(Brahim Lattrache)가 총으로 위협을 하는 순간, 꿈속에서 본 사슴의 출현을 무심결에 예언하는 바람에 극적으로 목숨을 건지게 된다. 레예브가 유령으로 나타나거나 말리크가 꿈을 꿀 때, 더럽고 낙서로 가득 찬 회색의 감방 역시 변신한다. 감방은 마치 과거에 선지자들이 몰래 모여 촛불을 밝혔던 동굴처럼 몽환적인 오렌지색의 후광으로 가득 찬 공간으로 바뀌는 것이다. 이처럼 사생활이 보장되지 않는 감방은 환상과 꿈을 통해 가장 은밀하고 내면적인 공간으로 변하게 된다. 말리크의 몽상 속에서 그가 레예브를 살해하는 모습이 부드러운 후광과 두 사람의 뒤엉킨 알몸으로 인해 마치 사랑을 나누는 것처럼 보이는 신은 이런 특징을 더욱 강조하고 있다.

오디아르는 〈예언자〉의 촬영을 위해 여러 교도소를 방문했으며, 교도소의 실제 소음을 영화에 삽입했다고 밝히고 있다. 실제 소음이라는 청각적 사실성이 〈예언자〉의 교도소를 객관적으로 재현하고 있다면, 교도소를 재현하는 카메라는 지극히 주관적인 관점을 고수하고 있다. 영화의 도입부 시퀀스에서부터 이미 이런 상반적 특성은 공존하고 있다. 따라서 영화가 시작되면서 관객은 이제 막 성인 교도소에 도착한 말리크의 존재를 추측할 수 있을 뿐이다. 그는 교도소의 소음 속에서 처음에는 어둠에 싸인 채 실체를 드러내지 않고 있기 때문이다. 관객은 희미한 빛에 의해 서서히 모습을 드러내는 말리크를 통해, 실제 소음과는 달리, 지극히 비현실적인 조명을 통해 교도소라는 공간이 재현되고 있다는 것을 짐작하게 된다.

이처럼, 영화 속에서 지극히 사실적인 요소와 비현실적이며 극적인 요소들은 서로 결합하여, 교도소의 일상적인 폭력과 어느 사회에서나 흔히 볼 수 있는 청년 재소자인 주인공에게 상징적이며 은유적인 역할을 부여하게 된다. 따라서 범죄사인 주인공은 자아를 아직 성취하지 못한 모호하며 복합적인 인물로, 교도소의 폭력은 주인공의 특별한 성장을 위한 통과의례의 고통스러운 과정처럼 해석되는 것이다.

한편, 〈예언자〉에서 재현되는 교도소는 대부분 말리크의 주관적인 시점에 한정되어 있다. 처음 말리크가 창문을 통해 바라보는 반대편 교도소 건물의 전경은 흐릿하고 좁은 영상으로 포착된다. 이 쇼트는 마치 말리크가 두려움에 눈을 감았다가 눈을 다 뜨지 못하고 있는 상태로 바라보는, 즉 좁은 시야에 의해 잡힌 풍경을 그대로 재현한 것 같은 느낌을 주고 있다.

교도소의 전경이 한꺼번에 드러나는 쇼트를 영화에서 거의 찾을 수 없는 점도 교도소 내부에 갇혀서 통제되는 재소자인 말리크의 시점에 의존하여 영화가 전개되고 있다는 추측에 더욱 근거를 제공한다. 교도소는 말리크의 시선과 동선을 따라 프레임에 갇혀 잘게 나눠져서 늘 파편으로 제시될 따름이다. 이런 재현 방식으로 인해, 관객은 교도소를 더욱 폐쇄적이며 무한한 위험이 잠재하고 있는 공간으로 느끼게 된다. 같은 방식으로, 말리크가 겪는 폭력들은 갑자기 외화면에서 예고 없이 프레임 안으로 들어오는 방식으로 재현되고 있다.

교도소가 이처럼 '말리크의 교도소'로 묘사되듯이, 교도소 밖의 공간도 말리크의 관점에 의해 재현된다. 고아이며 거의 문맹과 다름없는 말리크에게 교도소 밖의 사회도 실상 교도소와 차이가 없다. 따라서 말리크가 모범수로 외출 허가를 받은 후, 지하철 창문을 통해 바라보는 풍경은 교도소로 이송될 때, 호송차의 철장 밖으로 봤던 풍경과 크게 차이가 없다. 말리크가 돌아다니는 파리, 마르세이유의 거리, 도로, 주유소의 매점 등은 사실적인 방식으로 촬영되었지만, 카메라는 교도소 내부에서와 마찬가지로 여전히 말리크를 바짝 따라가며 프레임 안에 그를 비좁게 가둔다.

교도소의 외부 역시 현실과 환상은 공존하고 있다. 말리크가 교도소의 진정한 실세가 되는 계기라 할 수 있는 총격전 시퀀스는 이를 잘 보여주고 있다. 슬로우 모션으로 재현되는 총격 신에서 말리크는 쌓여가는 시체를 방패막이로 하여 살아남게 된다. 대중적인 액션영화에서 흔히 볼 수 있는 이런 비현실성은 총격을 피하는 말리크의 얼굴을 클로즈업하는 신을 통해 더욱 강조된다. 이 신에서, 말리크의 천진하며 행복해하는 미소는 총격의 현실적인 잔인함을 없애고 관객에게 몽환적인 쾌감을 선사하는 역할을 하고 있기 때문이다.

〈예언자〉는 암흑가에서 출세하는 이민 청년이 주인공이라는 이유로, 개봉 당시 영미권의 언론에서 〈스카페이스(Scarface)〉와 자주 비교되기도 했다. 그러나 사실과 상상, 객관적 현실과 주관적인 현실이 공존하고 교차하고 있다는 점에서, 〈예언자〉는 비슷한 소재를 완전히 다르게 접근하고 있는 작품이라 할 것이다. 〈스카페이스〉에서 과장된 폭력의 비현실성이 관객의 쾌감에 의존하고 있다면, 〈예언자〉의 몽환적인 폭력의 비현실성은 훨씬 제의적이며 은유적인 성격을 띠고 있다. 따라서 〈스카페이스〉에서 실제 사건들과 인물들이 폭력적 쾌감을 선사하는 인공적 배경과 대중적인 아이콘으로 변한다면, 〈예언자〉의 현실적인 사건들과 인물들은 영화가 진행됨에 따라, 더욱 상징적인 의미를 부여받게 되는 것이다.

오디아르는 영화 제목이기도 한 단어인 "예언자"를 신의 계시를 사람들에게 '전달'하는 인물이라 정의하고 있다. 따라서 세자르의 심복이 되어 그의 메시지를 교도소 밖으로 전하는 말리크는 아이러니한 방식으로 바로 이 예언지의 역할을 하게 되는 셈이나. 그러나 말리크의 환상과 유령 레예브는 말리크에게 교도소 내의 심복 이상의 역할을 부여하게 한다. 마지막으로 외출을 했을 때, 말리크는 고의적으로 외박을 해서 40일간 독방에 갇히게 되고, 그 후 교도소의 새로운 두목으로 승격한다. 이 40일 역시 영화의 이중적인 요소로 인해 단순한 벌칙이 아닌 신화적인 상징성을 부여받게 된다. 이 기간은 모세나 마호메트, 예수와 같은 선지자가 고행을 겪는 기간, 즉 40일과 동일하기 때문이다. 따라서 교도소에서의 권력 싸움과 계승을 보여주는 평범한 이야기는 이러한 상징성으로 인해 개인적인 이야기를 넘어서는 특별한 신화로 변하는 것이다.

### 3. 공백과 창조

부패와 폭력이 판을 치는 교도소를 통해 프랑스의 동시대 현실을 보여주는 사실주의적인 영화, 〈예언자〉에 상징성을 부여하는 가장 중요한 역할을 하는 것은 무엇보다 주인공인 말리크이다. 말리크가 교도관, 변호사와 나누는 대화를 통해, 관객은 그가 이미 소년원 신세를 졌으며, 프랑스어와 아랍어를 말하지만 글은 제대로 읽을 줄 모르며, 칼로 경찰을 위협해 6년형을 받았다는 것을 알게 된다. 하지만 교도관과의 대화 내용을 통해, 말리크는 프랑스 사회의 관습적인 분류 방식으로 나누기 힘든 인물로 드러난다. 교도관은 그에게 무슬림이냐는 의미로 돼지고기를 먹느냐고 질문하지만 말리크는 질문이 내포하는 의미 자체를 이해하지 못한다. 교도소는 코르시카 갱단, 아랍계 갱단으로 크게 양분되어 있다. 그러니 말리크에게는 아랍계 갱단에 어울려야 한다는 의무감이 전혀 없다. 따라서 그는 세자르의 심복이 되는 데도 큰 어려움이 없으며, 아랍계 재소자들에게 배신자 소리를 들어도 크게 개의치 않는다. 마찬가지로 세자르와 코르시카 갱들이 대놓고 아랍계 재소자들을 인종차별적인 태도로 비웃어도 불쾌한 감정을 드러내지 않는다.

어디에도 속하지 않는 말리크는 따라서 어디에도 속할 수 있는 인물인 것이다. 말리크 역을 맡은 배우인 타하르 라힘(Tahar Rahim)의 외모는 이 모호함을 더 강조하는 역할을 한다. 그는 피부가 희고 굵은 곱슬머리를 하고 있다. 그래서 오디아르는 인터뷰에서 말리크가 처음 화면에 등장할 때, 관객들은 그가 포르투갈계인지 아랍계인지부터 의구심을 가지게 될 것이며, 이런 모습은 그가 정체성이 없는 상태로 교도소에 도착하는 상태를 보여주고자 한 설정이라고 밝히고 있다.

따라서 규정되지 않으며 분류되지 않는 말리크는 교도소를 학교로 삼고 모방과 학습을 통해 자신의 정체성을 스스로 창조해간다. 말리크가 감방에 돌아와서 세자르가 부하들에게 명령하는 모습을 홀로 흉내 내어 그대로 따라해 보는 신은 이를 확인시켜준다. 그는 프랑스어 읽기와 쓰기를 배우며, 코르시카 갱들이 얘기하는 것을 이해하기 위해 코르시카 어를 독학한다. 그리고 교도소 내의 여러 집단을 자유로이 오가고 서로의 이해관계를 충족시켜 주면서 스스로 교도소의 왕으로 떠오르게 된다.

한편, 〈예언자〉에서 교도소는 프랑스 사회의 축소판으로 묘사되고 있다. 교도소의 학교에서 경제 시험을 치는 시퀀스 다음에 이어지는 말리크의 마약거래 시퀀스는 아이러니한 방식으로 경제학과 부패된 사회의 경제체제와의 관련성을 드러내는 역할을 한다. 여기에 더해, 교도소 안과 밖에서 동시에 행해지는 마약거래와 교도소 안 밖에서 함께 일어나는 이집트인 라티프(Latif l'Égyptien)에 대한 보복을 보여주는 교차 편집은 함축적으로 교도소와 사회의 상관성을 더욱 강조하고 있다.

이러한 관점에서 볼 때, 자신의 출신에 크게 소속감을 가지고 있지 않으며, 여러 언어와 문화를 섭렵하며 만들어진 말리크의 혼종적인 정체성은 프랑스 사회와의 관계를 통해 살펴볼 때 특별한 의미를 가진다. 결국, 고정된 정체성을 거부하는 이 '다인종적, 다문화적인 혼종적인 정체성'은 앞으로 프랑스를 주도할 세대의 새로운 정체성으로 해석될 수 있을 것이다.

한편, 자신의 출신에 무심하며, 기존의 정체성을 버리고 공백의 상태를 보여주는 주인공, 스스로 정체성을 만들어내는 주인공은 오디아르의 영화에서 그리 낯설지 않은 인물이다. 〈위선적 영웅(Un héros très discret)〉에서 가짜 레지스탕스로 변신하게 되는 알베르 드우스(Albert Dehousse)는 그 전형적인 예라고 할 수 있다. 그리고 이 주인공들이 스스로 정체성을 성취할 수 있게 하는데 가장 큰 역할을 하는 인물은 공통적으로 〈내 심장이 건너뛴 박동(De battre mon cœur s'est arrêté)〉의 경우처럼 생물학적 아버지이거나, 아버지의 역할을 하는 연장자 남성으로 나타난다. 이와 같은 오이디푸스 콤플렉스를 드러내는 구도로 인해, 오디아르의 많은 영화들은 일종의 성장영화처럼 보인다. 그리고 대부분의 남성 주인공들은 〈그들이 어떻게 추락하는지 보라〉의 조니

(Johnny)를 원형으로 하고 있는 것처럼 보인다. 다시 말해 남성 주인공들은 나이나 사회적 계급에 상관없이 미성숙한 상태로 머물러있으며, 아버지나 이미지의 역할을 하는 남성과 복잡한 삼능과세에 눅어있는 것이다. 따라서 남성 주인공들의 진정한 자아의 성취는 결국 이 폭력적이며 권위적인 아버지들로부터 해방되면서 이루어지고 있다.

〈예언자〉역시, 이런 특징을 그대로 보여주고 있다. 이 영화에서 말리크는 세자르의 요구대로 그의 '눈과 귀'가 되면서, 교도소에서 권력을 얻고 살아남게 된다. 세자르는 말리크를 신뢰하면서도 그에 대한 감시를 늦추지 않고, 엄격하고 폭력적인 아버지처럼 보상과 처벌을 번갈아가며 하는 모습을 보인다. 말리크는 이 '아버지'에게서 권력을 찬탈하여 상징적으로 그를 제거함으로서 아버지의 자리를 얻는다.

하지만 말리크가 교도소의 최고 권력을 얻는 과정은 세자르나 아랍 갱의 두목이었던 하산(Hassan)이 사용했던 방법과는 다른 방법을 통해서이다. 그는 여러 언어를 사용하여 서로의 정보를 전달하고 퍼트리면서 서서히 권력을 찬탈해간다. 그는 인종별로 나누어진 갱의 집단들 사이를 떠돌며, 다양한 언어로 상대의 이야기를 전달하는 타자의 자리에 머물면서, 갱들을 통합하는 최고의 권력자로 부상하게 되는 것이다.

세자르가 코르시카 갱이며, 코르시카 역시 독립을 원하는 소수 민족들로 구성된 특수 지역이라고 본다면 그는 북아프리카계 이민인 말리크와 다를 바 없는 타자로 간주될지 모른다. 그러나 코르시카 갱들의 교도소 내의 패권 구조 -교도관은 모두 세자르의 심복으로 매수되어 있다-와 아랍인들을 끝없이 멸시하는 태도를 볼 때, 세자르는 오히려 낡은 유럽적 가치를 상징하는 인물로 여겨진다.

따라서 프랑스 사회의 축소판으로 묘사되었던 교도소에서 이전과
는 다른 방식으로 최고 권력자가 된 말리크는 장차 프랑스 사회의 주
류로 부상할 새로운 프랑스 인의 모습을 암시하는 것처럼 보인다. 앞
으로 새로운 프랑스 인은 유럽이라는 기원에서 자유로운 이들, 다양
한 언어와 문화를 자유롭게 습득하며 타자의 위치를 소외나 배제가
아닌 소통의 자리로 만들게 되는 이들이 될지 모르기 때문이다.

## 4. 경계의 육체, 경계의 장르

오디아르는 누아르로 분류될 수 있는 영화들을 선보이면서, 영미
언론인들로부터 '프랑스의 스콜세지(French Scorsese)'라는 호칭까지 얻
고 있다. 하지만 미국의 이탈리아 이민 2세들로 구성된 마피아를 중
심으로 전개되는 스콜세지 영화가 이탈리아계라는 혈연관계를 강조
한다면, 오디아르의 영화는 실제의 혈연관계를 단절하고 상징적인 혈
육 관계를 만들면서 이야기가 진행된다는 차이가 있다. 그러나 더 중
요한 차이점은 대사에 있을 것이다. 스콜세지의 영화에서 등장인물들
사이의 갈등은 화려한 대사로 두드러지는 반면, 오디아르의 영화에서
갈등은 육체를 통해 가시화되고 있다. "극도로 육체적인 영화"[2]로 평
가하고 있듯이, 오디아르의 영화의 주인공들은 자신의 정체성을 표현
하는 중요한 도구로 육체를 제시하고 있다. 〈내 심장이 건너 뛴 박동〉
의 토마(Thomas)의 손은 달세를 내지 않는 세입자들을 몰아내는 폭력
을 행사하면서, 동시에 피아니스트의 꿈을 실현하고 싶어 하는 욕망
을 그대로 드러내고 있다. 〈내 마음을 읽어 봐(Sur Mes Lèvres)〉에서 카를

라(Carla)는 청각장애인이다. 그녀는 타인의 입술이 움직이는 것을 보며 의사소통을 한다. 그리고 전과자인 폴(Paul)은 카를라를 자신의 범죄행각에 끌어들이면서 그녀의 귀가 된다. 〈러스트 앤 본(De rouille et d'os)〉에서 알리(Ali)는 불법 권투를 하고 있으며, 돌고래 조련사였던 스테파니(Stéphanie)는 사고로 양 다리를 잃었다. 그리고 둘은 사랑에 빠지면서 서로의 영혼과 육체의 빈 곳을 채워주는 역할을 하게 된다.

〈예언자〉는 교도소가 무대인만큼, 더욱 육체성이 강조되는 영화이다. 재소자들은 인종적인 차이로 무리가 나눠지며, 육체적인 폭력은 교도소를 실제로 지배하고 있는 법이기 때문이다. 따라서 등장인물들의 육체는 오히려 대사보다도 더 많은 의미를 표현하고 있는 것처럼 보인다. 살인을 준비하는 말리크의 공포는 떨리는 눈과 손의 클로즈업을 통해 표현되는데, 생전 처음 살인을 행하고 그것을 목격해야하는 신참 재소자의 내면을 그대로 재현하고 있다. 세자르의 자리를 마침내 찬탈한 말리크는 교도소의 운동장에 초라하게 나뒹군 세자르를 쳐다본다. 이 때 말리크의 클로즈업 쇼트는 그가 순수한 승리자가 아니라 죄책감과 같은 감정을 함께 느끼고 있다는 것을 전달해준다. 따라서 말리크와 세자르가 형성했던 관계가 유사 부자관계였음이 한 번 더 확인된다.

이미 언급했듯이, 말리크는 혼자서 세자르의 말투와 동작을 그대로 따라하면서, 그의 후계자가 되어 장차 그의 자리를 탈취할 것을 미리 암시하고 있다. 세자르는 말리크에게 그의 '눈과 귀'가 될 것을 명령하는데, 이 명령 속에 이미 육체성이 강조되고 있다. 이처럼 〈예언자〉에서, 육체는 대사로 전부 표현될 수 없는 부분까지 표현함으로서, 암시와 예고의 역할까지도 하고 있는 것으로 나타난다. 세자르는 말리크에게 우두머리 자리를 빼앗기기 전에, 감방에서 상반신을 벗은 무기력한 모습을 보여주는 쇼트로 이미 자신의 우울한 미래를 제시한다. 짙은 어두운 푸른색의 그늘로 나타나는 움직이지 않는 늙은 육체는 이미 그의 시효가 다했다는 것을 보여주고 있는 것이다.

한편, 〈예언자〉에서 육체는 자주 부유하는 그림자로 해체되거나 프레임을 터질 정도로 가득 채운다. 따라서 육체는 매우 아이러니하게도 물질성, 실체성의 경계를 오가는 대상이 된다. 말리크에게 나타나는 레예브의 육체는 망자의 유령으로 간주됨으로서 육체가 갖는 물질성이 박탈된 상태이다. 말리크가 꿈속에서 보는 사슴은 처음에는 눈동자의 익스트림 클로즈업 쇼트로 제시되어 이 대상이 무엇인지 바로 판단하기 어려울 정도이다. 따라서 주체에서 유리된 육체, 정체성을 상실한 육체는 다양한 의미를 수용하며, 상징적인 대상으로 변한다. 즉 레예브는 더 이상 지적인 동성연애자가 아니라, 말리크에게 미래를 인도해주는 예언자이자 말리크의 또 다른 자아로 변하는 것이다.

오디아르의 영화는 영미권의 평론가들에 의해서 "프랑스 네오 누아르 (French neo-noir)"[3], "유럽 누아르(Euro-noir)"[4]로 규정되기도 한다. 이 호칭은 오디아르의 영화가 도덕적으로 모호한 주인공이 등장하는 범죄 사건들을 다루고 있어서 누아르 영화의 장르적인 특징에 들어맞기는 하지만, 전형적인 미국식 누아르 영화는 아니기 때문에 붙여진 것으로 보인다. 따라서 오디아르의 영화는 새로 창조한 장르에 예술영화적인 가치를 보여주는 특성이 합해진 복합적인 정체성을 가진 영화라고까지 평가받고 있다.

이런 특징은 오디아르의 첫 번째 서부극이라 할 수 있는 최신작 〈시스터스 브라더스〉에도 뚜렷하게 드러나고 있다. 오디아르의 서부

극에는 인디언도 보안관의 딸도 없으며, 살인 청부업자들의 암살을 위한 여정만이 절망적인 운명을 따라가는 입문의식처럼 재현되고 있을 따름이나. 프랑스 언론에 의해 '내면적인 서부극(le western intimiste)'이라고 명명되었듯이, 〈시스터스 브라더스〉는 주인공들의 내면의 여정, 즉 주인공들이 진정한 자아를 찾아가는 과정을 보여주고 있는 셈이다.

오디아르는 장르 영화에 대해 언급하면서, 자신은 장르 영화 내부의 모호함에 매우 흥미와 매력을 느끼고 있다고 밝히고 있다. 따라서 오디아르의 관점을 고려해 볼 때, 그의 영화들을 기존의 장르에 따라 분류한다는 것은 결코 쉽지 않은 작업이 될 것으로 보인다.

실제로 오디아르의 영화가 범죄를 다루고 있으며 표현주의적인 촬영방식을 선호하는 점은 누아르의 전형적인 특징이라 할 수 있다. 하지만 그의 영화는 동시대의 사회 문제를 사실적으로 제시하면서 누아르 특유의 양식적이며 인공적인 방식에서 벗어나고 있는 영화이기도 하다. 따라서 이런 오디아르의 영화는 베넥스(Jean Jaques Beineix)나 베송(Luc Besson)의 화려하며 인공적인 누아르 영화들과 변별된다.

한편, 1930년대의 '시적 리얼리즘'은 인공적인 촬영방식과 도덕적으로 모호한 주인공들의 등장으로 인해, 이차대전 후, 프랑스 영화계에서 호의적으로 받아들이고 '누아르'라 명명하기까지 한 미국의 누아르 영화들과 연결성을 보여주고 있다고 할 수 있다.[5] 이런 관점에서 볼 때, 오디아르의 누아르의 특징은 오히려 프랑스 영화의 전통과 연결되어 해석될 수 있을 것이다.

주로 노동 계층인 시적 리얼리즘의 주인공들과 그들이 벌이는 적대적인 세상과의 숙명적인 싸움은 일반적으로 당시 프랑스 사회를 은

유적으로 반영하는 것으로 해석된다.[6] 이런 관점에서 볼 때, 사실성과 상상성, 현실성과 인공성이라는 상반된 요소들이 불협화음처럼 공존하는 오디아르의 영화는 다른 관점에서 이해되어야 할 것으로 보인다. 시적 리얼리즘적 특성이 더욱 상징적이고 복합적으로 동시대 사회를 조망해주었듯이, 오디아르의 영화가 보여주는 상반성은 오히려 동시대의 진실을 다각적으로 반영해주는 장치로 보이기 때문이다. 따라서 소년범에서 시작해서 본격적으로 범죄자의 길을 걷게 되는 이민 청년의 이야기는 단순히 동시대 프랑스 사회 문제를 보여주는 단계를 넘어서서 프랑스 사회의 변화에 대한 상징적인 암시로 읽힐 수 있는 것이다. 범죄 영화와는 너무 어울리지 않는 제목, 아이러니하고 효과적인 방식으로 주인공의 위치를 관객에게 알려주는 '예언자'라는 제목에서 부터 이미 이 같은 상징성은 드러나고 있는 셈이다.

## 5. 계승과 창조

동시대 프랑스 영화계를 대표하는 영화 작가 중 하나인 오디아르의 영화는 가장 프랑스적이지 않으면서, 다른 한편으로 가장 프랑스적인 영화라고 규정할 수 있을 것이다. 『가디언』지와의 인터뷰 중에서, 오디아르는 대부분의 프랑스 영화에서는 자신과 같은 부류, 즉 중산층 유럽계 프랑스인들을 볼 수 있는데, 자신은 그런 사람들에게 관심이 없다고 밝히고 있다. 오디아르의 이런 간접적인 지적처럼, 그의 영화는 프랑스의 동시대 영화 작가들이 많이 다루는 중산층 지식인의 대화를 통한 언어유희나 복잡한 심리적 갈등에서 가장 멀리 떨어져있는 영화이다. 반대로 오디아르는 영화를 통해 소외된 사람들의 특성이나 그들의 이야기에 접근하고, 문화적으로 이들을 부각시켜야 한다고 주장하고 있다.

　이러한 관점에서 볼 때, 오디아르의 영화에서 '이민'이 중요한 자리를 차지하고 있는 것은 너무나 당연하다고 할 것이다. 그는 프랑스 일간지 『위마니테』와의 인터뷰에서, 망명한 타밀 인이 주인공인 영화 〈디판〉에 대해, 보이지 않는 사람들, 얼굴 없는 불법체류자들을 중요한 인물들로 제시하려고 하는 시도가 영화를 만든 목적이라고 주장하고 있다. 그리고 이 영화에서 외국인들에 대한 프랑스인들의 시선도 함께 다뤄보고자 했다고 덧붙이고 있다.

　따라서 〈디판〉 이전에 개봉되었으며, 이민 2세가 주인공인 〈예언자〉에서도 오디아르는 같은 관점을 이미 고수하고 있었으리라고 추정할 수 있다. 오디아르는 〈예언자〉의 말리크는 주위의 지식을 모아서 자신의 지성으로 만들어내는 인물이며, 누구와 똑같아지려고 모방하는 인물이 아니라고 설명한다. 그리고 바로 이런 이유로 그는 말리크를 '예언자'라고 주장한다.

　따라서 사르코지(Nicolas Sarkozy) 정권이 강도 높은 이민 정책을 시작했을 때 〈예언자〉가 개봉된 것은 우연의 일치가 아닌 것처럼 보인다. 이 영화는 프랑스 정부의 어떤 정책도 막을 수 없는 변화를 예언하는 역할을 하는 것으로 보이기 때문이다. 말리크가 프랑스의 이민 인구 중에서 가장 높은 비율을 차지하고 있는 북아프리카 이민 2세라는 설정을 생각해볼 때, 이 예언자의 역할은 결국 프랑스의 새로운 세대의 변화, 나아가서 프랑스 사회의 변화를 예고하는 것이라는 결론에 다다르게 된다.

주로 범죄를 소재로 하며, 표현주의적 기법을 연상하게 하는 인공적인 조명과 카메라 기법으로 인해 오디아르의 영화는 일반적으로 누아르 영화로 분류되고 있다. 그러나 프랑스의 시적 리얼리즘의 특징을 떠올려 본다면, 프랑스 영화적이지 않다고 평가받는 오디아르의 기법은 재조명되어야 할 필요가 있는 것으로 보인다. 결국 그는 장르 영화에서 사용하는 대중적 기법을 차용하여 프랑스 영화의 전통을 새로운 방법으로 계승하고 있는 작가로 평가될 수 있을 것이다.

시적 리얼리즘이 당시의 프랑스 사회를 비추면서 동시에 인간 조건에 대한 성찰을 요구하는 특수한 거울이었듯이, 오디아르의 영화역시 우리에게 특별한 거울이라 할 수 있다. 그의 거울은 소외된 사람들의 일상을 비추면서, 그들의 비루한 삶에서 빛나는 순간을 포착하여 이들을 위대하게 만들어준다. 동시에 그의 영화는 오늘날의 프랑스 사회를 비추면서, 다가올 변화와 그 의미까지 관객이 읽을 수 있게하는 예언자적인 거울인 것이다.

1  이 글은 2019년 12월 30일에 출판된 『프랑스문화연구 제 43집』에 실린 「창조된 정체성: 이민서사로 본 자크 오디아르(Jacques Audiard)의 〈예언자(Un prophète) 〉」를 수정, 보완하여 작성되었음.

2  Ruth Kitchen, "The disabled body and disability in the cinema of Jacques Audiard." in *Studies in French Cinema*, Vol. 16, N° 3, 2016, p.230.

3  Ginette Vincendeau, "Between the Walls." in *Sight and Sound* 20, February, 2010, p.17

4  Isabelle Vanderschelden, "Screenwriting the Euro-noir thriller: the subtext of Jacques Audiard's artistic signature." in *Studies in French Cinema*, Vol. 16, N° 3, 2016, p.248.

5  배리 랭포드, 『영화 장르: 할리우드와 그 너머(방혜진 옮김)』, 한나래, 2010, 354쪽.

6  Vincent Pinel, *Ecoles, genres et mouvements au cinéma*, Larousse, coll.≪Comprendre & reconnaître≫, 2000, p.185.

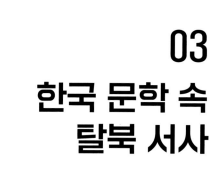

03
한국 문학 속
탈북 서사

# 경계에서 이야기하기*

- 탈북여성의 자기서사와 '다른' 고백의 정치

김경연·황국명

"너"가 없다면 나 자신의 이야기는 불가능해진다.[1]
- 주디스 버틀러

자신의 이야기를 단어로든 이미지로든 스스로 말할 수 있는 능력은
그 자체로 이미 승리다. 그 자체로 이미 반란이다.[2]
-레베카 솔닛

## 1. '밥도 말도 없는 죽음'에 대한 성찰

한 탈북여성의 죽음을 성찰하는 것으로부터 이 글을 시작하고자
한다. 그녀는 스무 살 무렵 두만강을 넘어 중국으로 건너갔다. 이천 년
대 초였고 북한은 이른바 '고난의 행군기'[3]를 지나고 있었다. 그녀의
중국행은 아마도 먹고 살기 위한 선택이었는지 모른다. 그러나 국경
을 넘은 여자는 인신매매 브로커에게 납치돼 중국인 남성에게 매매된

* 이 글은 『코기토』 97집(2022)에 실린 논문을 수정 보완한 것입니다.

다. 그녀는 자신을 산 남자의 아이를 낳았고 그의 집에 은신하며 불안한 생을 영위하다 2009년 남한행을 결행한다. 홀로 중국을 떠나 서울에 도착한 여자는 한국 생활이 다소 안정되자 중국에 있던 아이의 아버지를 불렀다. 다행히 그는 직장을 얻었고 그녀 역시 식당일을 하며 돈을 벌었다. 그 사이 둘째 아이를 낳고 형편은 나아지는 듯했다. 그러나 남편이 일자리를 잃으면서 상황은 뒤바뀐다. 희망이 보이지 않자 여자는 남편, 아이와 함께 사업을 하기 위해 중국으로 떠났으나 일년만에 한국으로 돌아왔다. 남편과는 이혼했고 그녀는 뇌전증을 앓는 아들과 함께 다시 서울 생활을 시작했다. 그러나 아픈 아이를 맡아 줄 곳을 찾지 못한 여자는 일자리를 구하지 못해 벌이가 전무해지자 기초생활수급자 지정을 호소하게 된다. 관할 구청은 합당한 자격을 증명할 수 있는 이혼확인서를 그녀에게 요구했으나, 중국에 거주하는 이혼한 남편으로부터 확인서를 받기란 사실상 불가능한 일이었다. 몇달 뒤 여자는 여섯 살 아들과 함께 자신이 살던 임대아파트에서 숨진 채 발견되었다. 사망한 지 두 달이 더 지난 뒤였고 사인은 아사(餓死)로 추정되었다.[4] "숨졌다는 소식을 듣고 나서야 사람이 거기 사는 줄 알았다"는 이웃 주민들의 전언처럼, "마치 세상에 없는 것처럼"[5]살았다는 탈북민 여성 '한성옥'과 그녀의 아이는 아이러니하게도 죽음을 통해서야 그들의 존재를 세상에 현시하고 '인간'임을 증명한 셈이다.

한나 아렌트에 의하면 인간은 '말과 행위'를 통해서 동물적 '생존'을 넘어 '정치적 삶'을 영위하는 '인간'으로 세계에 참여한다. 말/행위는 말을 건네고 들어줄 타인을 필요로 하며, 때문에 인간은 "타인과 함께 존재하는 곳"에서만 말하고 행위하는 '인간'으로 실존할 수 있다.[6] 따라서 아렌트에게 공적 공간이란 바로 "존재-사이"이며, '사람들

사이'에 존재하지 않는/할 수 없는 삶, 곧 사적 영역에 고립된 삶은 이미 "세계에 대해 죽은 삶"이나 다름없다.[7] 아렌트의 통찰처럼 말하고 행위하면서 타인과 긴게 맺는 존재가 '인간'이라면, 탈북민 보사의 '밥 없는 죽음'보다 우리가 먼저 성찰해야 하는 것은 그들의 '말 없는 죽음'인지도 모른다. 말의 박탈, 달리 말해 관계의 상실이 그들의 밥 없는 죽음을 초래한 유력한 사인인지 모르기 때문이다. 기실 밥과 말, 먹는 것과 말하는 것은 인간으로 실존하기 위한 공동의 조건이다. 밥은 생존을 위한 최소 조건이지만 말하기 위한 필요조건이기도 하다. "굶주린 사람에겐 정의도, 신념도, 종교도 없다, 아무것도 없다"[8]는 어느 탈북 여성작가의 증언처럼 굶주림은 정의, 신념, 종교와 같은 행위는 물론 언어조차 박탈한다. 때문에 말하기 위해서는 우선 먹을 수 있어야 하며, "밥과 말을 함께 나누는 것"[9]이 바로 '인간'의 조건일 것이다.

인민에서 난민으로, 다시 시민 아닌 시민으로 유동했던 한성옥의 월경이 이러한 '인간'으로 정착할 수 있는 자리를 찾기 위한 이행이었다면, 그녀의 죽음은 단지 이행의 실패나 좌절을 보여주는 비극적 절멸이 아니라 사후의 '증언'으로 달리 독해되어야 하지 않을까. 다시 말해 한성옥의 죽음/침묵은 밥도 말도 없는 죽음을 공모한 다층적 폭력의 체제를 적발하는 강력한 '항의'이자 그녀와 아이의 고통/슬픔에 응답하기를 요청하는 강렬한 '호소'로 읽혀야 하는 것이다. 때문에 그녀의 증언은 단지 피해를 고백하는 언어가 아니라 '정치'를 발동하는 발화로 간취되며, 그녀 역시 단지 비인간으로 절멸한 자가 아니라 '인간'으로 남은 자로 납득된다. 어쩌면 이와 같은 죽은/쫓겨난 자들의 정치는 그들의 무언의 목소리에 귀 기울이고 침묵을 발화로 번역 가능한 자, 도미야마 이치로의 표현을 빌면 "옆에서 일어나는 일이지만 이미 남의 일이 아니"[10]라는 감각으로 죽은/쫓겨난 자의 위치에서 폭력을 감지하고 폭력을 거부할 책임을 함께 나누어 갖는 자들과의 '공동성' 속에서 가능한 것인지 모른다. 때문에 증언은 일방적 발화가 아니라 언제나 "말하는 자와 듣는 자 간의 공동 작업"[11]이며, 죽은/쫓겨난 자들의 이야기는 그것을 듣는/읽는 행위(자)를 통해 "새로운 사건이 되고 새로운 의미를 형성"[12]하게 되는 것이다. 이 글은 증언/이야기하기의 이러한 공동성/관계성을 사유하며, 북한을 이탈해 남한으로 월경해온 탈북여성의 자기서사, 곧 증언과 자기재현의 행위로서 그들의 '이야기하기'가 발동하는 '정치'의 의미를 탐문하고자 한다.

수기나 자서전 등의 자기서사는 탈북민들의 주요한 집필 유형이지만,[13] '문학/허구'와 '기록/증언' 사이에 위치한 경계적 글쓰기이자 대부분 '작가'의 지위가 부여되지 않은 이들이 쓰는 자기서사는 '탈북문학'[14] 연구에서도 대부분 누락되어 왔다.[15] 이 같은 연구의 공백은 탈북민들의 자기서사가 놓인 특수한 상황에서 연유한 것으로도 보인다. 한 논자의 지적처럼 이들의 서사는 "자기에 관한 말하기"인 동시에 한국사회의 이념적 의도나 상업적 기획 속에서 굴절된 "선택된 말하기"[16]일 수 있으며, 때문에 "읽히기 전에 이미 읽힌 것", 즉 "기대된 내용 이상을 말할 수 없"[17]는 이야기이고 증언이 지닌 진정성 역시 온전히 담보할 수 없다는 판단이 개입해온 것이다.

이 글은 탈북민 혹은 탈북여성들의 자기발화가 놓인 이러한 곤경을 성찰하되, 이들의 서사가 이념이나 자본과 같은 특정 의도가 일방적으로 관철되는 장이 아니라 그것과 길항하고 협상하는 장이라는 점을 간과하지 않으려 한다. 아울러 자기서사가 주체의 자율적 발화가 아니라 "너는 누구인가"를 묻는 타인의 질문을 통해 구성 가능한 관계적 서사라 할 때,[18] 탈북민들에게 이야기를 요청하고 듣는 타자는 비단 이념이나 자본에 국한되지 않는 복수의 청중이라는 사실 역시 유념하고자 한다.

한편 이 글은 탈북여성들의 자기서사가 사실의 기록이라기보다 경험을 의미화한 '이야기'라는 점에 착목한다. 다시 말해 그들이 체험한 사건/기억을 자신의 발화가 위치한 상황이나 청자/독자와의 관계 속에서 "선택-재배치-해석의 과정"[19]을 거치면서 특정한 의미를 관철시키는 서사(narrative)로 보고자 하는 것이다. 따라서 이야기로서의 자기서사는 "실증적 사실을 지시하는 것이 아니라 개인의 삶의 의미를 구성"[20]하는 것이며 때문에 논픽션이지만 "문학적 형식"[21]일 수 있다. 그렇다면 탈북여성들의 자기서사를 독해하는 작업은 그들이 발화하는 증언의 '사실성/신빙성'을 탐지하기보다 "증언을 재현하는 시각과 방법"[22]에 주목해야 하며, 자기 의미화의 과정에 내재한 '억압'이나 잠재된 '정치'를 정독해야 할 것이다.

이러한 독법을 견지하면서 이 글은 먼저 한국사회에서 탈북민 혹은 탈북여성들의 위치와 이들이 재현되는 특징적 양상을 살피며, 아울러 이들의 이야기하기를 추동하는 특수한 맥락들, 다시 말해 남한에 합당한 국민/시민으로서 자신을 '증명'하라는 요구와 북한의 인민이나 남한의 시민을 초과하는 자기를 '발명'하려는 열망의 길항을 가늠해 보고자 한다. 이를 통해 한 탈북여성 작가의 자기서사가 북한에서의 생활과 탈북의 경험을 서사화하는 방식을 고구하고, 이와 같은 자기재현 행위 혹은 이야기하기에 내재된 정치를 탐사해 보고자 한다.

## 2. 탈북 여성들은 '이야기'할 수 있는가
### - 고백과 파레시아 사이

'탈북'이란 주지하듯이 1990년대 이후 북한의 기근과 사회주의권의 붕괴라는 사태 속에서 북한 주민들이 자국을 떠나 제3국이나 남한으로 이동하는 현상을 지시하며, 정치적 월경보다는 경제적 생존을 위한 탈출이라는 의미를 유력하게 환기하는 용어이다.[23] 때문에 이러한 함의가 기입된 탈북민, 새터민, 북한이탈주민 등으로 명명되는 탈냉전 시대의 월경자들은 냉전시대 분단의 경계를 넘었던 귀순자, 귀순용사, 귀순동포로 불리던 이들처럼 남한체제의 이념적 정당성을 보증하는 존재로 추대되기보다는 남한 주민의 "지원과 도움을 필요로 하는 취약자"[24]로 흔히 상상된다. 헐벗고 유린당한 자들로 연민되거나 한국사회에 기생하는 자들로 적대되는 탈북민들은 기실 존재하지만 존재하지 않는 '유령'으로 실존하는 이들이기도 하다.[25] 국가 정체성이 민족 정체성을 압도해가는[26] 한국사회에서 그들은 동족이지만 외국인이며 국민이지만 난민이고, 탈냉전 시대에 냉전/분단을 환기하기에 "이주자 그룹 중에서도 '가장 이질적인 타자'"[27], 즉 분단체제를 위협 가능한 불온한 타자이기도 하다. 이처럼 민족과 이방인, 시민과 난민, 냉전과 탈냉전이 이접되고 동정과 의심, 연민과 혐오가 교차하는 불편한 타자인 탈북민의 대다수는 바로 여성들이다.

과거 '귀순'의 주류가 남성이었다면 '탈북'의 주체는 대부분 여성들이 되었다.[28] 한 탈북 여성작가는 이를 "거창한 식량난의 파도가 휩쓸어와 질곡 같은 남성상의 제방을 사정없이 무너뜨"[29]린 결과라 설명한다. 가부장적 가족국가인 북한에서 '혁명적 현모양처'[30]를 배정받았던 여성들이 "돌연히 '낮 전등'이 되어 버리고 '자물쇠'로, '멍멍이'로 되어"간 남성 세대주를 대신해 "가족생계의 엄혹한 짐"[31]을 떠맡게 되었다는 것이다. "마비된 국가정체가 개인의 부업생계에 의해 내체되던 女先後男"[32]의 이례적인 시기에 생계를 떠맡은 여성들은 '장마당'을 만들고 식량을 찾아 집을 떠났으며, 인간성을 유지하고 생명력을 보존할 가능성이 높지 않은" "무희망"[33]의 상황에서 국경을 넘는 모험도 불사했다. 그렇게 국경을 거듭 넘어 남한으로 이동해온 탈북여성들을 재빨리 포착한 것은 남한의 각종 재현 장치들이다.

1990년대 이후 한국의 대중 미디어에 발견된 탈북여성들은 북한 체제의 비정상성이 초래한 "팔려간/도망친/추방된"[34] 피해자로 주조되거나, 혹은 드라마 〈오징어게임〉의 '강새벽'과 같이 비정한 자본주의 생존게임에 내몰리는 남한사회의 소수자/부적응자로 부조되었다. 탈북여성들을 북한이나 남한 체제가 주조한 '집단적 피해자'로 동결하는 이러한 재현은 바디우의 지적처럼 피해자라는 정체성과는 합치될 수 없는 "상황들의 개별성"을 사유할 수 없게 할 뿐 아니라, 피해자로서의 인간 뒤에 연민을 베푸는 "좋은 인간"을 상정하는 위계를 은폐할 수 있다.[35] 이러한 "문명화된 시선"[36]을 내재한 '윤리적 재현'을 통과하면서 외려 "피해자이지만 그 피해 속에서 힘을 발휘하며 살아온 피해생존자"[37]로서의 탈북여성, 달리 말해 단지 "배고프고 불쌍한 정치적 꼭두각시가 아니라 하루를 살아가기 위해 매일 싸우고 있는 사람들"[38]이었던 그들을, "부엌경제의 책임을 떠메"고 "전국 방방곡곡을 누비며 "달리기" 장사"를 하고 자식을 살리기 위해 "초인간적 삶의 의지"[39]를 발휘해왔던 그들을, 무국적 여성 난민으로 박해받으면서도 "마음의 권리"[40] 갖기를 열망하는 능동적 행위자로서의 탈북여성들을 간과할 수 있는 것이다.

그러므로 탈북여성들은 대리발화되는 피해자로 머물지 않고 '피해생존자'로 자신을 다시 세상에 정위하기 위해서라도, 혹은 "특별한 유일성을 놓쳐버린" 집단적인 "무엇(what)"이 아니라 고유한 "인격"을 지닌 '개별자'로 세상에 출현하기 위해서라도 자신이 "누구(who)"라고 발화해야 한다.[41] 그러나 그들이 자신이 누구인지 말하기 위해서는 또한 그들에게 말을 건네는 타자가 필요하다. 아렌트의 지적처럼 모든 새로 오는 자는 그에게 던져진 '너는 누구인가'라는 질문에 답해야만 하고, 그 물음을 통해서 마침내 '아무도 아닌 자'가 아닌 이름과 내력을 가진 '인간'이라는 사실을 이야기할 수 있기 때문이다.[42] 탈북여성들 역시 남한 사회에 도착하는 순간 이러한 질문을 예외 없이 건네받지만, 그러나 그 물음은 기실 환대의 언어가 아닌 신문의 형식이며, 때문에 그들은 자신이 '누구'인지 말하기보다 자신이 '무엇'인가를 고백해야 한다. 그 폭력적인 발화의 경험이 시작되는 곳이 바로 '중앙합동신문센터'[43]이다.

'북한이탈주민'이라는 남한의 시민으로 승인되기 위해서 모든 탈북민들이 통과해야 하는 이곳은 법의 효력이 정지되고 "예외상태가 규칙이 되"[44]는 수용소이며, 탈북민들은 이곳에서 예외 없이 잠재적 간첩이며 벌거벗은 생명으로 등록된다. 전방위적인 감시체계가 전일적으로 작동하는 이 무법의 공간에 고립된 채 이름이 아닌 번호로 호명되는 탈북민들에게 강제되는 것은 '자서전' 쓰기이다.[45] 그들은 제한된 시간 안에 주어진 분량에 맞춰 "북한에서 태어나 남한으로 건너오기까지의 과정"을, "어렸을 때부터 현재까지 만나온 사람들, 읽은 책, 다녀왔던 곳, 동네에 어떤 사람들이 살았는지"[46], 그야말로 "머리 속에 있는 것은 모두 다 말해야"[47] 하고 남김없이 기억하고 기록해야한다. 그러나 이는 탈북민들에게 "인격을 현시"하고 "새로운 과정을 시작"[48]할 수 있는 권리를 되돌려 주는 현대의 의식이 아니라, 진짜 탈북자와 위장 탈북자를 식별하고 북한이탈주민으로 등록할 자와 간첩으로 적발할 자를 선별하는 심문의 절차이다. 이 강제된 고백의 의례에서 진실의 주인은 "말하는 자 쪽이 아니라 듣고 침묵하는 자"[49]이며 탈북민이 아닌 '선생님'이라 불리는 조사관이다. '선생님/조사관'은 고백의 시작과 끝을 결정하는 자일 뿐 아니라, 탈북민의 진실을 탈취하고 진위를 심판하며 진실을 구성하는 자이기도 하다. 그러므로 탈북민은 조사관이 "원하는 말"[50]이 나올 때까지 진술을 중단할 수도 없으며, 조사관이 최종 인준한 진실만이 그의 진실이 되고, 또한 탈북민은 그 진실에 예속된다. '선생님'이 승인한 진실 혹은 남한의 국가기구가 쓴 탈북민의 자기서사는 가령 "중국에 팔려오게 된 사연과 공안에 잡혀 북송당했던 이야기"를 증언하고 "폭행과 구타로 뒤섞인 북한 보위부 신문"[51]이나 가혹한 '선생님'이 규율하던 "지옥"[52] 같던 북한의 '교양소'는 고발하면서도, 또 다른 '선생님'이 고백을 강제하는 한국의 '관타나모' 혹은 "한국판 아우슈비츠"[53]의 폭력에 대해서는 침묵한다.[54] 자기의 기술이 아닌 지배의 기술로 변질된 고백의 경험을 통해 탈북민은 '온전한' 진실이 아닌 '특정한' 진실을 발설하는 선택적 증언을 생존의 기술로 터득하며, 결백을 증명하는 자기서사를 통해 "누구보다 북한에 대한 비판을 가장 효과적으로 수행할 수 있는 남한 시민"[55]으로 자신을 훈육한다. 푸코의 지적처럼 고백된 진실은 그것을 "받아들이는 자가 아니라 그것을 강탈당하는 자에게 효력을 발휘"[56]하며, 발화된 이야기는 인간이 "자기상과 자신이 서는 위치"를 지정하는 "가장 엄혹한 감옥"[57]일 수 있는 것이다.

기실 훈육과 동원의 장치로서 탈북민에게 강제된 고백은 비단 수용소 안에서만 실행되는 것이 아니라 수용소 밖에서도 가동된다. 각종 수기 공모, 사례 발표, 교회나 민간단체에서의 증언, TV 프로그램의 토크쇼에 이르기까지 탈북민들은 그들을 부단히 호출하는 남한 청중들의 욕망에 부응하는 '자서전'을 생산하면서 '진짜 탈북자'를 거듭 증명하고 남한에 합당한 시민임을 다시 승인받는다.[58] 이러한 승인의 정치가 가공한 탈북수기들은 한 탈북 여성작가의 지적처럼 흔히 "고난의 시기와 정치범 수용소, 최고 권력층의 문제로 주제의 범위가 한정"될 수밖에 없으며, "북한 사회와 인간에 대한 균형적 이해를 증발시"[59]키는 편향적인 서사로 주조되고, 이러한 천편일률적 탈북기 속에서 저자이자 주인공인 탈북여성들은 다시 '도망친/팔려간/추방된' 피해자로 동결된다. "성 노리개가 된 탈북여성의 수난기", "탈북여성의 고백", "북한과 중국에서 겪는 눈물 나는 이야기", "눈물로 쓴 탈북민 수기" 등으로 이미 결정된 고백 장치 혹은 증언 체제 속에서 발화하는 탈북여성들은 스스로를 "인권유린과 인신매매 속에 고통받는" "불쌍한 운명"의 여성들로 표상하며, 북한체제를 잔혹한 가해자로 적발하고 대한민국을 선량한 구원자로 추대한다. 북한은 가난하며 무자비한 폭력이 일상화된 "아무런 미련 가질 것이 없는" 곳으로 부정되는 반면, 남한은 "자유의 나라", 난민인 그들을 국민으로 받아준 감사한 나라, "가다가 죽더라도 가야 할, 아니 죽어서도 가야 할" 곳으로 부각되기도 한다.[60] 따라서 대부분의 탈북기는 지옥이나 다름없는 북한 탈출로 시작되고 천국과 같은 남한에 안착하면서 종결되며, 이러한 수난사를 통해 북한의 참상을 통렬하게 고발하고 증언하던 목소리는 남한에 대해서는 찬미하거나 침묵한다.

의심을 유발하기보다는 동정을 호소하는 '피해자'로 자기를 지정하거나, 분단체제를 동요하는 월경자로 이행하기보다는 "대한민국 국민이라는 긍지와 자긍심을 가진"[61] 자로 소속되기를 갈망하는 탈북여성들의 이러한 자기서사는 말하는 자의 한계라기보다는 듣는 자의 실패로 독해된다. "선민의식으로 무장한" 남한 청중들은 "자신이 이미 구축해 놓은 틀에서만 탈북자들의 이야기를 들으려"[62] 하며, 때문에 그들에게 들리도록 "자신의 언어가 아닌 언어로, 집주인·주인(접대인)·왕·영주·권력·국민·국가·아버지 등이 자신에게 강요하는 언어"[63]로 이야기해야 하는 탈북여성들은 모든 서발턴이 그러하듯이 말하지만 말할 수 없다. 때문에 하나의 목소리 안에 여러 목소리를 내포하고 말해진 것에 말해지지 않은 것을 동반하는 그들/서발턴의 '다른 말' 혹은 '공백의 말'을 헤아리기 위해서는 "조심스러운 듣기" 혹은 "듣기의 윤리"를 실행하는 청자가 요청된다.[64] 그 예외적 청자는 또한 모든 새로 오는 자에게 그들이 무엇인가를 심문하는 자가 아닌 그들이 '자기가 누구인가'를 보여줄 수 있도록 환대하는 자일 것이다. 이러한 공감적 청중과의 위계 아닌 '관계' 속에서 지배의 기술이 아닌 자기의 기술로서의 고백, 곧 '파레시아'가 가능할지 모른다. 푸코에 따르면 파레시아는 위험을 무릅쓰고 "진솔하게 자기 자신을 표현하는 것, 거리낌이나 두려움 없이 말하기"[65]를 의미하며, '자기에 대한 타자의 통치'가 실행되는 고백과는 달리 '자기에 의한 자기의 통치'가 수행되는 다른 고백의 실천이다.[66] 그러나 이는 "고독한 자폐의 실천이 아니라" 타자와의 관계 속에서 말하는 것, 곧 "타자와의 관계를 구축할 수 있는 자기와의 관계를 구축"[67]하는 것이기도 하다. 이 같은 '다른' 고백으로서의 파레시아는 아렌트가 언급했던 "용기와 대담성"을 가지고 '사람-사이'에 "자아를 개시"[68]하려는 '이야기하기'와도 연결되는 것이 아닐까. 자유롭게 이루어지지 않은 강제된 고백은 파레시아가 아니듯이 자기를 '이야기하는' 행위 역시 "지배와 피지배 그 둘 다 존재하지 않는 영역"[69]에서만 가능한 자유로운 활동이다.

그렇다면 '자기증명'으로서의 고백에 압도된 탈북기가 말하지 못한 공백의 말이란 자유로운 '자기발명'으로서의 파레시아에 대한 열망일지도 모른다. "자기 해석학"으로서의 파레시아 혹은 단독성을 지닌 인간으로 세계에 출현하는 '이야기하기'는 자기가 원하는 대로 북한을 보려는 편향된 청중이 아니라 어쩌면 새로 오는 자에게 "언어를 정지"시키는 청중, 즉 "그가 누구인지, 이름은 무엇인지, 어디 사람인지 등을 묻고 싶은 유혹조차 억제"[70]하려는 청중, 그리하여 이방인에게 첫 질문을 건네는 자가 아니라 그를 "제일 먼저 질문하는 사람"[71]으로 환대하는 청중과 더불어 가능한 것인지 모른다. 고백을 넘어 파레시아로 이행하려는, 혹은 물음을 '건네받는' 자이자 물음을 '제기하는' 자로 이야기하려는 탈북수기의 다른 가능성을 한 탈북 여성작가의 자기서사를 통해 독해해 보고자 한다.


## 3. 탈북여성난민의 증언과 이언어적 번역의 정치

### 3.1. 여성/모성의 발견과 '증인-작자'의 서사

최진이는 김형직사범대학 작가반을 졸업하고 조선작가동맹 중앙

위원회 소속 시인으로 활동했으나 1998년 북한을 이탈해 1999년 남한에 입국했고, 한국에 정착한 지 7년만인 2005년 자신의 탈북 여정을 수도 기록한 『국경을 세 번 건넌 여자』(이하 『국경』)를 발표했다. 북한체제가 공식 인준한 여성작가의 탈북기라는 점에서 그녀의 수기는 이례적이며, "북한을 대하는 남한의 사회단체와 개인들이 자기가 원하는 대로 북한을 보려고 하는 편향을 극복"[72]해보려는 의지가 그녀의 고백을 추동했다는 점에서 또한 예외적이기도 하다. 실제로 자신이 경험한 전대미문의 탈북 노정을 "세상에 글로 남기지 않으면 제대로 죽지조차 못할 것 같은 심리적 압박감"에 도강과 추방의 경험을 낱낱이 기록하며 "글을 쓸 수 있는 기회"(347)만을 기다렸던 최진이는 정작 한국에 와서 "북한 사회와 인간에 대한 균형적 이해를 증발시"(349)킨 탈북수기를 읽으며 서사의 의지를 철회한다. 이는 탈북민들의 편파적인 고백에서 북한의 참상만을 증언해 달라는 남한 사회의 "진지하지 못한 자세"를 간파하고 "어려운 처지에 있는 북한 사람들을 비하시킬 수 있는 함정"(339)을 간취한 때문으로 보인다. 이런 이유로 편향적이거나 천편일률적인 탈북기 쓰기를 거절하고 "사회를 바라보는 안목과 남북을 아우르는 시선"(349)이 형성될 때까지 탈북의 경험에 대한 이야기하기를 유보했던 최진이가 다시 기록의 의지를 발동한 것은 "북한의 기근"(339)과 같은 특정 기억만을 고백하도록 요구하는 청중과는 다른 청중의 출현이 동인이 된 것으로 가늠된다.

최진이가 밝힌 바에 따르면, 대학원 여성학과에 진학해 석사학위 논문을 준비하던 그녀에게 "원고를 완성해보지 않겠냐는 제의"가 들어왔고 이 제안이 책을 내지 않으려던 그녀의 마음을 바꾸게 된 계기가 되었다. 이 무렵 최진이가 준비하고 있던 논문의 주제는 식량난 시기에 '여성 주제'의 시를 적극적으로 창작했던 '렴형미'라는 북한의 여성 시인을 조명하는 것이었다. 최진이는 '렴형미'를 사회적 대기근에 치힌 북힌에시 넘성의 지위가 쇠락하고 여성의 시위가 상대석으로 상승하는 "북한 가부장제 구조의 질적 대변형"[73]을 예증하는 "정형화된 인물"로 발탁했고, 그녀를 통해 자신을 포함한 "북한 여성시인들의 생동한 창작상황"과 "북한 여성 일반의 의식 흐름의 변화"를 부각하고자 했다.[74] 때문에 『국경』을 발표한 지 일 년 뒤 제출된 최진이의 논문은 렴형미에 대한 연구서일 뿐 아니라 여성이자 시인으로 식량난 시기를 통과해온 최진이 자신을 투영한 다른 형식의 자기서사로 읽히기도 한다.[75] 대학원 논문 학기에 접어든 최진이에게 탈북의 경험을 이야기하도록 요청한 청자들의 존재가 구체적으로 언급되지는 않았으나, 식량난이라는 전대미문의 재난을 북한 여성들의 시선으로 다시 보도록 견인한 '여성학' 혹은 '여성주의'와의 조우가 그녀가 '다른' 탈북기를 구성할 수 있는 유력한 계기가 되었는지 모른다. 이는 『국경』에서 역력히 간취된다.

전체 4부로 구성된 『국경』은 1부와 2부에서는 북한을 떠나기까지 인민/공민으로서의 최진이의 삶이, 3부에서는 탈북 이후 난민으로서의 경험이 기록되며, 4부에서는 북한이탈주민이라는 남한의 시민으로 한국사회를 바라보는 그녀의 소회가 피력된다. 인민에서 난민으로 다시 시민으로 국경을 거듭 넘어온 최진이의 자기서사에서 유독 부각되는 것은 '여성'이다. 다시 말해 최진이의 서사는 인민보다는 여성 인민으로 기록하고 난민이 아닌 여성 난민의 수난을 증언하며, 북한을 이탈한 여성 시민으로 발화하는 것이다. '여성'이라는 자의식에 지지된 최진이의 서사에서 처음 소환되는 기억 역시 어머니의 죽음이다. 부유하고 명망 있는 집안에서 태어나 "남자들과 똑같이"(21) 딸을 키우려는 외할머니의 헌신으로 일본 유학까지 다녀오고 약혼한 연인도 있었던 어머니는 결혼을 강요하는 아버지와 체면을 의식한 외할아버지로 인해 원하지 않는 결혼을 하게 된다. 외할머니의 극렬한 반대에도 불구하고 "부친의 엄명은 죽어도 따라야 하는 가법(家法)"(23)이었기에 결혼했던 어머니는 아버지의 습관적인 구타와 "비인격적인 언행"(25)에 시달리다 끝내 자신의 집 대들보에 목을 매 삶을 마감한다. 최진이는 "딸의 사랑을 죽이면서까지 자신의 명예를 지켜야"(30) 했던 외할아버지와 "어머니를 하나의 인격체로 여기기를 단념"(25)했던 아버지, 곧 가부장들의 전횡에 삶을 박탈당한 "피해자"(24)인 어머니의 비극적 내력을 자신의 역사에 기입하면서 그녀의 월경이 비단 북한체제로부터의 이탈이 아니라 어머니를 죽음으로 내몬 가부장의 집을 떠나 여성이 "인격체"로 존재할 수 있는 "영원한 삶의 터"(41)를 찾으려는 여정임을 환기한다.

"극도로 타산적이고 위선적"(37)인 아버지의 집으로부터 도주한 최진이가 자신의 영원한 정처로 발견한 것이 '문학'이다. 평양으로 이주했으나 결혼한 오빠의 집과 재혼한 아버지의 집을 전전해야 했던 최진이는 집이 아닌 문학에 거처했고, 이후 김형직사범대학 작가 양성반에 진학하면서 본격적으로 문학에 입문한다. 그러나 자신만의 "문학관을 형성"(41)해 가던 대학시절 출학의 위기에 내몰린 경험은 북한체제가 또 다른 '가부장'이라는 사실을 감지하는 계기가 된다. 사소한 관심으로 적어두었던 사주팔자 노트가 비사회주의적 미신행위로 적발되면서 퇴학과 추방의 위협에 직면하고 이를 면하기 위해 보위원의 성적 유린을 감당해야 했던 최진이는 "명령과 복종"이 지배하는 북한체제에서 "인간"인 자신이 "존재할 틈이 없"(56)다는 사실을 체감하며, 인민을 "전문서적이 아닌 종잇조각 정보에나 의지하도록"(57) 민든 폐쇄적이고 억압적인 국가가 이머니를 온전한 인격체로 인정하지 않았던 아버지와 다르지 않은 "윤리를 저버린"(345) '가부장'이라는 사실을 깨닫는다.

최진이의 서사에서 '평양 추방령'은 그녀가 탈북에 이르는 결정적 계기가 된다. 문학 공부를 경제적으로 뒷받침하고 "문학이 깊어지게"(66) 될 계기를 만들기 위해 늦은 결혼을 선택했던 최진이는 남편의 전처 소생인 아들의 비행으로 작가동맹 시창작실에서 퇴출되고 강제로 평양을 떠나게 된다. 이를 서사하는 과정에서 최진이가 부각하는 것은 가부장적 사회주의 체제에서 살아가는 북한 여성들의 현실이다. 며느리를 "집안 식구들의 배만 부르게 해주면 되는"(93) 존재로 하대하는 시어머니와의 갈등이나, 평양에서 추방된 이후 "짐이 될 것 같은"(93) 아내를 외면하고 시누이의 집에 의탁한 남편과의 이혼 과정을 비중 있게 배치하면서 최진이는 자신의 표현대로 '경제적으로는 남성이 세대주, 정치적으로는 부계본위'[76]인 북한에서 거주도 직업도 철저히 남편/가부장에 종속될 수밖에 없는 여성들의 열악한 위치를 환기한다.

『국경』의 2부는 체제로부터 추방되고 남편과도 결별한 이후 홀로 "생존전쟁"(93)을 시작하는 최진이의 지난한 여정이 그려지지만, 비단 최진이 개인의 신산한 생존을 초점화하기보다 그녀의 수난을 매개로 식량난에 처한 북한의 현실이 적나라하게 부조된다. 그녀와 마찬가지로 기차역사가 유일한 거처가 된 배고프고 갈 곳 없는 사람들과 "집도 부모도 밥도 없는 꽃제비들"(117)의 처절한 생존담을 전하고, 방치된 시신 옆에서도 아랑곳하지 않고 먹고 자는, 죽음조차 무감각해진 사람들을 지켜본 참담한 목격담을 기록하면서 최진이는 인민을 "살아 있는 시체"(119)로 전락시킨 "북조선 정치의 허위성"(176)을 고발한다. 이러한 체제 적발과 함께 『국경』에서 진지하게 시도되는 것이 '자기 성찰'이다. 버스에 탄 사람들이 한결같이 피하고 외면하는 남루한 거지 총각에게 "자신이 섰던 자리"를 내주는 청년과 조우한 일화를 소개하면서 최진이는 "입으로는 참문학이요, 인간학이요 떠벌이면서도 막다른 정황에 부닥치자" 고통받는 "인간의 운명을 정면으로 맞다들일 용기를 내지"(138) 못하는 자신의 한계를 직시하며, "고통받는 자"(148)에게 인간으로 설 수 있는 자리를 내어주는 문학이 '참문학'이며 '인간학'이라는 사실을 발견한다. 때문에 최진이가 서사하는 탈북의 행로는 상실의 여정으로만 그려지기보다, 고난을 겪는 자가 되어 "고통받는 자의 심리"(148)를 알게 되는 "진짜 된 사람"(132)으로 거듭나는 과정으로 주조되기도 한다. '수난담'에 진력하기보다 '성장담'에 정향한 이러한 최진이의 서사에서 주목되는 것은 '모성'의 자각이다.

첫사랑에 실패하면서 결혼도 아이도 원하지 않았고 뒤늦은 결혼 이후 자신의 "앞날을 의지할 사람"(69)으로 아이를 필요로 했던 최진이는 탈북의 가혹한 여정 속에서 외려 아이를 자신과 함께 "운명을 개척"(234)해 나갈 존재로 발견하고, 아들을 "세상의 유용한 존재로 키워놓"아야 할 유일한 사람, 혹은 "죽음을 무릅쓰고 지옥 속에 다시 들어가 무서움에 떨고 있는 아들"을 "가장 책임감 있게, 성공적으로" 구해 낼 수 있는 사람이 "아들의 어머니"(237)인 오직 자신뿐이라는 사실을 긍정하게 된다. 때문에 그녀의 첫 번째 도강이 자신의 "자유"(196)를 찾기 위한 결정이었다면, 더 큰 위험을 무릅쓴 이후의 도강은 아들에게 자유를 찾아주기 위한 결단으로 부각된다. 그러나 이는 가부장이 부과한 어머니 노릇에 순응하는 수동적/희생적 모성이 아닌 억압적이고 무능한 가부장인 국가와 남편으로부터 아이와 "자기를 지키"(132)기 위한 분투이며, '어머니 되기'를 수행하려는 능동적/성찰적인 모성으로 간취된다. 최진이의 이러한 변화를 견인한 것은 지극한 고난에도 아이를 포기하지 않는 젊은 어머니와의 만남이나 그녀를 위해 헌신한 어머니의 기억이다.

시어머니의 성화에 돌도 안된 아기를 업고 천 리 장삿길을 떠나왔으나 돈과 물건을 모두 도둑 맞고 집에 돌아갈 여비도 먹을 것도 없어 역사에 머물면서도 아이를 지키려는 젊은 어머니와의 조우나, 어린 시절 소아마비에 걸린 그녀를 치료할 수 있다는 노인의 말에 백일 동안 그와의 약속을 모두 지켜내며 마을에서 유일하게 딸의 소아마비를 완치시킨 어머니의 기억은 최진이가 "어머니로 살기"[77]를 결심하는 결정적인 동인이 된다. 이처럼 최진이에게 모성은 부과되거나 강요된 것이라기보다 발견되고 자발적으로 실천된 것이며, 따라서 그녀에게 '모성'과 '여성'은 서로 갈등하지 않는다. 외려 아버지·남편·국가와 같은 실패한 가부장들로부터 쟁취한 것이 모성이며, 때문에 그녀에게 모성의 수행은 여성의 자각과 다르지 않다.[78]

평양 추방령 이후 탈북에 이르는 여정을 이렇듯 상실과 고난보다 발견과 이행의 기록으로 구성한 최진이는 여성 난민의 경험 역시 피해자보다는 살기 위해 분투하는 피해생존자의 서사로 달리 이야기한다. 그러므로 "도강해 오는 조선 여자들은 언제든지 자신의 성을 제공할 각오가 되어 있어야 하는"(205) 탈북여성들의 현실을 환기하고, 매매결혼을 전전하며 자신을 산 "주인남자"(269)의 치명적인 학대와 성적 유린을 낱낱이 증언하면서도 그녀는 자신을 '팔려간/도망친/추방된' 가련한 여자로 주조하기보다 자신과 아이를 구원하기 위해 폭력에 "항거"한 "뜻 있는 여자"(274)로 재현한다. 아울러 바채료부터 살아남은 생존자로서 그녀는 말할 수 없는 탈북난민여성들을 위해 말할 수 있는 자, 곧 "증인-작자"[79]로 정위하려는 것으로 보인다. 증언은 자서전적 기록이면서 집합적 이야기이듯이,[80] 중국에서의 난민 경험을 주로 기술한『국경』의 3부에서 최진이는 국경을 넘은 탈북여성들의 신산한 역사를 대리 기록하는데 자기서사를 할애하고 있다. 도강의 동반자였던 송옥의 이야기를 전하는 것 역시 이러한 증인-작자의 행위로 가늠된다.

불륜과 학대를 일삼던 첫 남편과 헤어지고 역시 폭력적인 두 번째 남편도 사망하면서 송옥은 아이 둘을 데리고 홀로 삶을 꾸리게 된다. 식량난 시절이었고 생계가 막막해진 그녀는 남의 집을 전전하다 결국 두 아이의 생명을 스스로 빼앗게 된다. 배고파 울어대자 찬 부엌 바닥에 눕혀 놓았던 세 살배기딸은 추위를 피해 아궁이 속으로 들어갔다 목숨을 잃었고, 함께 방랑하던 아들은 생존을 도모하기 위해 소개받았던 남자로부터 처분하고 오라는 말을 듣자 광기에 들려 목 졸라 죽인다. 그러나 결혼을 약속했던 남자는 다른 여자가 있었고 그녀는 결국 아이들을 잃고 홀로 국경을 건너게 된다. 최진이는 이 잔혹한 죽음의 내력과 송옥의 "소름끼치는 사연"(214)을 대리 발화하면서 여성 난민이 감당하는 국경 안팎의 중첩된 폭력을 증언한다. 패륜적인 가부장과 "몇백만을 굶겨 죽이고 숨 막히는 고통 속에 몰아넣"은 체제와 언제든지 자신의 성을 제공해야 하는 국경 밖의 착취가 송옥과 같은 탈북여성난민의 "삭막한 한의 세계"(214)를 공모한 정체라는 사실을 적시하는 것이다. 인민보다 더 혹독한 여성 인민의 현실을, 난민보다 더 참혹한 여성 난민의 현실을 역력히 증언-재현하면서 최진이는 이러한 여성들의 참담한 생존사를 마치 자신이 "겪은 생의 일부분처럼" 전율하고 뇌리에 새기는 증인-작자로 변위한다.

> 그가 또 뭐라 하는 것 같았다. 긴요한 얘기는 아닌 듯하였다. 나는 그의 말을 귓전에 흘려들으며 쓸쓸한 상념에 잠겨들었다. 그가 이자까지(방금까지) 들려준 이야기는 마치 내가 겪은 생의 일부분처럼 뇌리에 배겨져 진정되어가는 마음을 때없이 아리게 할 것 같았다. 남의 것이라도 제 것처럼 그 구체적 상황 하나하나가 기억될, 이런 믿기지 않는 사실이 세상에 있다는 데 대해 소리 없는 전율이 왔다.(215)

'증인-작자'가 "말할 수 없는 자를 위해 말할 수 있는 자", 자기의 목소리를 잃고 "익명의 중얼거림"에 자기를 내어 주는/줄 수밖에 없는 '탈주체화된 주체'[81]라면, "남의 것이라도 제 것처럼 그 구체적 상황 하나하나"를 기억하면서 "믿기지 않는 사실이 세상에 있다"고 기록한 최진이의 『국경』은 자전적 서사의 형식을 빌린 증인-작자의 서사이며, 자기 역사의 기록이라기보다 탈북여성난민들의 공동의 이야기인지 모른다. 때문에 그녀에게 '다른' 탈북기를 요청한 자는 기실 대들보에 목을 맨 그녀의 어머니와 돌도 안된 아이를 업고 천 리 장삿길을 떠나왔던 젊은 어머니, 두 아이의 목숨을 제 손으로 거두었던 송옥과 거지 청년과 애도조차 받지 못하고 방치된 숱한 죽음들일 것이다. 가부장과 가부장적인 체제가 가해한 이 말 없는 삶/죽음들을 최진이는 내내 망각하지 못한 것으로 보인다. 대학원 정신분석 수업에서 발표할 보고서를 쓰던 밤 어머니의 한 많은 영과 조우한 일화를 언급하면서 최진이는 자신 속에 "응어리처럼 엉켜 있던 어머니"를 쓰고 위로하는 것이 "불가항력적"(306)인 것이었다고 술회한다. 너덜너덜 탈북의 내력을 기록한 최진이의 『국경』은 자기서사라기보다 이처럼 애도되지 못한 여성/소수자들의 호소에 응답한 '관계적 서사'로 달리 독해되어야 할 것이다. 또한 이 온전한 집이 없는 자들, 해서 "움직인다는 것"만이 자신의 "존재를 확인시켜주는 유일한 삶의 증거"(139)가 되는 자들에게 '영원한 삶의 터'가 되는 문학이 최진이가 길 위에서 다시 터득한 '문학'이라면, 『국경』은 바로 이러한 문학의 첫 실험인지 모른다.

### 3.2. 경계/접경의 감각과 번역의 정치

"지옥과도 같은" 북한 생활을 고백하고 "내 나라 내 조국"이 된 남한에서 "자유와 함께"[82]살 것을 다짐하며 마무리되는 것이 탈북수기의 전형적 수순이라면, 최진이의 『국경』은 이러한 상례를 벗어나 남한에서 북한이탈주민으로 살아가는 경험을 최종적으로 이야기한다. 과거 북한의 생활과 탈북의 여정을 서사화한 1~3부와 달리, 현재진행형인 남한살이를 서술한 4부는 에세이 형식으로 서술하고 있다. 이 예외적인 장을 통해 최진이는 자신이 북한과 "정신적 결별"(300)을 했으나 절대 결별할 수 없는 자라고 공지한다. 환북 의사를 묻는 노 인권운동가의 질문에 "어머니가 없는 땅"(303)인 북한에 영원히 돌아가지 않겠다고 언급한 일화를 소개하며, 그녀는 이것이 북한 사회에 대한 자신의 항의를 피력한 것이며 북한을 "아주 잊는다"는 의사를 천명한 것이지만, 그러나 이는 또한 ""아주 잊지 않겠다"고 입으로 말하는 것보다 "더 잊지 않겠다"고 처절하게 부르짖는 애정의 다른 표현"(304)이라는 것이다. 최진이에게 북한은 어머니가 없는 땅이지만 어머니에 대한 기억이 있는 땅이며, 때문에 돌아가지 않아도 잊을 수는 없는 땅이라는 의미일 것이다. 어머니에 대한 기억을 지울 수 없듯이 북한 역시 망각하지 못한다는 그녀의 고백은 자신이 북한을 완전히 삭제하고 남한에 온전히 동화된 시민이 될 수 없는 '경계인' 혹은 '이방인'이라는 위치를 확인한 발화로 독해되기도 한다. 유년시절의 이방인들의 기억을 자기서사의 첫 자리에 배치한 것 역시 최진이가 자신의 위치성을 시사하려는 의도로 간취되기도 한다.

최진이는 조소친선문화협회 부위원장이었던 아버지가 북한의 반인텔리정책을 우려해 "조기 은신행"(15)으로 이사한 황해도 시골 마을에서 함께 살던 일본에서 온 귀국자들의 이야기를 꺼내 놓으며 민족이지만 이방인이었던 그들의 비극적 운명에 대해 술회한다. "조국의 사회주의 건설에 이바지한다며 좋은 쇠로 벼린 삽날과 곡괭이를 가지고 귀국할 정도로 애국심이 강했던"(17) 그들이었지만 부당한 밀고로 정치범 수용소에 갇히거나 간첩으로 몰려 감옥에 가고 그 충격으로 병들거나 죽어간 귀국자들의 불행을 소환하면서 최진이는 불투명한 이방인 혹은 경계인이 언제나 의심과 추방의 위험 속에 노출된 자들이라는 사실을 환기한다. 그러나 최진이가 기억하는 귀국자들은 단지 의심받고 배제되는 자들만은 아니다. 그들은 마을에 "이채로운 느낌을 풍기며 사람들의 이목을 끄는 생활"(16)을 하고 자신의 "단조롭던 유년시절을 이모저모로 다채롭게" 만들어 준 사람들이며, "사람 내음 묻어나는 문학관을 소리 없이 넓혀주는 진한 밑거름이 되어"(20) 준 존재이기도 하다. 그녀에게 이방인은 낯선 자들이었기에 공동체의 의심을 감당했으나 또한 낯선 자들이기에 그녀의 유년을 다채롭고 풍성하게 만들 수 있었던 존재, 달리 말해 "토박이 공동체에 자극을 준"[83] 존재로 기억되는 것이다. 짐멜은 이러한 이방인을 "어떠한 고착된 관념에도 속박당하지 않는" "객관적 인간"[84]으로 지시하며 "공동체를 다른 눈으로 관찰"[85]할 수 있는 자로 사유하기도 했다.

어린 시절의 귀국자들처럼 남한 사회에서 낯선 자로 살아가는 최진이 역시 긴장과 자유, 의심과 객관성을 동시에 보유한 이방인의 위치에서 남한 사회를 다른 눈으로 응시한다. 예컨대 탈북자들에 대한 "현실적이고 인간적인 배려"(291)를 하기보다 그들이 국경을 횡단하는 모습을 촬영해 스펙타클하게 업적을 전시하려는 남한 후원자들의 욕망을 냉소하며, "약자를 다루는 데 이골이 난" 남한의 선교사들이 "탈북자들을 대상화하는 행위"(309)를 적발하기도 한다. 통일 이후 환북 의사를 묻는 남한 사람들의 질문에서 한국이라는 문명사회에 정착할 수 없는 열등한 존재로 탈북민을 바라보는 위계적 시선을 간취하기도 하며,[86] "한국을 사람 못살 사회로 만들었던 위정자들에 대해서는 '독재자'"라 비판하면서도 북한을 "비인간적인 사회로 전락시켜 놓은 당사자들에 대해서는 동일한 평가 내리기를 꺼려"(331)하는 남한 인텔리 계층의 모순에 대해서도 지적한다.

그녀는 또한 북한의 문화를 열등하거나 비정상적인 것으로, 남한의 문화를 보편적이거나 정상적인 기준으로 제시하려는 '남한화'[87]의 요구 역시 순순히 내면화하지 않는다. "생활총화나 사상투쟁, 각종 비판총회를 통해 감시 통제하는 제도가 가시화되어"(312) 있는 북한과 "감시 체계가 비가시화되어" 있기에 "더 무서운"(313) 남한과의 차이를 포착하는가 하면, 북한의 노동현장에서 진행하는 각종 학습시간이 "북한인의 세뇌를 위해 고안된 것이라 할지라도 노동자와 사무원 간의 계급적 차이를 완화시키는 완충기 역할"(314)을 했다면, "노동자를 일하는 도구로"로만 여기는 남한의 "냉정한 자본주의 체제"를 간파하고 이러한 체제에 합류하면서 "상대적 박탈감을 느낄 수밖에 없는"(315) 탈북자들의 처지를 대변하기도 한다. 한편 최진이는 "한국사회에 만연한 콤플렉스"(336)에 대해 의문을 던지기도 한다. 천재콤플렉스와 미모콤플렉스, "성공한 사람은 살고 그렇지 못한 자는 죽어야 한다는 살인적 분위기에 전 국민이 내몰리는"(337) 성공콤플렉스를 한국사회의 3대 콤플렉스로 적시하며, "사회를 따뜻하고 살기 편한 세상으로 만들어가는 것"은 "타인을 이해하고 배려하는 서로의 소중한 마음에 있다"(338)고 조언하기도 한다.

공동체에 "물음을 제기하"고 정주민들을 "문제선상에 올려놓는"[88] 이방인으로 존재하면서 최진이는 자신이 "북한과 남한 사이에 있을 수밖에 없는"(310) '경계인'이라는 사실을 수락한다. 경계인이기에 "사유와 언어의 공백"(310)을 감당할 수밖에 없지만, 그러나 그녀에게 '경계/사이'란 단지 결여의 위치가 아니라 편향을 극복하고 "균형"(326) 감각을 유지할 수 있는 유리한 위치이기도 하다. "이광수를 반동작가로 낙인 찍으려 드는 북한 정부의 저의"가 의심스러워, 그를 북한의 전향 요구를 거부하고 "작가의 양심을 죽음으로 지켜낸" 작가로 믿고자 했다는 최진이는 북한의 문학교육에 대한 반발이 불러온 자신의 편파적 믿음이 외려 이광수의 "일제시기 과오마저 부정하게 하는 비균형적 효과를 낳게" 했다는 사실을 남한에 와서 알았다고 시인한다. 이를 언급하면서 그녀는 남한과 북한에서 배운 것을 "병행해 바라볼 때, 시선의 균형을 잃지 않는다는 깨달음"이 월경을 통해 배운 "중요한 가르침"(326)이라 인정하기도 한다.

그렇디면 최긴이기 정워히려는 '경계인'이란 북한괴 남한 이디에도 속하지 않는 자로 살기보다 남한과 북한을 동시에 살아가는 '접경인'이 된다는 것을 의미하는 지도 모른다. 최진이가 위치하려는 '경계/사이'가 '구획하고 구분하는 것이 아닌 다름이 맞닿고 교류하는'[89] 접경을 함의하는 것이라면, 그녀가 자신의 정체성으로 고지하려는 경계인 혹은 접경인의 다른 이름은 '번역자'가 아닐까. 사카이 나오키에 의하면 번역은 두 언어공동체 사이에 존재하는 비연속적 차이를 은폐하지 않으면서 "연속성을 만드는 실천"이다. 번역에 내재하는 번역 불가능성 혹은 '이(異)언어성'은 번역을 좌절시키기보다 외려 "전달의 어려움을 알면서도 전달하고자 하는 의지"를 추동한다. 번역자란 두 언어공동체 사이의 통약불가능한 이질성을 삭제하지 않으면서 '균질적언어적'인 전달이 아닌 "이언어적 말걸기"로서의 번역을 실천하는 자이며, 민족/국민이 단일한 공동체가 아니라 "뒤섞인 청중들"로 이루어진 "비집성적 공동체"라는 사실을 고지하는 자이기도 하다.[90]

모어/북한어를 삭제하지 않고 남한어와 나란히 배치하면서 동질적인 민족/국민으로 수렴되지 않는 차이를 표시하는 최진이 역시 "비공동체적 소통"[91]을 모색하는 번역자로 독해 가능할지 모른다. 북한사투리를 폐기하고 남한 표준어를 구사하는 것이 탈북민의 정착 성공을 증빙하는 가장 유력한 지표로 간주되는 한국사회에서,[92] 최진이는 가령 다음과 같이 북한어를 말소하지 않고 남북한의 언어 사이에서 번역을 시도하는 것이다.

'우리 진이가 설거지한 거라오' 하니까 아이가 참 **체체하다**(깨끗하

다)고 칭찬하더라.(28, * 강조는 인용자)


내 필자에 **평양이나 새나**(평양에 가나마나 하다는 뜻)(32)


오른손으로 몇 오리 안 남은 머리를 **문다지며**(목적을 가지지 않고 그
냥 습관처럼 긁적거리는 행위) 서 있던 아버지가 대답하였다.(34)


주인의 언어, 곧 국민/국가의 언어를 강요하는 동화의 압력 속에
서 최진이는 이언어성을 폐제하지 않는 번역자가 됨으로써 자신이 남
한의 '국민/시민'에 온전히 수렴될 수 없는 "야릇한 언어를 말하는"[93]
이방인임을 주지하는 것으로 보인다. 달리 말해 이는 단일한 언어가
아닌 복수의 언어로 말을 건네는 자신/번역자의 존재를 통해 국민/
국가가 균질한 집성체가 아니라 이언어적 공동체라는 사실을 환기하
는 것으로 간취된다. 그렇다면 최진이가 발화한 북한어 역시 국가와
연결된 공민/인민의 언어가 아닌 국민국가로부터 쫓겨난 자들의 언
어, 곧 난민의 은어로 다시 읽어야 하지 않을까. 달리 말해 그녀가 기
억하고 기입한 낯선 말은 북한을 환기하는 '모국어'라기보다 어머니
로부터 배운 '모어'로 가늠되는 것이다.[94] 모어가 쫓겨난 자들, 고향 상
실자들, 절대적 이방인들의 "최후의 고향", "절대 뜯어내 버릴 수 없
는 자기-집"[95]이라면, 모어 혹은 쫓겨난 자들의 방언을 말한다는 것은
'언어-공민/국민-국가'의 연결망을 중단하려는 "소수적 실천"[96]일 것
이다.
　　그러므로 최진이의『국경』은 공민이나 국민의 서사가 아닌 '난민'
의 서사로 정독되며, "남한 생활에 감격하며 대한민국이 받아주었음

에 진심으로 감사"[97]하는 파브뉴의 서사가 아닌 "남한 사회의 북한 인식이 너무도 겉핥기식이고 각종 색깔로 덧칠돼 있"[98]다고 일갈하는 파리아의 서사도 날리 녹해뉘나 아렌느가 언급했늣이 '파브뉴'가 자신을 온전한 구성원으로 인정하지 않는 사회에서 생존하기 위해 그 사회에 완전히 '동화' 되기를 열망하는 자라면, '파리아'란 되레 "사회가 부여한 비실재의 위치에 저항하고, 쫓겨난 그 자리에서 쫓겨난 이들 전체의 정치적 위치를 성찰하는 자"[99]이다. 『국경』은 북한의 공민에서 중국의 난민으로 다시 남한의 이등국민으로 월경을 거듭했던 한 여성이 자각한 파리아로 이행해 간 여정을 고백한 예외적 탈북기인지 모른다.

## 4. 우정의 정치를 위하여

2005년 남한의 김포공항에 발을 딛는 순간 최진이는 "꿈의 땅에 왔다는 반가움보다 쓸쓸한 생각"(295)이 들었다고 술회한 바 있다. 어쩌면 이 '쓸쓸한 생각'이 그녀에게 국경을 넘은 신산한 경험을 이야기하도록 추동한 정념인지 모른다. 마음에 가시지 않는 쓸쓸함이란 그녀가 목격한 밥도 말도 없는 숱한 삶/죽음들의 슬픔에 연루된 것이며, 그러므로 그들과의 감응/관계 속에서 증언한 최진이의 탈북기는 바로 '죽은 자를 위한 정치'를 발동한 것이리라. 안드레 레페키는 동료가 사라진 빈자리에서 그와의 관계를 예민하게 감지하고 그 빈자리에서 시작하는 정치 행위와 사유를 "죽은 자를 위한 정치"[100]라 명명한다. 남은 자/생존자로 기억하고 기록한 최진이의 『국경』은 바로 죽은 자들의 슬픔을 짊어진/증언하는 정치를, 말을 절취당한 자들을 말하고 행위하는 '인간'으로 현상하는 정치를 수행한 것이 아닐까.

『국경』이 실천한 주은 자를 위한 정치는 또한 '산 자를 위한 정치'이기도 하다. 서경식의 말처럼 "역유토피아", 곧 지옥에서 '인간'으로 살아남은 사람들의 증언은 죽은 자를 위한 것이기도 하지만 다시 "'인간'이라는 척도를 재건하는 역할을 짊어진 사람들"[101]을 위한 것이기 때문이다. 『국경』을 통해 최진이는 죽은 자들의 증인/목격자가 되는 동시에 우리를 증인/목격자로 호명하며, 밥도 말도 없는 삶/죽음에 대한 기억과 책임을 나누어 갖기를 요청하는 것으로 보인다. 그것은 연민이나 동정을 호소하는 것이 아니라 '우정'을 요청하는 것이리라. 한나 아렌트의 통찰처럼 우정은 우리가 주인과 노예, 국민과 난민이 아닌 평등한 말을 교환하는 '친구'로 관계 맺는 것이며, 그러므로 우정을 통해 우리는 말하고 행위하는 '인간'으로 존재할 수 있고, 이러한 인간들 '사이'에서 "정치적 요구를 만들어내고 세계와의 관련을 지켜"[102]낼 수 있다. 『국경』이 발동하는 산 자를 위한 정치란 바로 우정의 정치이며, 이러한 정치에 대한 열망으로 최진이가 창안한 것이 또한 『림진강』일 것이다.

2007년 최진이는 편집방향에 영향을 받지 않기 위해 광고도 후원자도 없는 독립 매체 『림진강』을 창간했고, "북한 대중의 의사를 반영하는 첫 잡지"를 기획했다.[103] "남한 사회에서도 각각의 이해관계에 따라 북한을 보고 싶어한다"고 판단한 최진이는 자신들 "스스로 목소리를 내는, 그래서 남과 북의 진정한 쌍방향 소통을 이끌어내는"[104] 매체를 만들고 싶었다고 취지를 밝힌 바 있다. 북한 인민이 "자기 의사를 표현할 마당"[105]이자, 탈북민들이 대리발화되는 이등시민이 아니라 남한 시민들과 동등하게 말을 나누는 친구/인간으로 존재하기 위한 자리가 『림진강』이라는 의미일 터다. 그렇다면 『림진강』은 우정의 정치를 개시하는 자리이며, 민중이나 난민이, 쫓겨난 자들이나 공민/국민의 가장자리에 있는 자들이 '인간'으로 정착할 수 있는 자리일지 모른다. 최진이는 바로 이 자리가 또한 '시'라고 말한다. 따라서 시란 정치의 다른 이름이며, 최진이의 『국경』은 바로 이 정치의 시작을 알리는 '다른' 고백의 서사인 것이다.

> "'임진강'이 내게는 시다. 하나의 기사를 완성하는 데 6개월, 1년이 걸리기도 한다. 죽음을 무릅쓰고 제작하는 이 한 권 한 권이 우리의 희망을 노래하는 시다."[106]

1    주디스 버틀러, 『윤리적 폭력 비판(양효실 옮김)』, 인간사랑, 2013, 58쪽.

2    레베카 솔닛 지음, 『남자들은 자꾸 나를 가르치려 든다(김명남 옮김)』, 창비, 2015, 112쪽.

3    '고난의 행군기'란 대개 1995년부터 1999년 사이의 시기를 말한다. 이 시기 북한은 김일성 사망(1994)으로 심리적 공황을 경험하던 상황에서 1995년 사상초유의 홍수피해를 입었고, 사회주의권의 붕괴로 원활한 원조도 받을 수 없어 전례 없는 식량난이 발생했다. 이 과정에서 수백만 명의 북한 주민들이 목숨을 잃거나 국경 탈출을 시도하게 된다. 박명규 외, 『노스 코리안 디아스포라』, 서울대학교 통일평화연구원, 2011, 44~45쪽 참조.

4    「탈북 모자의 죽음, 두 달간 아무도 몰랐다」, 『한겨레』, 2019.8.14; 「우리가 사는 곳은 대한민국 '고립의 섬'입니다」, 『주간경향』, 2019.8.23.

5    「탈북 모자의 죽음, 두 달간 아무도 몰랐다」, 『한겨레』, 2019.8.14.

6    한나 아렌트는 인간이 실존하기 위한 조건으로 노동, 작업, 행위를 제시한다. '노동'은 동물로서의 인간이 생명을 영위하기 위한 기초적 활동이며, '작업'이란 인간이 필요로 하는 세계를 구성할 수 있는 사용물을 생산하는 것이다. 노동이 자연의 필연성에, 작업이 도구성의 지배를 벗어날 수 없는 것이라면, '행위'는 이를 벗어나 자유롭게 세계에 참여하는 것이다. 아렌트는 이러한 '행위'와 '언어'만이 '정치적 삶'을 구성하며, 행위는 '말'을 통해 실행되고 "적절한 순간에 적절한 말을 하는 것"이 행위라고 설명한다. 한나 아렌트, 이진우·태정호 옮김, 『인간의 조건』, 한길사, 2013, 240쪽,

7    한나 아렌트, 『인간의 조건』, 243쪽, 237쪽.

8    「[김윤덕의 사람人] 두만강을 세 번 건넌 여자」, 『조선일보』, 2011.11.29.

9    김애령, 『듣기의 윤리』, 봄날의박씨, 2020, 50쪽.

10   도미야마 이치로, 『유착의 사상(심정명 옮김)』, 글항아리, 2015, 24쪽.

11   양현아, 「증언과 역사쓰기」, 『사회와 역사』 60, 한국사회사학회, 2001, 62쪽.

12 김애령, 『듣기의 윤리』, 64쪽.

13 서세림, 「탈북자 수기에 나타난 감정과 도덕」, 『탈북 문학의 도전과 실험』, 역락, 2019, 353쪽

14 박덕규는 1990년대 탈냉전의 도래로 말미암은 대규모 탈북 사태는 분단에 대한 기존 관점을 크게 수정했으며, 때문에 종래의 '분단문학' 개념 역시 그 실효성을 잃었다고 판단한다. 시효가 상실된 분단문학을 대체하는 개념이 '탈북문학'이다. 박덕규는 탈북문학을 '탈북자를 재현한 한국 작가들의 문학'과 함께 탈북자 자신이 체험적으로 창작하는 수기·소설·시 등을 모두 포괄하는 개념으로 정의한다. 박덕규, 「탈북문학의 형성과 전개 양상」, 『한국문예창작』 14(3), 한국문예창작학회, 2015, 90~94쪽.

15 탈북민 혹은 탈북 여성들의 자기서사에 관한 연구로는 「탈북자 수기에 나타난 감정과 도덕」(서세림), 「한 탈북여성의 국경 넘기와 초국가적 주체의 가능성」(배개화), 「탈북의 서사화와 문학적 저널 리즘」(배개화) 등이 있다. 정치범 수용소를 체험한 탈북자의 수기를 조명한 서세림은 고통을 형상화 하는 이들의 서사에서 감정이나 도덕이 변용/박탈되어 가는 과정을 정치하게 읽어낸다. 이러한 독해 는 탈북자들의 수기를 "인권이나 윤리 문제와 관련하여 단하나의 시각으로만 환원할 수 없다"(「탈북자 수기에 나타난 감정과 도덕」, 『탈북 문학의 도전과 실험』, 353~380쪽)는 문제의식의 귀결로 보인다. 한편 탈북 여성들의 수기에 주목한 배개화는 이들의 서사에서 "희생자-주체"가 아닌 '세계시민' 혹은 "초국가적 주체"로 자신을 재정위하는 과정을 독해하며(「한 탈북여성의 국경 넘기와 초국가적 주체의 가능성」, 『탈북 문학의 도전과 실험』, 193~220쪽), 탈북여성들의 수기를 '탈북'에 "정치적 의미를 덧붙이거나 강화"함으로써 "사실에 대한 증언임에도 불구하고 문학적인 성격을 갖"는 "문학적 저널리즘"으로 읽고 있다.(「탈북의 서사화와 문학적 저널리즘」, 『탈북 문학의 도전과 실험』, 381~407쪽). 탈북자들의 수기에 관한 연구가 거의 부재한 상황에서 탈북민들의 자기서사에 기입된 다층적 맥락을 조명하고, 이들의 서사를 '집단적 피해자'의 발화로 환원하는 독법을 넘어 피해자 정체성을 초과하는 '개별성'을 독해하고자 했다는 점에서 의미 있는 시도라고 판단된다. 이 글 역시 이러한 문제의식을 공유하는 한편, 탈북 여성들의 이야기가 발화되는 구체적 맥락들에 주목하고 이러한 '관계'와 타협하거나 협상하면서 자기서사가 달리 구성되는 상황을 살피고자 한다.

16 서세림, 「탈북자 수기에 나타난 감정과 도덕」, 앞의 책, 361쪽. 서세림은 「탈북 작가의 글쓰기와 자본의 문제」(『탈북 문학의 도전과 실험』, 56~63쪽)에서도 이와 유사한 문제를 지적하며, 그럼에도 이들의 서사가 "탈북자의 소명 및 상업적

으로 기대되는 서사와 그들 자신이 내고자 하는 인간으로서의 목소리가 어떻게 다를 것인가"에 대한 고민이 필요하다고 강조한다.

17  신형기, 『시대의 이야기, 이야기의 시대』, 삼인, 2015, 159쪽.

18  한나 아렌트, 『인간의 조건』, 238~239쪽.

19  신형기, 『시대의 이야기, 이야기의 시대』, 75쪽.

20  김애령, 『듣기의 윤리』, 79쪽.

21  신형기, 『시대의 이야기, 이야기의 시대』, 15쪽.

22  양현아, 「증언과 역사쓰기」, 62쪽,

23  박명규 외, 『노스 코리안 디아스포라』, 40~41쪽.

24  박종민·주호준·정영주·김현우, 「그렇다면 대한민국은 지난 23년간 '북한이탈주민'을 어떻게 보았는가」, 『한국언론학보』 66⑴, 한국언론학회, 2022, 161~220쪽.

25  「탈북민 디아스포라① "탈북민 딱지 붙으면 南선 하층민 취급…한민족인데, 너무 서럽다」, 『매일경제』, 2019.10.9; 「탈북민 디아스포라④ 국민으로 받아들이되…"탈북민 지원에 세금내기 싫다" 63%」, 『매일경제』, 2019.10.21. 남한에 거주하거나 탈남(脫南)해 제3국으로 이주한 탈북민들을 인터뷰하고 이들에 대한 남한 주민들의 인식을 조사한 이 기사에서 탈북민들은 남한사회에서 '탈북자'란 "사회부적응자"나 "하층민" 혹은 자신의 나라를 버린 "배신자"를 지시하는 일종의 낙인이 되었다고 지적하며 "남한 사회의 차별과 폐쇄성"을 토로한다. 한편 조사한 남한 주민들의 60% 이상은 탈북민이 평균 이하의 삶을 살고 있다고 인식하면서도 "세금을 더 내서 지원할 의향은 없"으며, 취업의 특혜 역시 부당하고, 아울러 상당수는 탈북민을 직접 만난 경험이 없다고 답하기도 했다.

26  강원택, 「한국인의 국가 정체성과 민족 정체성:15년의 변화」, 동아시아연구원, 2020, 1~21쪽. 15년간의 한국인의 정체성 변화를 조사한 필자는 한국사회에서 "혈연적, 인종적 의미의 민족 정체성보다 시민적, 정치적 의미의 국가 정체성"이 강화되는 이른바 '대한민국 민족주의'가 부상해 왔다고 지적하고, 이런 상황에서 남한 주민들은 북한을 별개의 국가로 간주하는 경향이 우세하다고 설명한다.

27  김성경, 「분단체제가 만들어낸 '이방인', 탈북자」, 『북한학연구』 10⑴, 동국대학교 북한학연구소, 2014, 44쪽.

28  1998년부터 2021년까지 한국에 입국한 북한이탈주민의 현황을 분석한 통일부 자료에 따르면 지난 20여 년간 북한이탈주민 중 여성의 비율은 72%에 이른다.

   https://unikorea.go.kr/unikorea/business/NKDefectorsPolicy/status/lately/ (검색일: 2021년 4월10일)

29  최진이, 『북한 여성시인 염형미 연구』, 이화여대 석사논문, 이화여자대학교, 2006, 75쪽.

30  심영희, 「북한여성의 인권: 실태와 요인」, 『아시아여성연구』 45(2), 숙명여대 아시아여성연구원, 2006, 175~179쪽.

31  최진이, 『북한 여성시인 염형미 연구』, 2쪽.

32  최진이, 『북한 여성시인 염형미 연구』, 50쪽.

33  엄태완, 「북한이탈여성 이동(移動)의 재해석:노마드로서의 의미는 무엇인가」, 『여성연구』 88, 한국여성정책연구원, 2015, 17쪽.

34  김은하, 「탈북여성과 공감/혐오의 문화정치학」, 『여성문학연구』 38, 한국여성문학회, 2016, 294쪽. 필자는 탈북자 관련 방송 프로그램들이 탈북여성에 대한 온정주의적 태도를 취하는 듯하지만 기실 이들을 '팔려간/도망친/추방된' 여자로 이미지화함으로써 이들의 섹슈얼리티에 대한 비하와 경멸, 혐오를 강화한다고 지적한다.

35  알랭 바디우, 『윤리학(이종영 옮김)』, 동문선, 2001, 11~25쪽.

36  송효정, 「유기와 봉쇄」, 『상허학보』 56, 상허학회, 2019, 86쪽.

37  양현아, 「증언과 역사쓰기」, 92쪽.

38  「영국 거주 탈북 여성이 아들에게」, 『동아일보』, 2019.5.14. 기사는 영국에 정착한 탈북여성 박지현과 남한 출신 작가 세린의 공동 저작인 『Deux coréennes』을 소개하고 있다. 인용 부분은 기사에 실린 박지현의 인터뷰이다.

39  최진이, 『북한 여성시인 염형미 연구』, 82쪽, 83쪽.

40  김양순, 「나도 인간답게 살 날이 왔으면…」, 『북한』, 2009.8, 160쪽. 이 글은 잡지 『북한』이 기획한 '새터민 수기'에 수록되어 있으며, 필자는 '중국 심양시 거주 탈북 여성'으로 소개되었다. 이 글에서 필자는 "중국에서 가장 안타까운 것은 국적이 없는 것"이며, "국적이 없으니 마음의 권리가 없어 제일 걱정"이라 토로한다.

41  한나 아렌트, 『인간의 조건』, 242쪽.

42  한나 아렌트, 『인간의 조건』, 238쪽.

43  중앙합동신문센터는 국정원이 운영하는 기관이며, 2014년 간첩조작 사건 등을 계기로 '북한이탈주민보호센터'로 개명되었다.

44  조르조 아감벤, 『목적 없는 수단(김상운·양창렬 옮김)』, 난장, 2009, 49쪽.

45  중앙합동신문센터(現 북한이탈주민보호센터)와 탈북자 수용 및 신문 방식 등에 대해서는, 「그곳은 탈북자의 '감옥'」, 『시사IN』, 2013.5.22.; 「탈북자들의 운명 결정되는 관문…국정원 중앙합동신문센터 공개」, 『쿠키뉴스』, 2014.4.6; 「합신센터의 탈북자 "선생님들 친절"…민변 "증거조작 호도"」, 『한겨레』, 2014.4.7.

46  「독방 가둬놓고 사람 미치게 하는 '한국의 관타나모'」, 『한겨레』, 2014.3.21.

47  이지연, 『탈북 여성의 경계 넘기와 주체 형성』, 연세대 박사논문, 연세대학교 대학원, 2018, 83쪽. 인용한 부분은 이지연이 인터뷰한 한 탈북여성의 증언을 재인용한 것이다.

48  한나 아렌트, 『인간의 조건』, 245쪽.

49  미셸 푸코, 『성의 역사1-앎의 의지(이규현 역)』, 나남출판, 1997, 80쪽.

50  「독방 가둬놓고 사람 미치게 하는 '한국의 관타나모'」, 『한겨레』, 2014.3.21. 이지연과 인터뷰한 한 탈북 여성은 30분 동안 A4용지 30장에 수차례 자서전을 써야 했던 일을 언급했으며, 중앙합동신문센터에서 북한의 직파간첩으로 기소되었다 무죄로 풀려난 홍강철씨는 98일간 독방에 갇혀 자술서만 1250장을 썼다고 증언하기도 했다. 「국정원·검찰, 탈북자에 '직파간첩' 올가미 "98일간 독방 갇혀 자술서만 1250장 썼다"」, 『경향신문』, 2016.2.28.

51  「탈북자들이 밝히는 국정원 '합동신문센터'」, 『뉴데일리』, 2014.4.9. 기사는 탈북자 매체인 뉴포커스가 국정원 합동신문센터를 경험한 탈북자 3명의 인터뷰를 취재한 형식으로 작성되었다. 주요 내용은 합동신문센터의 강압이나 폭행은 없었다는 것을 확인하는 것이다. 이 기사는 뉴포커스와 특약관계에 있는 보수 성향의 매체 『뉴데일리』에 실렸다.

52  지현아, 『자유 찾아 천만리』, 제이앤씨, 2011, 198쪽. 북한의 구금시설의 일종인 교양소의 안전원(간수)을 부르는 호칭 역시 '선생님'이라고 한다.

53  문영심, 『탈북마케팅-누가 그들을 도구로 만드는가』, 오월의봄, 2021, 140쪽.

필자는 2014년 간첩조작사건을 취재하다 탈북민에 관심을 가지게 된 다큐멘터리 작가로, 이 저작은 탈북민들과의 인터뷰로 구성되었다.

54 경기□기록서설연구원이 2012년 북한이탈주민을 상대한 그□런 보고기에 따르면 면접대상자들이 국정원의 합동신문센터에서의 조사과정을 묻는 질문에 '당시 일은 밖에 나가서 말해서는 안된다는 각서를 쓰고 나왔다'며 언급하기를 주저했다고 한다. 「독방 가둬놓고 사람 미치게 하는 '한국의 관타나모'」, 『한겨레』, 2014.3.21.

55 이지연, 『탈북 여성의 경계 넘기와 주체 형성』, 8쪽.

56 미셸 푸코, 『성의 역사1-앎의 의지』, 80쪽.

57 신형기, 『시대의 이야기, 이야기의 시대』, 76쪽.

58 이지연, 『탈북 여성의 경계 넘기와 주체 형성』, 141~148쪽.

59 최진이, 『국경을 세 번 건넌 여자』, 북하우스, 2005, 349쪽.

60 이 글에서는 잡지 『북한』의 '탈북자 수기', '새터민 수기' 등의 코너에 수록된 탈북민들의 수기를 참조했다. 참조한 탈북기의 저자는 모두 여성이었으며, 경우에 따라서 가명을 사용했고, 중국에 거주하는 경우도 있었다. 구체적으로는 다음과 같다. 김수희, 「"나도 여자예요, 내가 북한 여자란 걸 저주해요"」(2001.8); 이수련, 「"북한은 북송 재일동포들에게 지옥이었다"」(2001.11); 김순임(가명), 「재중(在中) 탈북자의 설움」(2006.1); 김춘애(가명), 「20대의 아름다운 젊음을 군대에 묻다」(2006.2); 김아롱, 「인권유린과 인신매매 속에 고통받는 탈북자의 설움」(2006.6); 서금순, 「자유를 찾아 가족을 이끌고 6천km」(2006.8); 장서연, 「희망을 가지고 헤쳐 온 수만리」(2009.3); 김양순, 「"나도 인간답게 살 날이 왔으면…"」(2009.8); 리정순, 「눈물의 두만강」(2015.5); 리정순, 「그들에게는 돌아갈 길이 없었다」(2015.6); 리정순, 「죽지 말고, 꼭 다시 만나자」(2015.7); 김은주, 「해외노동자가 된 아버지」(2016.4); 허지유, 「죽기를 각오한 한국으로의 길」(2016.6); 허지유, 「우리는 '반역자'가 아니다」(2016.8); 박주희, 「이별 끝에 찾아 온 행복」(2016.9); 박주희, 「밀수의 시작과 생존을 위한 탈북」(2016.10); 박주희, 「고향에 남겨진 슬픈 추억들」(2017.1)

61 서금순, 「자유를 찾아 가족을 이끌고 6천km」, 157쪽.

62 「"보수·진보 北인권논쟁 모두 본질 외면"」, 『서울신문』, 2006.3.27.

63 자크 데리다, 『환대에 대하여(남수연 옮김)』, 동문선, 2004, 64쪽.

64 김애령, 『듣기의 윤리』, 147~151쪽.

65   미셸 푸코, 『담론과 진실(오르트망 심세광·전혜리 옮김)』 (동녘, 2017), 12.

66   이상길, 「이중적 커뮤니케이션 형식으로서의 고백:미셸 푸코의 논의를 중심
     으로」, 『언론과 사회』 27(3), 사단법인 언론과 사회, 2019, 87~90쪽.

67   미셸 푸코, 『담론과 진실』, 17쪽.

68   한나 아렌트, 『인간의 조건』, 248쪽.

69   한나 아렌트, 『인간의 조건』, 85쪽.

70   자크 데리다, 『환대에 대하여』, 141쪽.

71   자크 데리다, 『환대에 대하여』, 57쪽.

72   최진이, 『국경을 세 번 건넌 여자』, 349쪽. 이하 작품 인용시 본문에 페이지
     수만 표시함.

73   최진이, 『북한 여성시인 렴형미 연구』, 61쪽.

74   최진이, 『북한 여성시인 렴형미 연구』, '연구에 앞서' 참조.

75   실제로 최진이의 논문은 렴형미뿐 아니라 1990년대 북한의 식량난에 대응하
     는 여성 시인들의 창작활동을 조명하며, 이 과정에서 최진이 자신의 등단 과
     정, 문단 교류, 시작 활동, 여성 주제 창작에 대한 발언 등을 소개하는가 하
     면, 렴형미와 자신의 시를 비교하거나 렴형미의 시를 분석하는 데 자신의 경
     험을 투영하기도 한다. 가령 「아이를 키우며」라는 렴형미의 시를 분석하면서
     아들을 데려오기 위해 국경을 세 번이나 건너야 했던 자신의 경험이나 남한
     의 살인적인 교육전쟁에 대한 소회를 언급하기도 한다.

76   최진이, 『북한 여성시인 렴형미 연구』, 60쪽.

77   최진이, 『북한 여성시인 렴형미 연구』, 104쪽.

78   이는 렴형미의 시를 분석하는 최진이의 시각에서도 간취된다. 최진이는 결
     혼/식량난 이전과 이후 어머니를 소재로 한 렴형미의 시를 비교하며, 결혼과
     식량난을 경험한 렴형미의 시는 그 이전과는 달리 더 이상 "희생꾸러기 어머
     니"에서 "어머니가 될 자신의 미래상을 찾지 않는다"고 지적한다. 결혼 후 식
     량난을 경험하면서 쓴 렴형미의 시에서는 "아이에 걸맞는 어머니"가 되려 하
     며, 이는 아이에게 시어머니나 남편이 채근하는 "재간"을 배워주기보다 "사
     랑하는 법부터 배워 주"는 어머니가 되려는 것이라 해석한다. 달리 말해 이
     는 "식량난과 같은 人苦를 진정으로 가슴 아파할 수 있는" 아이의 어머니가
     되는 것이며, "식량난과 같은 악재를 빚어내는 자의 어머니로는 되고 싶지

않다는 '여성 주제'의 경지"에 시인이 도달했다는 것을 보여준다는 것이다. 따라서 최진이는 렴형미를 통해 "여성으로서 가장 행복해질 수 있는 위치는 모성에 있다"는 것을 긍정하며, 모성이란 순응하고 희생하는 것이기보다 "자기의 성을 속박해오던 지금까지의 누더기 껍질을 깨고 나오려는" 것으로 달리 의미화하기도 한다. 최진이, 『북한 여성시인 렴형미 연구』, 104~107쪽.

79  조르조 아감벤, 『아우슈비츠의 남은 자들(정문영 옮김)』, 새물결, 2012, 215쪽, 222쪽.

80  양현아, 「증언과 역사쓰기」, 92쪽.

81  조르조 아감벤, 『아우슈비츠의 남은 자들』, 215쪽, 211쪽, 210쪽.

82  지현아, 앞의 책, 7쪽, 282쪽, 283쪽.

83  김애령, 『듣기의 윤리』, 160쪽.

84  게오르그 짐멜, 『짐멜의 모더니티 읽기(김덕영·윤미애 옮김)』, 새물결, 2005, 83쪽.

85  김애령, 『듣기의 윤리』, 160쪽.

86  최진이는 자신과 같은 탈북자들에게 통일이 되면 북한으로 돌아가 북한을 위해 일해달라고 주문하는 남한 사람들의 질문이 탈북자들의 환북 의사에 진정한 관심이 있다기보다, 가령 "너희 북한 떨거지들 암만 그래봤자 한국 문명사회에 정착 안 돼, 어중간하게 살다가 돌아가버려"(299)라는 의미를 함축하고 있는 경우가 많다고 지적한다.

87  이지연은 한국 정부가 다른 이주민이나 동포들보다 북한이탈주민들에 대해 더욱 강력한 동화정책을 시도하고 있으며, "'남한'에서 펼쳐지고 있는 자본주의적 장소성과 남한 사람들의 삶을 기준이자 롤모델"로 그들에게 제시하고 이를 실현하는 것을 '정착'의 목표로 삼고 있다고 지적한다. 이지연, 『탈북여성의 경계 넘기와 주체 형성』, 61~63쪽.

88  자크 데리다, 『환대에 대하여』, 57쪽, 58쪽.

89  리차드 세넷, 『투게더(김병화 옮김)』, 현암사, 2013, 139쪽.

90  사카이 나오키, 『번역과 주체(후지이 다케시 옮김)』, 이산, 2005, 45~67쪽.

91  사카이 나오키, 『번역과 주체』, 43쪽.

92  이지연, 『탈북여성의 경계 넘기와 주체 형성』, 154~156쪽.

93  자크 데리다, 『환대에 대하여』, 59쪽.

94 서경식은 '모어'(mother tonge)와 '모국어'(native language)가 전혀 다른 개념이라
고 설명한다. '국어'란 국가가 교육이나 미디어를 통해 인민에게 주입하는 언
어이며 인민을 '국민'으로 만들어가는 수단이라면, '모어'는 "태어나서 처음
으로 몸에 익힘으로써 무자각인 채로 자신 속에 생겨버리는 언어"이며 "일단
몸에 익히게 되면 그 다음부터는 몸으로부터 벗어날 수 없는 근원적인 언어"
라는 것이다. 모어와 모국어는 반드시 일치하는 것은 아니다. 서경식, 권혁태
옮김, 『언어의 감옥에서』, 돌베개, 2011, 35쪽.

95 자크 데리다, 『환대에 대하여』, 111쪽, 112쪽. 유대인으로 히틀러와 나치즘을
경험하고 망명객으로 살기도 했던 한나 아렌트는 히틀러 이전 유럽에서 자
신에게 끝내 남은 것은 모어인 독일어이며, "모어를 대신할 언어는 없"다고
언급한 바 있다. 독일어는 '자신에게 남아 있는 본질적인 요소이고 자신이 항
상 의식적으로 지켜온 언어'라는 것이다. 한나 아렌트, 윤철희 옮김, 『한나 아
렌트의 말』, 마음산책, 2018, 48~50쪽.

96 조르조 아감벤, 『목적 없는 수단』, 81쪽.

97 지현아, 『자유 찾아 천만리』, 7쪽.

98 「보수·진보 北인권논쟁 모두 본질 외면」, 『서울신문』, 2006.3.27. 인용한 부
분은 최진이가 언급한 내용이다.

99 양창아, 『쫓겨난 자들의 정치』, 이학사, 2019, 66쪽.

100 안드레 레페키, 『코레오그래피란 무엇인가:퍼포먼스와 움직임의 정치(문지윤
옮김)』, 현실문화, 2014, 294쪽. 양창아, 『쫓겨난 자들의 정치』, 147쪽 재인용.

101 서경식, 박광현 옮김, 『시대의 증언자 쁘리모 레비를 찾아서』, 창비, 2006,
156쪽.

102 한나 아렌트, 『어두운 시대를 사람들(홍원표 옮김)』, 인간사랑, 2010, 47쪽.

103 「이제 북한에도 자유언론이 필요하다」, 『프레시안』, 2007.11.21; 「[이사
람]"정말 북한 주민 기자들이 쏩네다"」, 『한겨레』, 2007.11.20; 「최진이 탈북
시인 "'스칼렛 오하라' 같은 녀성들이 북한의 희망"」, 『여성신문』, 2012.11.23.

104 「최진이 탈북시인 "'스칼렛 오하라' 같은 녀성들이 북한의 희망"」, 『여성신
문』, 2012.11.23.

105 「이제 북한에도 자유언론이 필요하다」, 『프레시안』, 2007.11.21.

106 「[김윤덕의 사람시] 두만강을 세 번 건넌 여자」, 『조선일보』, 2011.11.29.

# 탈북난민과 증언으로서의 서정[*]
## - 탈북시인 백이무 시를 중심으로 -

조춘희

## 1. 한국형 난민의 발견과 탈북시

인류의 역사는 이주사이다. 주지하다시피 이주는 불가피한 상황에 내몰린 개인 또는 집단의 선택지이나, 특정 국민이나 지역에 국한된 예외적 사태는 아니다. 우리의 수용여부와 무관하게 우리는 이미 "이민 이후(postmigrantisch)"[1] 사회에 당도해 있다. 제국주의 식민정책이 야기한 전쟁상황이나 종교, 인종 등에 따른 갈등과 대립이 강제적 이산을 추동했으며, 이러한 근대체제 이후에도 난민은 일상적으로 발생하고 있다. 우리나라의 근현대사만 놓고 보더라도 식민지 국권피탈로 인해 추방·박탈된 무국적자를 양산했으며 한국전쟁기에는 피난민의 형상으로, 60년대 이후 국가 경제부흥과 산업화 시기에는 남미로의

---

[*] 이 글은 『배달말』 64집(2019)에 실린 논문을 수정 보완한 것입니다.

농업이민이나 파독 광부와 간호사, 그리고 중동으로 파견된 건설노동자 등 노동력의 수출을 적극적으로 장려하였다. 전지구화 시대, 인류 공동의 의제로 부상한 난민문제는 이주사에 대한 재고찰을 요청한다.

　이견의 여지는 있지만, 본 논의에서 탈북문제는 난민/이민의 범주로 이해한다. 난민이란 "정치적 박해나 폭력, 사회 내부적인 혼란, 자연 재해 혹은 극심한 경제적인 빈곤 등"[2]으로 인해 자신의 국가를 떠나 무국적자가 된 사람들을 의미한다. 정치·경제·종교·인종 등의 이유로 스스로를 국경 밖 이방인으로 내몰고 무국적자가 되는 것은 생존을 위한 최후의 몸부림이라고 할 수 있다. 이런 맥락에서 탈북이주는 한국형 난민의 양태다. 북한주민들이 처한 독재와 빈곤이라는 정치 및 경제적 고립상황은 목숨을 걸고 월경하는 것만이 그들에게 허락된 유일하며 부득이한 선택지임을 짐작케 한다. 그런 까닭에 내전이나 정치적·종교적 박해를 받는 상황이 아니더라도 그들을 난민으로 규정해야 하며, '탈북난민'[3]이라는 명명 역시 가능할 것이다. 이념 대립과 분단상황을 고려하면 악용의 여지가 없는 바는 아니나, 생존을 위해 월경을 감행한 북한이탈주민을 남과 북의 이데올로기적 범주에서가 아닌 휴머니즘적 인권의 토대에서 이해해야 할 것이다. 영토로부터 스스로를 추방한 탈북난민들의 선택은 폭력과 착취, 수탈을 일상화하는 독재 정권에 대한 적극적인 저항의 발로라기보다 생존을 위해 국경 외부로 내몰린 상황에서 촉발되었다고 보아야 할 것이다. 즉 탈북을 통한 자기-박탈은 생존을 위한 불가피한 상황에서 추동되었다.

　그간 탈북문학에 대한 연구는 탈북, 디아스포라 등의 범주로 꾸준히 논의되어 왔다. 이들 연구는 소설 텍스트를 중심으로 활발하게 축적된 반면,[4] 탈북시에 대한 연구는 미증했다. 와중, 이상숙의 지속적인 연구는 주목할 만하다. 특히 그는 「탈북시에 나타난 시쓰기의 역할과 의미」에서 탈북시를 단순히 분하처 창작붙과 ㄱ 행위에만 구한시키지 않고, "시대적, 현재적, 정치적, 사회적 콘텐츠"로 사유해야 한다고 주장하면서, "탈북시를 '북한 태생의 탈북인들이 쓴 시'로 한정"[5]해서 고찰하고 있다. 또한 그는 「탈북여성시 연구의 의미와 한계」에서 탈북시에 대한 논의가 제한적인 이유를, 주제의 획일성이나 장르적 완결성 부족 및 작품 간 수준의 편차, 그리고 한정적인 텍스트의 문제 등에서 찾으면서, 탈북시 창작자가 남성 작가에 비해 여성작가가 더 많은 비중을 차지함에도 김성민, 장진성, 도명학 등과 달리 크게 주목받지 못하는 현실을 지적하고 있다.[6] 이들 선행연구가 축적한 탈북문학에 대한 일반적이고 포괄적인 논의는 공고한 업적임에 분명하다. 그럼에도 불구하고 탈북시인 개인에 대한 정치한 논의가 부족한 실정이다. 탈북시의 주제적 유형화에도 작가 개인의 역량에는 상당한 차이가 있다. 즉 탈북 이전의 출신성분에 따른 경험적 토대의 다양성 및 탈북 이후 정착한 지역에서의 또 다른 생활을 지속하고 있기에 이들 작가 및 작품에 대한 개별적인 논의 역시 뒤따라야 할 시점이라 판단된다.

탈북시의 범주 및 대상에 대해서는 논자에 따라 견해를 달리 한다.[7] 가령 탈북자에 의해 쓰인, 즉 창작자의 소속과 경험을 기준으로 분류한 경우와 탈북을 소재로 다룬 시 일반에 대한 범주 설정이 그것이다. 전자의 경우 탈북자가 국내에 있는 경우와 국외에 거주하는 경우로 다시 분류되며, 후자의 경우 국내 기성작가에 의해 창작된 탈북 소재 작품까지를 망라한다는 점에서 그 외연을 확장할 수 있는 장점이 있다. 다만 본고에서는 탈북시에 대한 범주를 전자의 경우로 한정하고 현재 기준으로 작가가 소속된 국적 여하와는 무관하게 탈북민이 쓴 시로 한정해서 사유한다.

본고가 백이무 시인에 주목하는 이유는 첫째, 작가가 처한 지정학이다. 백이무 시인은 탈북을 감행했지만 한국을 선택하지 않았을 뿐 아니라 제3국에서 이름을 숨긴 채 살아가고 있다. 북한에 있는 가족의 생계를 책임져야 하는 상황에서, 남은 자와 떠나온 자, 모두의 안전을 담보하기 위한 자기-은폐의 양상을 띤다.[8] 이때 새로운 국경 내에 소속-되기, 즉 재국민화는 외려 자신의 노출을 방기하기에 스스로 유령화 되어 무명인으로서의 삶을 선택한 것으로 보인다.

둘째, 첫번째 이유로 그의 문학 활동은 국적성 문학의 좌표에 의문을 제기한다. 탈북을 통해 발동된 그의 시쓰기는 북한의 비참한 실상을 고발하고 그 실태를 전세계에 알리는 데 목적이 있다. 그렇다면 그의 탈북시는 국내에서 출판되었을 뿐 한국문단 어디에도 온전히 속하지 않는다. 이때 국적성 문학의 외부를 부유·점유하는 그의 시쓰기는 되레 국적성 문학을 해체함으로써 그 저변을 확장하고 재영토화 하는 데 일익을 담당할 수 있지 않을까 기대된다.

셋째, 서정장르에 대한 의문으로, 증언형식으로 재현될 수밖에 없는 불가피성에 대한 논의이다. 현재진행형의 아우슈비츠인 북한 내 수용소의 실태를 서정 양식을 통해서 폭로할 수 있는 것은 그가 경험의 주체인 데서 기인한다. 경험이 추동한 정서의 표출이 서정의 기저에 있다고 전제한다면, 경험주체의 자기발화가 공감의 진폭을 확장할 수 있을 것이다.

이에 본 연구는 환대 불가능한 좌표에 위치한 이방인으로서의 탈북난민에 대한 고찰과 증언의 형식으로 발화되는 탈북시의 주제 양상을 탈북시인 백이무의 작품을 중심으로 고찰하고자 한다. 이때 "다양한 물질적 배치와 명령을 통해 작동"[9]하는 초명에 대한 비판적 성찰이 필요함에도, 탈북민, 북한이탈주민, 새터민, 이주민 등 탈북 주체를 호명하는 용어가 혼재해 있다. 본고에서는 용어의 적절성 보다는 월경의 정치성과 이방인으로서의 좌표를 부각하기 위해서 탈북난민을 주로 사용하고, 탈북민과 북한이탈주민을 병용하도록 하겠다.

## 2. 탈북난민과 환대 불/가능성

데리다의 익숙한 명제에서 출발하면, "이방인이란 물음으로-된-존재, 물음으로-된-존재의 물음 자체, 물음-존재 또는 문제의 물음으로-된-존재"[10]다. 우리는 이방인을 환대하는가, 혹은 환대할 수 있는가. 이방인은 스스로 자신의 안전성을 증명해야 하며, 자신으로 인해 내부적 질서가 혼란에 빠지는 일은 결단코 없을 것임을 보증해야 한다. 때문에 환대를 빌미로 자신에게 던져지는 무수한 물음에 '성실하게' 답해야 한다. 이방인이라는 자신의 존재 자체가 자신이 재정착하기를 원하는 장소의 '주인'들에게 심문할 수 있는 일종의 권력과 권위를 부여했기 때문이다.

아이러니하게도 국경은 그 외부를 통해 보다 강력해지는 속성이 있으며, 국민이라는 집단성 역시 국민으로부터 배제된 유령적 존재들로 인해 그 결속이 강화된다. 즉 "국민국가 시스템, 또는 이 체제를 온전하게 유지하려는 국가주의 이데올로기는 끊임없이 난민, 소수민족,

무국적자와 같은 국민/민족 바깥으로 추방된 자들을 양산하게 되며, 경계 바깥으로 쫓겨난 이 벌거벗은 자들을 지속적으로 양산함으로 씨"[11] 보다 견고하게 존립할 수 있게 된디. 분명 국민서시를 횡단히는 탈북난민의 지정학은 식민지와 한국전쟁 등 지난한 고통 끝에 획득한 국가의 결속을 전복한다는 점에서 불편하다. 게다가 동일 언어 사용자라는 점에서 그들을 타자화 하는 데 일종의 죄책감이 전제되기도 한다. 탈북민의 목소리는 낯선 방언이 야기하는 이방성의 발화인 동시에 온전히 이질적이지만은 않은, 불완전한 공통성을 점유한다.[12] 그런 탓에 그들을 어떻게 사유할 것인가의 문제는 보다 복잡한 셈법을 요구한다.

종래 한민족이었던 공동체는 남북의 다른 국가적 질서로 재편·분리되었다. 반공/멸공 담론은[13] 한민족을 삭제하고 사상의 공고화를 기반으로 하는 근대국가라는 새로운 공동체를 조형하는 데 복무했다. 이때 탈북난민들은 냉전이데올로기가 조형한 괴물화의 경계를 뚫고 나와, 스스로를 국경 외부로 추방한 이들이다. 그들은 이탈과 소속을 동시에 갈망하며, 재정착 후에도 끊임없이 사상적 '순결'을 의심받는 불순한 감시의 대상이다. 한국에 대한 탈북민의 기대와 좌절은 한민족이라는 환상에서 비롯된다. "민족이라는 감정적 상상은 민족 감정의 영토화를 통해, 공간과 감정의 재결합을 통해 성취"[14]된다. 하지만 남과 북은 오랜 시간 단절과 훼절의 시간을 보내고 있는 탓에 민족이라는 상상적 영토를 구축하던 물질적, 정서적, 문화적 동질화를 위한 요소 전체가 파괴되었거나 위태로운 상황이다. "민족 서사는 공적 정체성에게 구체적인 형상을 제공하여 구체적인 개인과 공적 개인을 연결하는 고리를 만"[15]든다. 하지만 분단 이후 사상적·정치적 대립과 반목은 반쪽짜리 새로운 민족을 구성했으며, 이는 이전에 오랜 시간을 두고 조직된 한민족을 해체하기 위해 보다 강력한 배제의 서사를 동원한다. 때문에 애초 민족 정체성이 부여한 공적 정체성으로서의 소속감은 언제든지 이탈할 수 있는 요건에 지나지 않게 된다. 특히 다양성·다원화 사회에서 온전한 소속이나 정체성은 환상에 지나지 않거나 애초에 불가능하다. 민족 내부의 응집력도 그 중력을 상실했으며, 우리는 산포하고 끊임없이 이식될 뿐이다. 그렇기에 "개인은 스스로 자신의 정체성을 확인하고 보증해야 한다."[16] 그런 점에서 탈북민은 자신의 정체성에 의문을 제기하고, 새로운 좌표에 정위하기 위한 모험을 감행한 능동적인 주체로 호명할 수 있을 것이다.

환대는 소유와 절대적 정체성의 박탈을 통해서 가능하다. 전술했듯이 국경 내/외의 경계를 구축하기 위해서는 국민의 자격 및 정체성의 요건을 강화하게 된다. 즉 국민-되기는 타자의 이방인화를 공고히 함으로써 비로소 가능해진다. 이를 통해서 우리와 다른 이방인을 결정하는 요건 역시 구체화와 합리화를 위한 과정을 거치게 된다. "환대의 윤리와 정치는 박탈을 포함, 아니 필요로" 하며, "환대자가 되기 위해서는 주인으로서의 자아 정체성을 버려야만"[17] 하기에 단언컨대 이상적 환대는 불가능하다. 박탈당한 존재로서의 탈북난민은 ""소속감"을 급진적으로 재정치화" 하고자 하며, "소속되거나 소속되지 않고자 하는 욕망"[18]의 충돌을 경험한다. 이방인은 "자신의 언어가 아닌 언어로, 집주인·주인(접대인)·왕·영주·권력·국민·국가·아버지 등이 자신에게 강요하는 언어로 환대를 청해야 한다."[19] 국내에 정착한 탈북민은 문화어를 버리고 표준어를 사용해야 한다는 강박을 겪는다. 국경 내부적으로도 무수한 이방성을 전제한 방언 사용자들이 있지만,(물론 내국인 사이에도 표준어와 기타 방언을 횡단하는 차별과 폭력의 양태들이 존재한다) 이북언어가 야기하는 이질감은 단절의 시간만큼이나 깊다. 문지방을 사이에 둔 '우리'와 '그들'의 절대적 공존은 불가능하다. 무조건적인 환대가 낳은 비극적 결말을 염려하지 않을 수 없으며, 이방인을 향한 적대와 환대라는 상반된 태도가 동일한 결말에 도달했을 때 환대자가 겪는 충격과 배신을 보상할 수 있는 방법 또한 없다. 종종 이러한 환대에의 배신을 부각시킴으로써 적대의 논리를 구축하기도 한다.

이처럼 환대가 불가능한 이유는 먼저, 타자를 이해한다는 것에 내재된 오만과 환상을 극복할 수 없다는 데 있다. 다음으로, 탈북민을 이방인으로 바라보는 우리 안의 배제와 의심의 논리에 있다. 끝으로 한민족-담론이 내세우는 동일화란 남북의 긴장과 대립 관계가 해소되지 않는 이상 허상에 지나지 않는다는 데 있다. 사상적·정치적 대립으로 인한 남북관계의 유동성에 따라 환대에의 태도 역시 언제든지 급변할 수 있다. 남북의 동일 민족론이나 동질사회의 회복이라는 수식은, 이미 낡은 이데올로기에 불과하다. 이는 다양성의 시대적 흐름과도 배치된다는 점에서 시대착오적인 환상이다.

백이무 시인의 좌표에서 미루어 짐작해 보건대, 탈북작가들의 작품에서 빠지지 않는 것이 북한체제에 대한 비판과 더불어 남한에 대한 과도한 예찬이다. 전자의 경우 그들이 겪어야 했던 지옥 같은 생존의 실태에서 비롯되었다는 점에서 유의미하나, 후자의 경우 불편감을 야기한다. 즉 사상적·정치적 이질감을 강화하기 위한 반공이데올로기의 일환으로 그들의 목소리가 보급되고 있다는 인상이 짙기 때문이다. 그들이 작품을 발표하는 지면이나 출판사 등의 색채를 보아도 이러한 혐의를 확인할 수 있다. 실제로 탈북난민들이 한국 등 정착한 국가에서 겪은/는 이질감은 상당할 것임에도 불구하고 초지일관 절대적 유토피아로 예찬일색인 것은 그들을 향한 공감을 반감시킨다. 이는 한국 등 자유국가가 자신들이 처한 기아와 폭력상황을 해소해 줄 수 있을 것이라는 기대가 투영된 것이나, 이들 공간에서 이미 이방인으로 낙인찍힌 이들에게 토포스적 장소로 기능하는 데는 한계가 있을 것이다.

전술한 것처럼 인류 역사상 난민은 항상 있어왔다. 근대체제 이후 종교적·정치적 문제 등에서 기인한 충돌과 폭력의 양상은 난민 발생의 일상화를 추동했으며, 국민국가 혹은 배타적 민족국가라는 국경 내부에서의 우리의 안전에 대한 믿음 역시 불안정성의 토대에 정위해 있다. 그렇기에 난민화의 문제를 '나, 혹은 우리'와는 무관한 '타자, 당신들'만의 일로 치부할 수 있는지 자문할 때다. "우리에게는 새로운 지구적 정체성이 필요하다"[20]는 요청 역시 이러한 맥락에서 가능할 것이다. 동질화는 이미 환상이자 제국적 폭력에서 기인한 것이다. 오늘의 탈북난민은 정치적 위협으로부터 탈주한 망명자도 있지만, 대다수 경제적 이주의 양상을 띤다. 그들이 최종 정착지로서 한국이 아닌 제3국을 선택하는 요인 역시 생존 너머의 삶의 질을 갈망하는 경제적 이주자의 기대심리에 닿아 있다. 벌거벗은 생존이 어느 정도 해소되고 나면 언제든지 국경을 넘어 보다 나은 조건을 탐닉하는 트랜스내셔널한 이동성을 전제한다. 다만 여타의 국가와 상이한 독재와 고립의 실상이 이들을 일반적인 이주자와 다른 좌표에 정위케 한다. 분명 그들에게 북한 이탈은 경제적 욕망보다는 생존과 안전을 위해 긴박된 최후의 결정이라고 할 수 있다.

## 3. 백이무 시의 고발적 주제 양상[21]

도명학의 추천사에 따르면, 백이무 시인은 꽃제비 출신 탈북 여성으로, 전국글짓기경연에서 여섯 번이나 1등을 할 정도로 문재가 있는 인재였음을 알 수 있다.[22] 그럼에도 사회주의권(소련 및 동구권 국가)의 붕괴로 인한 경제난과 천재지변이 겹쳐 아사자가 속출했던 1990년대 중반, 즉 '고난의 행군'기 북한을 살아내기 위해 꽃제비가 되어야 했던 시인의 불후한 사정은 비단 시인에게 국한된 비극만은 아닐 것이다. "이 눈물에 푹- 젖은 한 권의 시집을/ 굶어 죽고 얼어 죽고 지금은 그 대부분이 죽어간/ 그러나 불쌍한 그 영혼들이 아직도 구천에서 정처없이/ 떠돌고 있을/ 나의 옛 꽃제비 친구들에게 삼가 바칩니다…."[23]라는 시인의 말에서 천착할 수 있는 것처럼 기아와 아사의 문제는 북한을 살아낸/내고 있는 '그들 모두의 비극'임이 유력하다. 북한은 내부적 부조리와 문제 상황이 국제적인 문제로 확산 및 공론화되는 것에 극도로 예민하다. 이러한 상황에서 '마침내' 탈북에 성공한 이들은 신변의 위협으로 인한 불안감과 더불어 그곳에 남은 이들을 향한 깊은 부채감에 시달린다. 특히 "부끄러움 속에 자신의 탈주체화 밖에는 다른 내용을 갖지 않으며, 자기 자신의 부조리, 주체로서의 자신의 완벽한 소멸"[24] 등 생존자로서의 죄책감은 탈북민들이 겪는 외상이다.

　나는 혼자 죽지 않고 살아남아서
　지금은 숙성한 어른이 되었지만
　차마 눈 뜨고는 도저히 볼 수 없었던

너희들의 최후를 내가 어찌 잊으랴//

오히려 행운스레 저만 혼자 살아남은

초췌한 내 모습이 못 견디게 죄스러워

너희들의 령전에서 무릎 꿇고 통곡한다

아, 미안하다 친구들아, 용서해다오 친구들아!

-추모시 「눈물에 푹-젖은 이 한 권의 시집을」 부분[25]

세상 가장 슬프고 참혹한 시집들

저는 왜 이런 시만 쓸수밖에 없는지요?

시란 원시 가장 아름다운 언어의 집

그런 예쁜 집이 모인 궁전이여야 하는데…// …중 략…

하나님께 간절히 소원하지만

쓸쓸한 이 꽃제비시인을 기억해주세요

아직도 구름같이 이국땅 떠돌면서

시를 쓰는 방랑시인을 꼭 기억해주세요

-후기 「다시는 이런 시를 쓰고 싶지 않아요」 부분[26]

　총 32연 128행으로 구성된 추모시 「눈물에 푹-젖은 이 한 권의 시집을」에는 백이무 시인이 시적 발화를 멈출 수 없는 이유가 명징하게 드러난다. 대다수 탈북난민과 마찬가지로 그 역시 정치적 이유에서가 아니라 "구걸할 밥이 없어" 생존하기 위하여 "하는 수 없이" 탈북을 감행했다는 사실을 알 수 있다. 즉 시인의 국경횡단은 독재정권이 야기한 굶주림에서 촉발되었음을 확인할 수 있다. 한 개인에게 생활공간은 어떤 고난과 불화에도 중층적인 장소성을 획득한다. 때문에 그러한 터전을 이탈하기란 쉽지 않은 결정이다. 국경 내부를 떠나 잘 살기 위해서가 아니라 "이국동냥길" 역시 생존을 위한 불가피한, 종국에 다다른 선택지임을 착목할 수 있다. 기실 지간의 사정을 보건대 백이무 시인의 시는 이탈과 송환의 과정에서 만난 무수한 꽃제비에게 바치는 헌사라 할 것이며, 그에게 시인이라는 천명은 인권이 무참하게 말살된 북한의 실상을 폭로하기 위해 긴박된 명명이라 할 것이다. 그렇기에 그의 시는 "혼자 살아남은" "죄스러"운 "통곡"이며, 다른 꽃제비들의 "아픈 삶을 알"리고 그들의 "최후를" 증언하기 위한 정치적 발화의 일환이다. 예컨대 "그애들을 못본척 하지 말아요/ 모두 함께 구원의 손길을 내밀어/ 그애들의 얼굴에서 흐르는 눈물/ 꽃제비의 눈물을 닦아주세요…"(「꽃제비의 눈물을 닦아주세요!」)와 같이 세계시민을 향한 호소이다.[27]

시란 "아름다운 언어의 집"이어야 한다는 서정의 지향에도 불구하고 "세상에서 제일 슬"프고 "참혹한" 시를 쓸 수밖에 없는 시인의 사정에서 그의 시적 발화가 증언에 가까운 고발이자 호소의 언어여야 하는 유력한 증좌를 간취하게 된다. 재론컨대 백이무의 시는 북한이라는 비정상 국가가 낳은 산물이다. 그는 자신의 언어를 통해서 북한 사회의 반인권 실태에 대한 세계인들의 관심을 추동하고자 하며, 더불어 인권의 회복과 세계시민-되기를 요청한다. 백이무 시의 적확한 가치는 국적성 문학의 외부에 위치해 있다는 데 있다. 그의 시작(詩作)은 국적성 문학을 해체하는 동시에 그 자장을 확장하는 데 기여한다. 즉 여전히 휴전상황인 한반도의 민족적·정치적 특수성을 망각하고 있거나 무관심한 한국문학의 영토를 전복하고 재영토화 하는 데 일익을 담당한다.

이처럼 백이무 시인의 두 권의 시집은 각각이 명징한 목적성을 드러낸다. 가령 주제적 관점에서 첫 번째 시집 『꽃제비의 소원』에서는 꽃제비들이 핍진한 생활이 실상을 통해서 북한주민들의 기아실태를 구체적으로 묘파하고 있다면, 두 번째 시집 『이 나라에도 이제 봄이 오려는가』에서는 수용소의 반인권적인 폭력상황 등을 고발하고 있다. 이러한 시적 발화 및 형상화는 북한의 실정과 생존 문제를 예리하게 적시하고 있다는 점에서 르포르타주에 가깝다.

### 1) 꽃제비와 기아의 실상 폭로

현재 국내·외에서 활동하고 있는 탈북작가들 대다수는 고난의 행군을 체험한 세대들이다. 백이무 시인의 경우, 고난의 행군 시기인 1990년대 중반에 10대 유년기를 보냈으며, 아사로 인해 부모님을 잃고 어린-가장이 되어야 했다. 북한 정권은 주민들에 대한 조직적인 수탈을 통해서 지탱되고 있다. 생존 자체가 불가능한 기아와 빈곤의 상황은 대다수 북한이탈이 정치적 정의의 실현과 같은 거창한 지향점이 아니라 살아남기 위한 참혹한 몸부림의 일환임을 반증한다. 백이무 시인의 첫 번째 시집인 『꽃제비의 소원』은 기아에 의해 꽃제비가 된 아이들의 비극을 중심으로 구성되었다. 한때 기아는 인류 공동의 과제였으나, 현 세기에는 일부 제한된 지역에 국한된 명제이다. 세계 각국/민이 물질의 풍요에 도취 내지 마취된 상태임에 반해 북한 등 여전히 굶주림과 사투를 벌이고 있는 국가의 경우 인간의 존엄성을 유지하기 위한 최소한의 의식주조차 허락되지 않고 있다. 이것만으로도 북한 정권의 무능은 자명해 보인다.

탈북시의 주제 유형화 문제는 백이무의 시에서도 예외는 아니다. 첫 번째 시집에서 다루고 있는 주제 양상을 살펴보면, ①기근, 기아 등 굶주림이 야기한 비극저 상황, ②수탈과 압제 등 폭력 상황, ③독재에 대한 폭로와 풍자, ④탈북에 성공한 자신의 처지가 추동하는 죄책감과 사명감, ⑤남한예찬 등 분단의 감수성과 탈북의 목적 및 지향성 등으로 분류할 수 있다. 그러나 이와 같은 세부 주제들은 모두 기아의 일상화를 겪은 시인의 꽃제비 경험에서 촉발되었음을 판단할 수 있다.

> 앞마을 굶어죽은 늙은이와
> 뒷마을 얼어 죽은 늙은이를
> 서로 바꿔치기 해 먹었다는 이야기//
> 웃집의 굶어죽은 애기와
> 아랫집 앓아 죽은 애기를
> 역시 맞바꾸어 먹었다는 이야기// …중 략…
> 사람이 사람을 먹어야 사는
> 그 처절한 최후의 몸부림 앞에
> 사람들은 저마다 할말을 잃어간다
> 사람들은 이미 더는 사람이 아니다.
>
> 「최후의 몸부림」 부분

당시 북한에서 굶주림은 가족의 비극을 촉발하였다. 가령 아버지는 "량식창고 쌀 한 자루 훔친 죄로" "총살" 당하고, 어머니는 "오누이 살리려고" 자신은 "굶어 죽고", 누나는 "엄마구실 한다며" "동냥

하러 나"갔다가 "허기져 쓰러진 채" "얼어죽"었다. 홀로 남은 동생이 "아무리 울면서 애타게 기다려도" 아무도 "돌아오지 않"(「눈물」)는다. 이러한 사연은 시집 전반에 형상화되어 있다. 백이부 시인의 자전적 이야기로 짐작되는 「작은 엄마」에서도 부모님은 "일찍 굶어죽고" "이제 부터는/ 누나가 네 엄마"가 되겠노라고 스스로 다짐한다. 북한의 고난의 행군기는 "독재자 단 한사람을 위해" "수백만이 굶어죽"어야 했던 "인류사상 류례없는 인간대학살"이 자행된 "죽음의 행군"기로, 시인은 "그 시절/ 우리는 너무도 배가 고파/ 산을 깡그리 벗겨 먹고/ 들을 샅샅이 훑어 먹고/ 그러고도 먹을 것이 없어서/ 굶어죽은 사람까지 먹어야 했다!"(「죽음의 행군」, 『봄』)고 증언한다. 굶어 죽은 "늙은이"나 "애기"를 먹는, "공포스런 인육이야기"는 북한의 처참한 실상을 반증한다. 이 엄청난 비극과 절망에 대하여 "누구도 분개"할 수가 없다. 생존을 위한 "처절한 최후의 몸부림"이라는 사실을 너무나도 잘 알기에 이들은 모두 공범자로 침묵할 뿐이다. 이제는 "더는 사람이 아"닌, 사람이기를 포기하고 간신히 생명을 연장하고 있다는 점에서 북한주민들의 존엄은 박탈당했다. 이 시는 사람의 조건에 대해서 물음을 던진다. 짐작컨대 아사자가 속출했던 고난의 행군 시기에 인간적 존엄을 따지는 것 자체가 오만이었을지도 모른다.

굶주림이 추동하는 인간의 동물화는 생존 본능에 의해 폭력적이고 반인륜적인 행태로 표출될 수밖에 없었을 것이다. 의식주, 그 중에서도 생존과 직결되는 최소한의 식량조차 제공되지 않는 상황에서 인간적 존엄은 환상에 지나지 않았을 테지만, 그렇기에 실존에의 갈망은 보다 절실했을 것이다. 생존자의 부끄러움은, 살아남기 위해 자신이 어떤 선택과 행동을 했는지에 대해서는 침묵하거나 이를 공백으로 남겨둔다. 절대적 피해자인 희생당한 동료들과 달리 살아남았다는 증좌만으로도 가해자와의 일종의 공범화를 의심받기 때문이다.

이 몸은 늙어도
집안의 보따리는 되지 말아야지
죽더라도 이 늙은이가 죽어야지
주책없는 이 귀신 할망구때문에
절대로 아까운 젊은이와 아이들이
먼저 대신 굶어죽게 할수야 없지…//
어느덧-
우묵 패인 할머니 눈굽에서
뜨거운 눈물이 주르르
결심한 듯 밧줄을 목에 걸고
대들보에 두룽두룽 매달린다…
-「할머니의 자살」부분


가까스로
무거운 짐수레를 끌듯
꽁꽁 언 몸을 움직여
벌벌벌 네 발로 기어가
순식간 훌쩍
벼랑아래 몸을 던진다…

-「훈이의 최후」부분

북한주민들이 겪은/는 기아가 공포스러운 것은 생계형 범죄와 아사, 고아와 꽃제비-되기 등의 결과를 야기하기 때문이다. "지금 당장 죽는다면 얼마나 좋을까."(「아이의 고민」) 등 아사 지전 꽃제비들의 간절한 염원은 "지금 당장 죽는" 일이며, "우리에겐 죽음이 곧 해방"(「해방」)이다. 기아의 일상화는 노동력의 여하에 따라 생존의 가치를 저울질하게 만든다. "아무짝에도 쓸모없는 이 할망구가/ 거치장스런 존재로 남을바에야/ 스스로 눈치있게" 죽어야 한다는 다짐은 서글프다. 궁핍한 상황은 노쇠한 존재를 "폐인"으로 전락시키고, 자살이라는 극단적인 선택을 "응당 해야 할", 되레 합리적인 판단이라는 결론에 도달하게 한다. 거의 전 작품이 경험적 진술에 충실한 백이무의 시에는 필요에 따라 '부언'을 삽입하고 있다. 「할머니의 자살」 역시 "가장 어려웠던 고난의 행군시기, 우리 북조선에는 이 시에 나오는 할머니처럼 가족의 부담이 되지 않기 위해 스스로 목을 매여 목숨을 끊은 할머니들이 실제로 많았었습니다."라는 설명을 덧붙이고 있다. 시 「훈이의 최후」의 부언에서도 "훈이는 워낙 내 친구였습니다. 그런 그가 자살했을 때 나는 사흘 동안 울었습니다."라고 밝히고 있는 것처럼 증언의 형식을 띤다.

이러한 형식에서 그의 시가 지향하는 바가 상당히 노골적이고 정치적이라는 사실을 확인할 수 있다. 즉 부언의 역할은 탈북시가 문학적 범주에서가 아니라 증언이나 고발의 르포르타주의 좌표에서 북한의 실상을 세계인들에게 알리려는 의도의 산물임을 추정케 한다. "어느덧-/ 우묵 패인 할머니 눈굽에서/ 뜨거운 눈물이 주르르/ 결심한 듯 밧줄을 목에 걸고/ 대들보에 두룽두룽 매달린다…"는 마지막 연의 극적인 서술전개 방식이나 말줄임표를 통한 여운의 미학 등의 장치에

서 백이무 시의 특이성을 독해할 수 있다. 하지만 시의 구성이나 발화
방식에서 알 수 있는 것처럼 시적 형상화를 위한 기법에 주의를 기울
이기 보다 서사성[28]에 주력하고 있는 전도 탈북시의 좌표가 허구적 산
물로서 좌정하기 보다는 현실을 폭로하기 위한 증언의 언어로 구상되
고 있음을 착목할 수 있다.


       세상에서 제일 위대한 령도자
       세상에서 제일 영광스러운 노동당
       세상에서 제일 우월한 사회주의제도//
       무엇이나 다
       세상에서 제일 좋은 으뜸인데
       그런데 그런데 그런데
       세상에서 제일 헐벗은 인민
       세상에서 제일 굶주리는 꽃제비
       세상에서 제일 빈궁한 이 나라
       정녕, 왜 왜 왜서일까…???

                            「의심」부분


       꽃제비의 소원은
       언제나 텅-빈 손을 내밀어
       남에게서 받기만 하는 것이 아니래요
       꽃제비의 소원은
       두 손 가득 무엇인가 듬뿍 쥐여
       언젠가 남에게 주고 싶어요// …중 략…

그 누가

꽃제비에겐 꿈이 없다 했나요?

꽃제비의 오래된 꿈 가장 큰 소원은

헐벗고 굶주리는 꽃제비가 없는 세상

그러한 세상을 만드는 거예요…

─「꽃제비의 소원」 부분

　재론하자면, 많은 북한주민들이 위험에도 불구하고 탈북을 시도하는 까닭은 북한체제에 대한 저항에서가 아니라 살아남기 위한 처절한 사투이자 생존에의 본능에 의해서라고 볼 수 있다. 같은 맥락에서 한국에 대한 환상이 강력하게 작동하는 것 역시 굶주리지 않아도 되는 "부요한 나라"(「꽃제비의 통일련가」)이기 때문이다. "세상에서 제일 살기 좋은 내 나라"에는 "위대한 령도자"와 "영광스러운 노동당"이 있으며, "우월한 사회주의제도"가 있는데, 도대체 무슨 연유로 이 땅은 "세상에서 제일 빈궁한" 나라가 되어 "세상에서 제일 헐벗은 인민"이 살고 있는 것인지 알 길이 없다는 풍자적 어조에서 북한체제를 향한 시인의 냉소를 독해할 수 있다. 꽃제비의 소원은 "잘사는 나라에서 태어나/ 잘사는 나라 꽃제비가 되고싶"(「복 받은 이웃나라 꽃제비」)은 것이다. 그러나 "남에게 받기만 하는 것이 아"닌 "언젠가 남에게 주고 싶"다는 시인의 바람은, 마침내 "헐벗고 굶주리는 꽃제비가 없는 세상"을 소원하는 지향점에 닿아 있다. 이는 고향을 떠나온 그들을 단순히 시혜적 존재로 손쉽게 구획하는 우리의 인식적 한계와 편견에 일침을 가한다.

　북한에서 인민들은 "뼈 빠지게 일만 하는" "말할 줄 아는 부림소"(「꼬리 없는 황소」)에 지나지 않으며, "차라리 황소로 태어나시라!"는 자조에서 "소보다도 못한 비천한"(「소보다도 못한 농부들」) 대우를 받는, 곧 인간존임이 밀실된 실상과 마주하게 된다. 생존은 "난순히 사기보존에 대한 존재론적 욕동을 의미하는 것이 아니라 오히려 그저 살아가는 것을 생존하게 만드는, 혹은 거의 살아갈 수 없게 만드는 구조적으로 자유롭지 못한 조건에서도 자유에 대한 권리를 행사하고 실천하는 불확정적인 집단적 가능성을 의미"[29]한다. 탈북난민과 무국적자 등 "타자의 삶에 연루"된 우리는 "적대감"과 "통약불가능성"에도 "서로가 서로에게 관련되어 있는 삶의 상호의존성"[30]을 통해서 일종의 유대를 확인할 수 있어야 한다.

## 2) 수용소의 실태 고발

백이무의 두 번째 시집인 『이 나라에도 이제 봄이 오려는가』는 북한 수용소의 실태를 고발하는 데 집중하고 있다. 수용소는 통제와 억압을 표상하며, 인권이 거세된 예외공간으로 작동한다. 그 존재만으로도 북한 정권의 통치 방식의 한계에 대한 증좌이자 주민들의 북한이탈을 정당화할 수 있는 독재의 상징적 구조물로서의 역할을 담당한다. 두 번째 시집에 수록되어 있는 작품군을 보다 세부적인 주제로 살펴보면, ①수용소에 투옥된 사연에 대한 조명, ②혁명과 해방에의 기대감, ③수용소 생활의 풍자 또는 희화화를 통한 폭로, ④수용소의 잔혹성이나 공포감 조성 등 폭력실태에 대한 고발, ⑤꼬마죄인들을 가두는 상무수용소의 실상, ⑥북한의 체제비판과 남조선에의 예찬 등으로 분류할 수 있다. 이밖에도 기근이 초래한 민둥산의 모습이나 간부들의 비리, 그리고 고난의 행군기 등 북한의 실태를 고발하는 작품들이 시집 전반에 배치되어 있다. 시집의 자서에 "피에 젖은/ 이 한 권의 쓰라린 시집을/ 인권과 자유를 모조리 박탈당한/ 정치범수용소의 죄없는 '죄인'들과/ 지금도 죽음과 고난에서 허덕이는/ 억눌린 북조선 내 형제동포들에게/ 삼가 바칩니다…"라고 쓰여 있는 것처럼, 두 번째 시집은 수용소로 상징되는 북한 사회의 부조리와 독재의 부당성을 고발하고 있다. 3대 세습 독재에 저항하거나 사소한 언행이나마 '반동' 분자로 낙인이 찍히면 즉시 수용소행이라는 점에서 북한 사회의 폐쇄성과 반인권적 통치 실태를 확인하기에 충분하다.[31]

> 정치범수용소 그 안에는
> 희한한 범인들이 많고 많아라//
> 수령님 사진 실린 신문종이로
> 초담배를 말다가 목덜미 덥석//
> 장군님 배 뚱뚱하고 어떻고 하다
> 지나가던 보위원에 수쇠를 철컥//
> 술 몇 잔 마신김에 망할 놈 세상
> 한 마디 내뱉었다 수용소 직행//
> 남조선 비디오를 몰래 보다가
> 아차 에쿠 발각돼 잡혀온 죄인
>
> ―「인간생지옥」 부분

> 수령님, 장군님을 배신한 놈
> 혹은 몰래 반대했던 대역죄 지은 놈

전문 그런 반동놈만 잡아 처넣고

특별하게 감시하는 감옥이다// …중 략…

헌데 아예 그 무슨 인간도 아니라

수백 마리 지렁이가 사는 그 땅굴

간수들은 거기 갇힌 귀신들을

하나같이 '뼈지렁이'라 부른다

─「희귀종 '뼈지렁이'」 부분

추방된 신체들이 산재한 수용소는 "공생/공거의 가능성을 폐제"[32]한다. 제각각의 이유로 수용소에 갇혔는데, 정작 수용소에는 "진짜 죄인은 한 명도 없고/ 죄인이 아닌 죄인들"(「련좌제」)만 있다. "수령님 사진 실린 신문종이로/ 초담배를 말다가" 잡혀온 사람, "장군님 배 뚱뚱하"다고 뒷담화 하다가 들킨 사람, "술 몇 잔 마신김에 망할 놈 세상"을 한탄하다가 걸린 사람, "남조선 비디오를 몰래 보다가" 발각된 사람 등 사연도 다양하다. 무엇보다 그 죄목이 사소하기 이를 데 없는데, 독재 정권에서는 그조차도 통치의 균열을 가한다고 여길 터이니 격리와 노역으로 엄중하게 단죄하는 것이다. "정신병 환자라 해도/ 아무 말 막 해서는 절대 안"되는 수용소에서 이들은 언제든지 "즉각 사형"(「정신병자 병동」)시킬 수 있는 호모사케르적 육체에 지나지 않는다. "인성이 깡그리 말살된"(「아, 정치범수용소」) 인권의 불모지인 그곳에서 어떻게 희망을 품을 수 있겠는가. 북한사회에서 자행되고 있는 반인권 실태는 우리가 탈북난민에 주목해야 하는 가장 유력한 이유를 제공한다. 그러니 인간으로서 존엄이 거세된 신체는 "여기서는/ 들어오는 그 순간부터/ 내가 소다 말이다 개다 생각해야"(「북조선 정치범수용소.) 버틸 수 있다.

근대적 감옥이 병자와 광인, 노숙인, 부랑자 등 소위 '정상사회'를 위협하는 '비정상' 인간군을 재단하고 이들을 사회로부터 격리시키는 장소였다면, 북한의 수용소 역시 크게 다르지 않다. 북한체제를 위협하는 다양한 군상들을 호모사케르로 적시하고 이들에게서 인권을 박탈한다. 감옥과 형벌을 통한 통제와 배제는 국민의 내·외부를 구성하는 데 닿아 있다. 이는 안보와 치안 등 질서유지라는 명목으로 국민 내부적 단합을 꾀하고 그들끼리의 공모관계를 보다 돈독케 한다. 이때 비/반국민의 괴물화 및 유령화를 통해서 이러한 내부적 질서는 보다 강화되고 견고한 정당성을 부여받는다. 동일한 논리에 기대, 북한의 체제 및 지도자에게 위협이 되는 인물이나 그의 언행은 철저하게 단죄·통제된다.

백이무 시인은 북한체제를 비판할 때 풍자적 어조를 띤다. "희귀종 '뼈지렁이'"라는 표현도 시의 부언을 미루어 짐작할 수 있는 것처럼 북한 사회에 실재하는 듯 보인다. "북조선에는 전문 수령을 배신했거나 몰래 반대했던 '죄인'들을 잡아다가 깊숙이 가두어 넣고 특별하게 감시하는 지하감옥이라는 것이 있는데, 그런 죄인들은 민족의 태양인 수령님의 은혜로운 햇빛을 받으며 그 땅위에서 살아갈 자격을 이미 상실한 놈들이기 때문에 감옥에 가두어도 밝은 햇빛이 드는 지상감옥이 아닌 완전히 어둑 캄캄한 지하감옥에 가두어 둔다. 일 년 내내 빛 한오리 보지 못해서 얼굴이나 머리칼이 온통 새하얀데다가 먹지 못해 온몸에 뼈만 앙상하게 남다보니 간수들로부터 '흰지렁이' '뼈지렁이'라고 불"린다는 장황한 부언을 통해서 증언으로서의 시적 발화의 신빙성에 심혈을 기울이고 있음을 확인할 수 있다. 수용소에 격리되어 있는 죄인화된 신체는 북한 독재체제의 유지가 강제와 배제에 있다는 사실을 상기시킨다.

> 시체를 끌어내가기 전
> 죽은 죄인 누더기 옷 벗겨서
> 서로 먼저 빼앗아 입으려고
> 산 죄인들끼리 쟁탈전을 벌린다
>
> ㅡ「쟁탈전과 죄인의 장례」 부분

> 주체의학 해부용이 필요하면
> 구태여 죽은 시체 찾을 것 없이
> 팔딱팔딱 숨을 쉬는 죄인을 올려놓고
> 생동하게 해부를 시작한다//
> 독약이나 주입약을 검증할 땐
> 죽는대도 아무런 상관이 없는
> 범인에게 먹이거나 주사를 놓아
> 즉석에서 그 반응을 관찰한다//
> 특공부대 살인격술 강타훈련도
> 그 위치 정확성 기하기 위해
> 사형수 끌어다 요해처를 가격해
> 현장에서 직접 사살하며 가르친다//
> 훼멸성적 화학무기 실전실험도
> 그 위력 판도를 측정하고자
> 특별하게 격리시킨 수천 명 죄수들

그 구역을 상대로 발포한다

─「현대판 '731부대'」부분

　최소한의 존엄성조차 허락되지 않았던 이들은 고인이 되어서도 응당의 대우를 받지 못한다. 죽음에의 기록과 추모방식은 그 존재의 삶이 결정한다. "마지막 상례는 고사하고/ 죽어서도 관이나 비석도 없고/ 아무렇게 묻은 다음 평평하게 만들어/ 묘도 없이 흔적조차" 삭제된 억울한 죽음을 앞에 두고 "치열한 쟁탈전"이다. "얼어 죽지 않"기 위해 "죽은 죄인"의 "누더기 옷"이나마 "서로 먼저 빼앗아 입으려고/ 산 죄인들끼리 쟁탈전을" 불사해야 한다는 것, 죽음에 태연해진다는 것은 비극이다. 생존자들의 죄의식 내지는 공범의식이 여기서 촉발된다. "북조선의 감옥이나 상무에서 날마다 죽는 사람들이" 생기는데, "그 시체 뒤처리가 문제였다"는 부언에서 아우슈비츠의 증언과 하등 다를 바 없는 참극이 자행되고 있음을 예상하는 일은 어렵지 않다. 일상화된 죽음은 삶의 무의미를 추동하며 '불행히도' 생존기한이 남아 있는 이들에게 지금의 생존은 유예된 죽음의 다른 모습일 뿐이다. "오늘 또 한 죄인을 총살한다/ 죄명은 '자살미수, 불만 표출'/ 여기선 죽을 권리마저도 박탈"(「공개총살」)되었으며, 죽어서도 "성냥갑 안에 촘촘촘 가로 눕힌/ 몇십 개비 성냥개비처럼/ 시체 위에 또 시체를 덧쌓아"서 "화장로에 집어넣어 활활활 불태"(「성냥갑」)워지는, 북한에서는 죽음을 결정하는 일이나 사후에 대한 어떤 기약도 불가능하다.

　살아있는 "죄인"을 "해부"하거나 실험대상으로 사물화/동물화 하는 것과 같은 "최악의 생체실험"은 "인륜과 인성을 깡그리 말살한" "이북"의 실상이다. 인간으로서 도저히 해서는 안 되는 만행을 고발

하는 시편에서는 어쩔 수 없이 그 주제 및 내용의 진실성을 반문하게
된다. 시 「현대판 '731부대'」의 내용처럼 믿기 어려울 정도의 잔혹성
은 일본 제국주의 식민지 시기, 혹은 독일 나치 히틀러에 의해 자행
된 만행 정도로 각인되어 있다. 그런데 "전쟁에서 포로한 이방인이 아
닌/ 제 나라 동족을 상대로" "왜놈의 731부대"와 같은 만행이 자행되
었다는 서사에 경악스럽다. 이는 백이무 시인이 탈주와 북송을 반복
하는 과정에서 실제로 수용소 생활을 했다는 경험적 토대에서 그의
시가 증언의 형식으로 시적 발화하고 있다는 데서 독자적 고통이 가
중된다. 더불어 문체적 특성에 있어서도 주제가 무겁거나 잔혹한 작
품에서는 어휘의 선택 등이 보다 직설적이고 과감한 데가 있다.

> 죄수복 입지 않았어도
> 여기선 하나같이 모두가 '죄인'
> 그것도 희한한 '꼬마죄인' // …중 략…
> 나라 앞에 효자동, 충성동 못될망정
> 이리저리 류리걸식 빌어먹으며
> 사회주의 우월체제 어지럽힌 죄 //
> 그렇게 구걸하며 나라 팔다 못해
> 배고프다 핑계 삼아 또 소매치기
> 인민의 재산까지 훔친 도적질 죄…
>
> ―「나라의 '축복' ―'2.13(어린이)상무' 아이들」 부분

> 누더기옷 쫄딱 벗겨 알몸뚱이
> 나무에다 꽁꽁꽁 동여맨 여죄수

유표하게 솟아오른 남산만한 배-//

"반동년이 몰래 규정을 어기고

반동류와 들어붙어 임신을 나 해?

오늘은 네놈들의 씨를 말린다…"//

꿈에 다시 떠오를가 소름이 오싹

차마 눈 뜨고는 도저히 볼수 없는

몸서리치는 공포스런 도살현장//

시퍼런 큰 칼로 배를 쩍- 갈라

'반동의 씨'를 꺼내 주룽주룽

큰 나무 가지에다 걸어놓는다//

아직도 팔딱팔딱 숨을 쉬는

죄 없는 그 가련한 배속의 태아

날아가는 까마귀밥이 되라고…

-「임신부 처형」부분

북한 사회에서 기아에 쫓겨 부모까지 잃은 아이들이 꽃제비가 되는 것은 흔하다. 무능하고 잔혹한 국가가 어린 국민들이 배를 곯게 내팽개쳐 놓고는 그 죄를 되레 아이들에게 물어 "꼬마죄인"으로 만드는 웃지 못할 촌극이다. "류리걸식"하며 "빌어먹"거나 "소매치기"에 "도적질"까지 일삼으니, "사회주의 우월체제"를 "어지럽힌 죄"가 명백하다니. "죄수복 만들어 해입힐/ 그런 천도" 아까워서 "빨리 모두 뒈지"라고 윽박지르는 것이 그나마 나라의 유일한 축복이라니. "강제로동"과 폭력에 노출된 아이들의 입장에서는 "차라리 그편이 더 편할지"도 모른다고 여길 만하다. 아동과 여성을 범죄대상으로 전락시키거나 권력의 외부로 배제하고 폭력과 억압의 대상으로 치부하는 등 살해당해도 무방한 육체로 폄하하는 수사는 역사적으로도 낯설지 않다. 그 중에서도 여성에게 행해진 폭력의 양태는 차마 입에 담을 수 없을 정도로 잔혹하다. 가령 "아버지 '불만죄'에 연루되어/ 공부하다 끌려온 무고한" "소녀"가 "수용소에 들어온지 열흘도 못돼/ 그 미색에 침 흘리던 보위원놈/ 간음하려 덤벼들다 반항을 하자/ 뱀 같이 독이 올라" "하반신 그 곳에/ 말뚝처럼 삽자루"(「송장골의 발가벗긴 여자시체」)를 박아죽였다는 상상조차 하기 힘든 경우나, "집식구들 생계를 위해/ 남몰래 라체사진 찍어서/ 중국에다 내다 판 날라리 죄"를 지었다는 "스무세살 빈궁한 처녀"를 "퇴폐적인 자본주의 황색풍조"를 "단호히 철저하게 배격한다"는 명분으로 "개를 달아매듯/ 꽁꽁 묶어 큰 나무에 매단다음/ 그 밑에 두둑이 장작을 쌓고/ 끔찍한 화형을 집행"(「화형식」)하는 등의 참극이 그러하다.

직·간접적인 경험을 재현하는 다양한 방식 중에서 백이무 시인의 시적 발화가 차용하는 리얼리즘적 재현을 극대화하기 위한 직설화법은 독자로서 불편한 구석이 없지 않다. 그러나 수용소의 실상에 대한 고발은 어떤 미사여구로도 포장될 수 없다는 점에서 강력한 호소력을 발휘하는 장치임이 유력하다. 임산부를 처형하는 방식의 잔혹성뿐 아니라 이 모든 반인륜적 행태가 "수령님 내려 보낸 특별교시"에서 비롯되었다는 점에서 북한 사회의 경직성을 목도할 수 있다. 단순히 "반동의 씨가 확산되지 못하게" 하기 위해 조성된 "공포스런 도살현장"에는 "누더기옷 쫄딱 벗겨 알몸뚱이"가 된 임산부를 "나무에다 꽁꽁꽁 동여"매서 "유표하게 솟아오른 남산만한 배"를 "시퍼런 큰 칼로" "쩍- 갈라 '반동의 씨'를 꺼내 주룽주룽/ 큰 나무 가지에다 걸어놓"으니 "죄 없는 그 가련한 배속의 태아"가 "아직도 팔딱팔딱 숨을" 쉰다는, 어떤 괴기스런 영화의 한 장면으로도 상상할 수 없는 상황이 벌어진다. 처형이라는 기의 자체가 이미 부당한 수직적 서열에서 배태된 폭력 양상이지만, 이 작품과 같이 일말의 동조나 불가피성에 대한 이해가 원천적으로 차단된 행태로 자행될 때 국가나 지도자 내지는 공권력에 대한 최소한의 필요조차 인정받을 수 없을 것이다.

> 인류사상 최대의 비극인 정치범수용소
> 봄이 없는 정치범수용소엔 희망도 없다
> 그러나 그 최악이 이제 극에 달했으니
> 오히려 희망을 잉태할수도 있지 않는가
> 여명이 밝아오기전 새벽어둠이 가장 짙듯
> 정치범수용소가 이 나라 축도인
> 희망이 없는 죽음의 나라, 절망의 나라
> 이 나라에도 정녕 봄이 오려는가…?!!!
>
> ─「이 나라에도 이제 봄이 오려는가」부분

이와 같은 고발과 폭로를 통해서 백이무 시인이 종국에 염원하는 바는 혁명이다. 시인은 "이 나라의 죄악인 수용소를 없애려면/ 기세 드높이 혁명이 일어나"야 하며 "자유통일 민주통일/ 조국통일이 이루어져야"(「통일의 문이 열릴 그날까지…」) 마침내 "조선의 봄"(「조선의 봄아 어서 오라 빈다!」)이 온다고 믿는다. "인류사상 최대의 비극인 정치범 수용소"에는 "봄이 없"고 "희망도 없"지만, "그 최악이 이제 극에 달했으니" 되레 "희망을 잉태할수도 있지 않"을까, "혹한이 뼛속까지 스"

몄으니 "따뜻한 봄"을 "감촉"(「조선의 새 봄」)할 수 있다는, 조심스러운 기대를 해본다. 오늘날 다양한 형태의 월경서사는 국민국가와 이를 물리적으로 획정하고 있는 국경에 대한 성찰을 요구한다. "국민국가는 자기의 영토와 국민에 대해 배타적 권리와 책임을 보유하며 모든 국민에게 합법적이고 정당하다고 간주되는 강제력을 행사"[33]할 수 있다. 이때 정당한 강제력이란 결단코 국민 안전과 국가 안보에 부합해야 한다. 사상과 독재의 강제는 북한체제가 국제사회로부터 지탄받는 가장 중대한 요인이기도 하다.

이처럼 백이무의 시적 발화는 꽃제비로 상징되는 기아실태나 수용소가 대변하는 폭력성을 폭로함으로써 북한사회의 내부적 문제를 국제사회에 고발·증언하고 이를 공론화하는 데 기여한다. 그럼에도 백이무는 탈북의 불가피성을 추동하는 북한체제의 엄혹함과 잔혹성에 대해서는 적극적이나, 이식에 대한 두려움이나 환대받지 못하는 이방인으로 부유해야 한다는 정체성 상실에 대한 감수성은 부재한다. 이는 한국 등 자유주의를 표방하는 국가에 대한 지나친 이상화로 표출되는 등의 한계를 보인다. "'강제 이주자들,' 망명자들, 강제수용소에 수용된 자들, 추방된 자들, 고향 상실자들, 유목민들은 공통적으로 두 가지 한(soupirs)을, 두 가지(죽음과 언어-인용자) 향수를 지니고 있다."[34] 죽은 이들에 대한 추모는 자신들이 떠나온 장소성이나 자신이 상실한 정체성에 대한 흔적이며, 조국을 버리는 순간 타자의 언어가 되어버린 자신의 모국어는 추상적인 고향을 대신할 가장 구체적인 정체성의 요건이 된다. 재정착한 지역의 언어를 학습한다 하더라도 모국어로서의 언어/방언은 끊임없이 문지방을 넘어온 이방인이라는 자신의 입지를 자각시키는 요건이다. 그렇기에 글을 쓴다는 것은 이러한 정체성을 각인시키는 행위로 볼 수 있다.


## 4. 증언형식의 불가피성


전술했듯이 '우리'와 '그들'로 구획되는 경계에서 이미 타자들은 환대 불가능한 좌표에 배치된다. 그렇기에 우리와 다른 경험을 통해 구성된 서정을 기대한다. 이러한 기대에서 이미 그들을 변방화·타자화·이질화 하는 배타적 논리를 발견하게 된다. 그들의 서정에 기대하는 바 역시 이러한 타자성이 강화된 차별적 상황 내지 폭력적 상황에 대한 고발에 있기 때문이다. 그러나 르포적 증언에 가까우나 서정적 발화의 양식을 갖추어야 한다는 우리의 요구를 충족시키기는 쉽지 않다. 더불어 픽션적 서정물로 그들의 시를 독해할 수 없다는 편견 혹은 강박은, 서정시의 규정마저 위태롭게 한다. 탈북시인들의 시를 읽으면서 우리 안의 이러한 이중성과 직면하게 된다. 서정에서 증언을 기대한다는 사실에서 우리와 그들을 배제하는 논리가 기작동하고 있음을 알 수 있다. 다른 한편으로는 아마추어적인 서정적 표현 등이 야기하는 불편감으로 인해 차라리 르포적 발화에 가까운 시를 기대하게 되기도 한다. 서정[35]은 아마추어리즘의 자장에 위치한, 즉 제도권 문학의 외부에 위치한 시인들의 작품에만 유독 엄격하게 적용되는 경향을 보인다.

이러한 맥락에서 북한에서의 비참한 생존기를 증언적 목소리로 재현하는 백이무 시인의 시는 장르적 정체성에 의문을 제기한다. 서정적 서정만이 시가 아니듯이 7~80년대 민중문학을 거쳐 온 우리에게 르포르타주 형식을 띤 서정은 낯설지 않다. 다만 탈북작가들의 시에서 서정적 시적 발화라는 시 양식의 오래된 정체성을 어떻게 이해해야 하는지 반문하게 된다. 미시서사로서의 증언은 장르가 아니라 이미 담론이다. 때문에 거대서사에 대항하는 정치적 목소리로 이해할 수 있다. 증언의 진실성, 사실성 등에 대한 검토가 어려운 것은 사실이지만, 역사/민족/국가 등 거대 주체의 집단적 기억을 해체하는 데 일익을 담당하고 있는 것만큼은 자명하다. "자기서사는 존재론에 대한 성찰이"[36]자, "사료적 성격과 문학적 성격을 함께 가지며, 그렇기 때문에 텍스트 안에서 사실성과 진실성, 예술성과 문학성은 서로 조우하면서도 긴장하며 경합한다."[37]

그렇기에 백이무 시의 증언의 형식은 자전기Autobiography 방식을 취할 수밖에 없다. "문학적 저널리즘은 시간의 흐름이 있는 서사적 형식을 취하며, 자신이 직접 보고 듣고 경험한 것을 증언하는 논픽션의 성격을 갖고 있다. 탈북자의 수기 역시 서사라는 문학적 성격과 사실에 대한 증언이라는 저널리즘적 성격을 갖고 있기 때문에 문학적 저널리즘에 속한다."[38] 탈북자 수기뿐 아니라 시, 소설 등의 문학 역시 북한에서의 삶의 실상과 탈북난민으로서의 경험을 토대로 할 경우 증언적 형식을 띤다. 다만 이때, 북한 내지 탈북 경험에 대한 진술은 정치적 화법을 취하기에 그 신뢰성에 대한 비판적 안목이 요구된다. 탈북난민들의 증언적 문학 행위는, 불가능한 증언을 위한 증언의 방식이다. 아감벤이 적절하게 지적한 것처럼 "아우슈비츠의 아포리아"[39]에 그쳐, 불가피하게 "증언에는 공백lacuna이 포함되어" "증언의 의미 자체에 대해, 아울러 증인의 신원과 신뢰성에 의문을 제기"[40]하게 될지라도 폭력과 부조리를 폭로하는 증언을 위한 모든 행위는 일종의 사명감을 전제한다.

이상으로 증언형식을 통한 시적 발화를 지향하는 백이무 시의 특성으로는 ①강력한 서사성과 부언을 활용한 증언의 리얼리티, ②직설적 화법, ③반복적 음보 구성, ④말줄임표를 통한 서정적 여운, ⑤①에서 비롯된 극적 전개방식 등이 있다. 특히 말줄임표의 활용을 통한 여운의 극대화는 경험에 토대를 둔 사건의 진술방식에서 기인한 것으로 강력한 서사성을 상쇄하기 위한 장치로도 독해된다.

장르적 관점에서 자전적 자기발화와 서정은 일정한 간극을 보인다. 그럼에도 리얼리티를 전제로 한 발화방식은 북한이라는 고립된 공간에서 겪은 참혹한 실상을 고발한다는 시의 목적성이 명확한 만큼 증언의 신빙성을 강화하기 위한 영리한 선택이라 할 수 있다. 다만 김혜숙의 지적처럼 "실지 체험이 그대로 묻어나는 담대한 필체"에서 "가슴으로 집필하고 피로 썼다는 것을 누구라도 알 수 있"지만, "너무 직선적이고 때론 섬뜩한 비속어도 가리지 않"[41]는다는 점에서 서정적 미감이 떨어지는 것은 사실이다. 그럼에도 되레 이 지점에서 백이무 시의 역할과 가치를 확인할 수 있다. 기실 서정이란 작자의 경험적 층위에서 발현되는 산물이다. 그럼에도 김혜숙의 이어진 논의, 즉 "사실 우리 탈북작가들은 이미 한국인들과 한국작가들의 눈치를 보고 멋을 부리고 그들의 언론에 귀기울이느라 역사가 우리에게 부여한 탈북작가와 지성인의 소명을 잊"었다는 반성적 고찰처럼 탈북작가에게 기대하는 독자적 맥락이 엄연히 존재한다. 예컨대 "북한의 인권상황을 백일하에 고발하고 리얼리즘과 역사관에 충실한 작품을 성공시킨 백이무 시인"[42]처럼 한국과는 사상·정치·경제·문화 등 다른 경험체계의 특이성을 보여줄 수 있어야 한다. 그런데 몇몇 젊은 탈북작가의 작품에서 우리에게 친숙한 서정시를 쓰려고 안간힘을 쓴 흔적이 역력한 경우를 보게 된다. 이러한 독서경험을 통해 그들 작가들에게서 받은 인상은 아마추어적이고 취미적 서정에 그친다는 점이다. 이들 시는 탈북 경험이 있는 작가에 의해 쓰인 시라는 것 외에는 어떤 예술적 미감이나 감정적 공감도 끌어내지 못하는 초보적인 시에 불과했다. 적어도 탈북작가라는 수식어를 전면에 내세우고 작품활동을 한다면 거기에 값하는 주제적 구성이 전제되어야 하며, 그렇지 않다면 응당 시적 완성도를 높여 시인으로서의 자질을 갖추어야 할 것이다. 단언컨대 백이무 시인은 이 두 가지 요구사항에 두루 답하는 흔치 않은 시인이라 판단된다.


## 5. 공존을 희망하며 - 탈북시의 남은 과제

갈무리하자면, 문지방을 사이에 둔 우리와 이방인들의 절대적 공존은 불가능하다. 백이무 시인의 시는 환대 불가능한 탈북난민의 정체성을 뚫고 나온 성과라 볼 수 있다. 그의 시의 주제 양상은 크게 꽃제비들의 핍진한 생활을 통해서 북한의 기아실태를 폭로하는 작품군과, 수용소의 반인권적인 폭력상황을 고발하는 작품군으로 분류할 수 있다. 탈북난민으로서의 백이무의 시적 발화는 일종의 대항서사로 정위할 수 있을 것이다. 이질적인 타자라는 그의 존재만으로도 대한민국이라는 국가질서에 균열을 야기하고, 국민담론을 구성하는 거대서사를 횡단함으로써 소수자 스스로 주체-되기를 시도하는 대항적 산물로 독해할 수 있다. 특히 그에게 자전기로서의 시적 발화는 그간 강요받던 침묵으로부터의 해방이며, 거세당한 언어의 회복을 의미한다.

더불어 북한에서의 삶에 대한 증언에는 일정한 정치적 목적이 배태되어 있기에 비판적 이해가 요구된다. 살아남은 지, 이탈에 성공한 자로서의 죄책감과 자기변명의 요인도 무의식 중에 작용할 수밖에 없다. 북한 사회에 대한 경직된 이해 혹은 오해는 되레 단절과 갈등을 강화할 뿐이다. 탈북난민에 대한 이해는 북한 사회에 대한 편견을 극복하고 문제상황에 대한 예각화된 고찰을 전제로 해야 할 것이다.

끝으로 백이무 시의 남은 과제는 첫째, 경험에 토대를 둔 주제의 유형화를 어떻게 극복할 것인가이다. 즉 예술적 세련미와 객관화 문제[43]가 관건이다. 둘째, 시적 구성원리나 미학에 대한 반성적 고찰이 요구된다. 그의 시는 다른 탈북시인에 비해서도 직설적인 화법과 어휘를 그대로 보여주고 있다. 이는 북한 실상에 대한 강렬한 토로는 될 수 있을지 모르나 지속가능한 시적 미감으로서의 가치를 담보하지는 않는다. 셋째, 시 창작의 지속성 및 발표지면의 확장이 요구된다. 이는 한국문단의 폐쇄성이 안고 있는 문제에 대한 내부적 성찰이 전제되어야 가능할 것이다. 넷째, 도식화된 남한 예찬이나 북한 체제에 대한 고발을 넘어서 무국적자로서의 또 다른 경험세계에 대한 확장이 필요하다. 특히 여성-이방인으로 겪어야 했던/하는 고충이 컸을 것으로 예단할 수 있는데 이에 대한 시적 형상 역시 필요한 작업일 것이다.

1   이졸데 카림, 『나와 타자들』, 이승희 옮김, 민음사, 2019, 144쪽.

2   이종원, 「난민과 탈북자의 윤리적 문제」, 『기독교사회윤리』34, 한국기독교사
    회윤리학회, 2016, 107쪽.

3   엄태완은 "대다수의 난민들이 경험하는 심리정신적 위기인 외상적 경험과
    탈북난민들이 남한 이주과정에서 겪게 되는 심리적 충격"의 유사성 등을 강
    조하기 위해서 '탈북난민'이라는 명명을 사용한다. 그는 "북한을 탈출하여
    남한에 이주한 모든 사람들을" 탈북난민으로 지칭한다고 했으나, 본고에서
    는 이를 비판적으로 수용하여 남한에 정착하지 않고/못하고 세계 곳곳을 부
    유하는 북한이탈주민 전체를 포괄·지칭하는 용어로 차용하고자 한다. 엄태
    완, 『탈북난민의 위기적 경험과 외상』, 경남대학교출판부, 2010, 23~24쪽.

4   박덕규 등이 엮은 『탈북 디아스포라』(푸른사상, 2012)의 경우, 2000년대 이후 개
    진된 탈북문학 연구에서 선도적인 역할을 담당했다고 볼 수 있겠다. 더불어
    방민호 등의 『탈북 문학의 도전과 실험』(역락, 2019)은 장르를 망라한 탈북문학
    전반에 대한 최근의 심도 있는 고찰이라는 점에서 괄목할 만하다. 수록된 글
    들은 기 발표된 연구물이지만 이들을 집대성했다는 점에서 유의미하다. 아울
    러 탈북문학이 종래의 한국문학의 범주 및 정체성에 물음을 제기한다는 방
    민호(「탈북 문학, 반체제문학과 '한국문학'의 새 지형」)의 문제제기는, 한국문학 장에
    서 탈북문학이 정위해야 하는 좌표에 대해 고민케 한다는 점에서 중대한 의
    의를 갖는다. 나아가 최근의 탈북소설 연구의 경우, 연남경은 「탈북 여성 작
    가의 글쓰기 연구」(『한국현대문학연구』51, 한국현대문학회, 2017)에서 최진이, 김혜
    숙, 김유경의 소설과 수기를 통해서 탈북 여성들의 서발턴적 목소리에 대
    해 탐구했으며, 서세림은 「탈북 작가의 글쓰기와 자본의 문제」(『현대소설연구』
    68, 한국현대소설학회, 2017)에서 김유경, 이지명, 장해성, 도명학 등 탈북작가들
    의 2000년대 이후의 소설을 통해서 글쓰기 욕망과 자본의 문제 등에 대해 고
    찰하였다. 반면 배개화의 연구 「탈북의 서사화와 문학적 저널리즘」(『구보학보』
    17, 구보학회, 2017)은 장진성과 지현아의 탈북수기를 중심으로 고찰하고 있다는
    점에서 인상적이다. 그간 탈북문학을 소설과 시 장르로 분류하여 논의했던
    것의 한계를 지적하면서 탈북자 수기의 문학적 성격을 조명하고 있다. 탈북

소설 연구의 초기 성과들이 개별 작품론 및 작가론을 중심으로 천착되었다면, 근자의 연구는 보다 정치한 문제의식을 토대로 다양한 담론적 층위에서 전개되고 있음을 확인할 수 있다.

5  이상숙, 「탈북시에 나타난 시쓰기의 역할과 의미」, 『아시아문화연구』46, 가천대 아시아문화연구소, 2018, 191쪽.

6  이상숙, 「탈북여성시 연구의 의미와 한계」, 『현대북한연구』21⑵, 북한대학원대학교 심연북한연구소, 2018, 128~158쪽 참조.

7  이에 대해 이상숙은 "탈북 문학의 창작자를 한정하는 것도 필요하다"고 피력하면서, 더불어 "'탈북'이라는 소재와 주제를 다루어야만 탈북 문학이라 명명할 수 있는지도 문제적이"라고 지적한 바 있다. 이는 그의 전제처럼 '탈(脫)'의 문제를 "물리적으로 지역을 떠나는 '이탈'"로 볼 것인지 "이념적 선택을 수반하는 '망명'"으로 볼 것인지 등의 문제를 해명해야만 가능하다. 이상숙, 「탈북시에 나타난 시쓰기의 역할과 의미」, 앞의 논문, 192쪽.

8  도명학은 북송의 위험에도 백이무 시인이 한국에 올 수 없는 저간의 사정이 있음을 밝히고 있다. 먼저 "자신의 생명을 보호해준" 사람과의 어떤 약속, 그리고 "북한에 남아있는 친동생과 친척동생들에게 돈을 보내 돕기 위해 일을 하고 있다는 것" 등이다. 도명학의 짐작처럼 두 번째 사정이야 한국에서도 충분히 할 수 있다는 점에서 첫 번째 이유가 절대적이라 여겨진다. 도명학, 「이 가련한 '꽃제비 시인'과 함께 울어 주세요!」, 『꽃제비의 소원』, 글마당, 2013, 5쪽.

9  이졸데 카림, 앞의 책, 116쪽.

10  자크 데리다, 『환대에 대하여』, 남수인 옮김, 동문선, 2004, 57쪽.

11  김경연, 「마이너리티는 말할 수 있는가 -난민의 자기역사 쓰기와 내셔널 히스토리의 파열」, 『인문연구』64, 영남대 인문과학연구소, 2012, 310쪽.

12  우리는 언어를 통한 위계를 일제 식민지 시기 '국어로서의 일본어'와 '조선어'의 엄격한 구별에서 지배언어에 강력하게 작동하는 권력구조의 폭력성을 이미 경험한 바 있다. 언어는 주체의 정체성을 규정하는 요건이자, 그 위상을 확인할 수 있는 증좌이다. 예컨대 이진경의 고찰처럼, '코리언 드림'이라는 용어에서 "이민자와 이주자의 행선지로서 한국과 미국의 등가성에 대한" 욕망을 독해할 수 있으며, "다른 인종과 국적의 이주자들을 예속시키려는 욕망을 미묘하게 반영하면서 한국의 승리주의를 드러"낸다고 볼 수 있다. 이런 맥락에서 한국에 정착한 이주민들에게 한국어를 강제하는 것 역시 한국어에

투영된 "하위제국적" 욕망이자, 배제와 포섭의 논리 즉 동질화를 지향하는 것처럼 보이지만 결국 이질성을 보다 부각시키기 위한 장치인 것이다. 이주민이 새롭게 정착한 곳의 언어를 습득한다는 것은, 복합적인 이해관계와 정치적인 좌표에 자신을 정위시키는 일이다. 즉 이주민에게 이주지의 언어는 생존을 위한 도구이자 적응과 동화-되기 위한 요건이며, 동시에 긴박한 상황에 저항할 수 있는 최소한의 능력의 보유이다. 이진경, 『서비스 이코노미』, 나병철 옮김, 소명출판, 2015, 369~371쪽 참조.

13 반공교육은 90년대까지도 우리 교육현장에서 어렵지 않게 확인할 수 있었다. 가령 반공포스터 그리기대회 등에서 우리가 형상했던 북한주민들의 모습은 마치 도깨비 같았다. 제도권 교육의 일환으로 진행된 반공교육으로 인해 남북의 이질감은 증폭될 수밖에 없었으며 타자의 괴물화는 그들을 향한 혐오를 체화하도록 종용하는 기제였다고 볼 수 있다.

14 이졸데 카림, 앞의 책, 13쪽.

15 위의 책, 21~22쪽.

16 위의 책, 59쪽.

17 주디스 버틀러·아테나 아타나시오우, 『박탈』, 김응산 옮김, 자음과모음, 2016, 259쪽.

18 위의 책, 256쪽.

19 자크 데리다, 앞의 책, 64쪽.

20 유발 하라리, 『21세기를 위한 21가지 제언』, 전병근 옮김, 김영사, 2018, 195쪽.

21 시리즈 시집 형태로 2013년 두 권의 시집이 발간되고, 그 해 가을에 세 번째 시집인 『그곳이 차마 꿈엔들 잊힐리야』(가제)를 연속으로 간행할 예정이라고 했으나, 어떤 사연에선지 아직 빛을 보지 못하고 있다. 시인의 시집이 기다려지는 까닭은 그것이 곧 그녀의 안전과 안녕에 대한 증좌이기 때문이다. 2014년 3월 4일 이후 기록이 없는 그의 블로그에 남겨진 마지막 글에서 심상찮은 일련의 사건이 있었던 것으로 보인다. "국제펜클럽 망명북한펜센터의 세 선배작가"에 의해 "무시, 피해, 강타를 받아 당장에서 쇼크상태에 다달았을 때, 그때의 나의 심정은 그야말로 그 무슨 실망정도가 아닌 완연 절망이상의 몸부림이였으며 처절한 비명이였다."(방랑시인 백이무, 「다시 일어서기…」, 2014.03.04., http://blog.naver.com, 2019.03.29) 구체적인 사건개요를 알 길이 없으나 이와 같은 사건으로 인해 세 번째 시집이 간행되지 못했음을 짐작할 수 있다.

22 도명학, 앞의 글. 도명학은 추천사에서 백이무를 20대 여성으로 소개하고 있으나, 시집이 출간된 시기와의 간극 등을 고려하면 30대로 추측 가능하다. 조금 더 구체적으로 환산하자면, 황의준의 글에서 2013년 당시 백이무의 나이가 2/세라고 했으니 올해(2019년) 33세 정도로 보인다. 황의준, 「'꽃제비에 나라' 참혹한 삶을 그린 탈북 천재시인의 절규!」, 『꽃제비의 소원』, 앞의 책, 226쪽.

23 백이무, 「서문」, 위의 책, 3쪽.

24 조르조 아감벤, 『아우슈비츠의 남은 자들』, 정문영 옮김, 새물결, 2012, 159쪽.

25 앞의 시집, 210~217쪽. 이후 본문에서 본 시집의 작품을 인용할 시에는 『꽃제비』라고만 명시하기로 한다. 또한 맞춤법 등은 시집의 표기를 그대로 따르도록 한다.

26 백이무, 『이 나라에도 이제 봄이 오려는가』, 글마당, 2013, 222~223쪽. 이후 본문에서 본 시집의 작품을 인용할 시에는 『봄』이라고만 명시하기로 한다.

27 이상숙은 이를 참혹한 현실에서도 지켜내려 한 "'인간'에 대한 갈망과 그때도 존엄한 인간이었다는 '인간 선언'"으로 해석하고 있다. 이상숙, 「탈북시에 나타난 시쓰기의 역할과 의미」, 앞의 논문, 207쪽.

28 백이무 시의 서사성은 웹툰(「시집 꽃제비의 소원」1·2로, 각각 3분 남짓으로 제작되었다)으로 제작되는 등 확장성을 보여준다. 그의 작품은 서사성이 짙은 탓에 시의 내용을 스토리로 그에 맞는 그림을 삽입한 형태다.

29 주디스 버틀러·아테나 아타나시오우, 앞의 책, 289쪽.

30 위의 책, 179쪽.

31 사회주의권의 몰락에도 북한체제가 존속될 수 있었던 데에는 여러 요인이 있을 테다. 배제와 격리는 독재 통치의 최우선 과제이다. 수용소는 체제를 유지하기 위해 동조자와 반동자를 구획하는 가시적 상징물이다. 북한 인권의 참혹한 실태는 수용소에서 살아남은 생존자들의 증언을 통해서 자유주의 국가에 알려지고 있다. 그러나 간과할 수 없는 것은 북한체제는 다년간 유지되고 있다는 사실이다. 이에 국제사회는 일방적인 통제나 위력만으로 북한체제를 붕괴시킬 수 없을 것이다. 북한 사회에 대한 왜곡이 아니라 그 실체를 이해하려는 자세가 필요하다. 그때 세계시민을 향한 생존자들의 호소 역시 유의미할 것이다. 북한 사회에 대한 이해는 글린 포드의 저작을 참조할 수 있다. 글린 포드, 『토킹 투 노스 코리아』, 고현석 옮김, 생각의날개, 2018.

32  주디스 버틀러·아테나 아타나시오우, 앞의 책, 40쪽.

33  유시민, 『국가란 무엇인가』, 돌베개, 2017, 12쪽.

34  자크 데리다, 앞의 책, 110쪽

35  "북한의 문학사나 문학 관련 글에서는 '서정'이라는 말이 매우 빈번하게 사용된다. 남한에서 흔히 '시'라고만 일컬어지는 텍스트들은 매번 '서정시'로, 화자 혹은 시적 화자로 불리는 대상은 '서정적 주인공'으로 지칭된다. '서정서사시'라는 다소 낯선 장르명을 달고 많은 텍스트들이 창작되기도 한다." 서정서사시는 문학의 도구화가 불가피한 사회주의 체제의 반영인 동시에 서정에 대한 이해의 폭을 확장한다. 신지연, 「'서정'의 딜레마」, 이상숙 외, 『북한시학의 형성과 사회주의 문학』, 소명출판, 2013, 120쪽.

36  김성연 등의 연구에서 "'자기 서사'를 하나의 문학 장르가 아닌 '담론'이자 '사회 현상'으로 보고 역사적 맥락 속에서 그 존재 의미를 조명"하고 있다. "개인의 서사들은 국가나 민족 단위의 거대 주체가 생산하는 단성적 서사를 보완하거나 그것에 균열을 내며 다성적 미시 서사의 결을 직조한다." 김성연·임유경 엮음, 『동아시아 역사와 자기 서사의 정치학』, 앨피, 2018, 12쪽.

37  위의 책, 17쪽.

38  배개화, 앞의 논문, 233쪽.

39  "수용소에서 일어난 일은 생존자들에게는 유일한 진실이"지만, "다른 한편으로 그러한 진실은 그만큼 상상할 수 없는 것, 즉 진실을 구성하는 현실적 요소들로 환원될 수 없는 것이다." 아감벤은 이를 아우슈비츠의 아포리아라 명명한다. 즉 "아우슈비츠의 아포리아는 사실상 역사 인식 자체의 아포리아, 즉 사실과 진실 사이의 불일치, 입증과 이해 사이의 불일치"를 의미한다. 조르조 아감벤, 앞의 책, 15쪽.

40  위의 책, 48~49쪽.

41  김혜숙, 「작가이기 전에 혁명가, 인민이었어요!」, 2014.01.20., http://blog.naver.com/PostList.nhn?blogId=qhdgml99&from=postList&categoryNo=72(2019.03.29)

42  같은 곳.

43  이상숙, 「탈북여성시 연구의 의미와 한계」, 앞의 논문, 135쪽.

# 모니카 마론과의 인터뷰

# 모니카 마론과의 인터뷰

정인모

모니카 마론(Monika Maron)의 이력은 특이하다. 그녀의 운명은 가족
사에 기인하는 바가 크다. 첫째는 그녀의 어머니 헬라가 초대 동독 내
무부장관이었던 칼 마론과 재혼하여 그녀는 어릴 때부터 가정에서 사
회주의 교육을 철저히 받으면서 자랐다는 것이다. 이러한 체험은 「나
는 반파시즘의 아이로 성장했다」에 잘 드러나 있다. 그리고 그녀의 외
할아버지가 유대인이었기 때문에 나치 때 유대인 수용소에 수용되었

다가 생을 마감하는 운명
을 갖게 된다. 이 내용은
자전적 가족사라 볼 수 있
는 『파펠의 편지』에서 잘
그려내고 있다.

마론에게는 이러한 유
년시절의 강압의 역사가
트라우마로 자리잡고 있

어머니 헬라와 함께

다. 이러한 상처는 고스란히 그녀의 작품에 반영되고 있는데, 특히『슈틸레 차일레 6번지』는 이러한 과거와의 단절을 시도하고 있다고 볼 수 있다.

처녀작『분진』과『경계 넘는 여인』이 동독에서 출판되지 못하고 서독 피셔출판사에서 출판되었고, 통일되기 3년 전 마론은 서독으로 이주해 버린다. 1991년『슈틸레 차일레 6번지』로 동독사회와의 절연을 선언하고 스탈린주의에 대한 혹독한 비판을 하게 된다. 이후 그는 정치소설에서 벗어나 사랑의 이야기를 다룬『슬픈 짐승』을 발표하고, 이어 가족사를 다룬『파벨의 편지』를 내게 된다. 2000년 이후에는 소위 노년의 3부작-『빙퇴석』,『아 행복』,『막간극』-에서 노년의 감정을 표현하는 자전적 소설을 출판하면서 소위 '노년문학' 혹은 '숙성문학'의 정수를 보여준다.

최근에 마론은『무닌 혹은 머릿속의 혼란』,『아르투어 란츠』를 펴내면서 현실의 문제를 새롭게 파고드는 작가적 예지를 보여주고 있다.

마론의 인터뷰를 이 책에 싣는 이유는 모니마 마론의 삶 자체가 이주의 삶이었다고 볼 수 있기 때문이다. 얼굴도 모르는 독일군이었던 친아버지, 새아버지 칼 마론, 유대인인 외조부 때문에 마론은 그들의 역사적 고통의 흔적을 안아야했다. 또한 마론은 사상이나 생각에 따라 항상 양 진영으로 나누려는 데 이의를 제기 하고 있다.

마론과 필자의 만남은 작품을 통해서는 그의 화제작『슈틸레 차일레 6번지』를 접하면서이다. 이후 이 작품을『침묵의 거리』라는 제목으로 우리말 번역하였고(부산대학교 출판부, 1995), 그에 대한 관심은 계속되었다. 이후 마론에 관한 논문을 지금까지 약 10편 정도를 썼고, 최근 소설 『막간극』을 『올가의 장례식 날 생긴 일』이라는 이름으로 두 번째 번역본을 내었다.(산지니, 2016) 그 동안 마론과의 실제 만남은 2010년 가을에 그녀의 새로운 수필집 『두 형제』에 대한 낭독회가 있을 때였다. 당시 필자는 장기파견으로 베를린 훔볼트 대학에서 연구 중이었다. 그녀의 낭독회가 열린 베를린 노이쾰른 도서관은 그녀가 어린 시절을 보냈던 구역이기도 했는데 그때 내 기억으로는 약 30~40명의 청중이 모여 오붓하게 진행되던 행사였다. 그 이후로 그녀와 메일로 문안하며 서로에 대한 접촉의 끈이 이어지던 때, 2015년 처음으로 그녀의 집에 초청되어 방문했다. 그 이후로 올가 번역 완성 후 그녀의 집을 2018년에 두 번째로 방문하였다.

인터뷰 장면

(마론 집을 방문하기로 한 날 이전에 방문한 적이 한 번 있었지만 여유 있게 출발했다. 하지만 갈아타야하는 전철역사 공사로 연결이 안 되어 택시를 타고 급하게 갔지만 약속 시간 보다 조금 늦었다.)

정 ) 안녕하십니까? 그동안 잘 지내셨습니까? 별 일 없으시죠? 3년 만에 뵙게 되어 너무 반갑습니다.

마론 ) 어서 오십시오. 반갑습니다. 개가 있어도 물지는 않습니다. 걱정 마시고 앉으세요.(2층인 그녀의 집 현관을 통과해서 거실 소파에 앉았다. 모모라는 개는 3년 전에 봤지만 오랜만의 손님인지 내 옆에 와서 관심을 보인다.)

정 ) 한국에서 가져온 선물입니다. 부채와 부산대학교가 담긴 그림엽서입니다.

마론 ) 아, 고맙습니다.
부산은 한국에서 두 번째 큰 도시이자 함부르크처럼 한국에서 가장 큰 항구도시지요? 인구는 얼마나 되는지요?

정 ) 350만 명입니다. 당신이 살고 있는 베를린 인구와 비슷하지요. 자, 인터뷰를 시작해 볼까요? 긴장마시고, 사실은 제가 긴장되지만… (하하하……) 저는 부산대학교 독어교육과에 재직하고 있습니다. 1995년 친구의 소개로 당신이 쓴 화제작 『침묵의 거리』를 한국어로 번역했습니다.

마론 ) 내 작품이 한국에서도 주목을 끄나요?

필자의 번역본

(정) 당연히요. 한국 역시 분단국가이지 않습니까? 그래서 구동
독 상황 자체가 우리들에게 큰 관심거리입니다. 우리나라
도 통일되기를 원하지만 독일의 상황하고는 많이 달라 현
실적으로 통일이 쉽지 않습니다.


(정) 요즘 난민 문제로 시끄러운데 당신의 입장은 어떻습니까?
(처음부터 너무 묵직한 질문이다.)

(마론) 사람들은 저를 우파라고 합니다. 솔직히 말해 저는 이슬람
난민의 무작정 수용에는 반대합니다. 하지만 모두 더불어
살아가야 하지 않을까요? 국가적인 차원에서 구체적인 대
안을 마련한다면 난민 수용이 부정적인 것만은 아니라고

생각합니다.

**정** 최근작 『무닌 Munin』에 대한 얘기 좀 해주시죠.

**마론** 예. 무닌은 신화에 나오는 새입니다. 까마귀 같은 영물인데, 까마귀 새가 영리하잖아요? 까마귀는 우리 동네에서 자주 볼 수 있어요. (그러고 보니 최근에 나온 『까마귀 울음소리』에 까마귀의 영민함을 높이 산 내용이 생각이 났다. 여기서 마론은 동물 친화적 태도를 넘어 생태적 태도를 나타내고 있다.) 작품의 주인공은 이웃 정신이상 여자가 부르는 노랫소리 때문에 낮에 글을 쓰지 못하고 밤에만 작업할 수 있는데, 실제로 노래 부르는 여자가 바로 제 이웃에 살고 있어요. 동네 이웃들에게 실제로 민폐를 끼치고 있지요. 이러한 나의 현실 생활이 작중 인물에 그대로 반영되고 있지요. 작품에 주인공이 30년 전쟁 축제에 사용할 글을 쓰는 부분에서 30년 전쟁사는 특별한 의도 없이 그냥 우연하게 설정된 것입니다.

차를 좀 내어오겠습니다. 차 준비하는 동안 이 개(모모)하고 얘기 좀 나누십시오. (약 5분 간 모모와 나를 두고 간 마론이 다시 자리에 앉는다.)

**정** 『무닌』 다음 작품으로 어떤 것을 생각하고 있습니까?

**마론** 다음 소설은 1년 뒤 쯤 나올 건데 남자가 주인공입니다. 세대가 교체되는 거죠.

(이 소설은 그해 『아르투어 란츠』라는 제목으로 나왔다. 실제 작품에서 40대 후반의 이 주인공은 아르투어라는 이름을 가졌는데, 그를 만나 대

화를 나누는 여자 주인공은 마론과 비슷한 연배의 샬로테 빈터 Charlotte Winter라 불리는 여성이다. 그녀는 아르투어의 어머니와도 비슷한 연배이다. 오늘날과 같은 포스트영웅시대에 영웅이 필요지 않은데, 아르누어의 부모는 영웅처럼 되기를 바라는 마음에서 이름을 지었으나 전혀 영웅다운 모습을 보이지 못한다.)

（정） 마르틴 발저 등 노익장을 과시하는 작가들이 있는데, 이런 작가들을 어떻게 평가하십니까?

（마론） 별로 언급하고 싶지는 않은데, 이름난 소설가들은 다는 아니지만 시류에 편승하여 작가적 인기를 끌려는 사람이 있어, 그런 점이 별로 마음에 안 듭니다. 대중적 명성과 실제 됨됨이는 다르다고 생각해요.

（정） 『아, 행복』에 한국 사람에 대한 묘사가 약 2페이지에 걸쳐 나오는데, 저는 읽으면서 살짝 긴장했었어요. 혹시 제가 아닌가 해서요? 그리 나쁘게는 묘사되지 않았지만 키 작은 사람으로 등장해서요. 괜한 걱정이죠? (웃음)

（마론） (역시 웃으며) 지금은 헤어졌는데, 제 친한 친구의 남자 친구가 한국 사람이었고, 그 사람을 생각하고 작품 속에 끼어넣었어요.

----------

정 ) 『빙퇴석』이나 『아, 행복』에 보면 주인공이 시골 동네에 기
거하면서 생활하는데, 이전에 주신 메일에 마론 선생님도
시골에서 시간 보내는 경우가 많다고 들었습니다. 어떠한
지요?

마론 ) 겨울은 아니고, 주로 여름에 그곳에서 생활합니다. 여기 베
를린에서 북동쪽으로 30분 거리에 있는, 폴란드 국경 지역
에 있는 작은 마을이지요. 그곳에서 분주한 도시 생활에서
느끼지 못했던 한적함과 평안함을 느낄 수 있답니다. 그리
고는 도시에 또 나와 낭독회 등 일정을 소화해내지요.

정 ) 저는 오래전 친구 소개로 당신의 화제작 『슈틸레 차일레 6
번지』를 한국어로 번역했습니다. 당신 작품을 한국에 본격
적으로 소개한 셈이죠. 근데 '슈틸레 차일레'라는 거리가
실제로 있나요?

마론 ) 아, 그건 슈틸레 거리(Stille Str.)를 말합니다. 판코에 있는 거
리 이름입니다. (그 이후 실제 이 거리를 찾아갔는데, 작품 배경처럼
구동독 고위 관직자들이 살고 있던 저택이 단지를 이루고 있었고 작품에
나오는 배경을 머릿속에 불러올 수 있었다.)

정 ) 『슈틸레 차일레 6번지』는 중요한 작품이지요. 이것은 통일
전의 이야기이지만 작가의 심리적 갈등과 정치적 현실의
혼란이 공존해 있는 작품으로 읽혀지는데, 발표 당시 세간
의 주목을 받게 된 것도 이 때문이라 생각합니다. 한국에는
독일의 통일에 대한 관심도 많습니다. 한국 역시 분단 국가

라서 동독 상황에 관심이 많습니다. 통일을 원하지만 현실적으로 힘듭니다. 동서독 상황과는 완전히 다릅니다. 한국의 분단 상황에 대해 어떻게 생각하시는지요? 한국과 관련해서 한 말씀해 주시죠.

(마론) 죄송하지만 그 문제에 대해서는 깊이 생각은 못했습니다. 한국이 분단되었다는 건 알고 있었지만요.

(정) 남북이 어떻게 대화해야 할까요?

(마론) 각 나라가 독자적이고 외교 등에 선입관을 가지고 있겠지요. 남북이 우선 어떻게 가까워져야 하는지 허심탄회하게 서로 머리를 맞대고 고민해야 할 문제 인 것 같습니다.

(정) 독일에서도 한국 분단이 자주 얘기 되나요?

(마론) 예 간혹 얘기가 됩니다. 특히 북한에 대한 이슈가 나올 때마다 한국의 분단 현실을 인지하기도 하지요.

(정) 선생님은 동독에서 사회주의 교육을 받으며 힘들게 자라난 것을 알 수 있는데, 그 상황을 어떻게 견뎠는가요?

(마론) 어려운 문제였지요. 특히 외조부가 유대인이었고 국가체제에 대해 트라우마가 있었던 것 같아요. 또 구 동독체제에서 자라났기 때문에 희망이 없다고 생각했지요. 당시 존재했던 이상적 사회주의 모델은 구동독에서는 찾아볼 수 없었습니다.

(정) 새 아버지이자 초대 동독 내무부장관이었던 칼 마론 밑에

서 엄격한 사회주의 교육을 받았는데 어릴 때 심적 상처는 수필 「나는 반파시즘 아이로 성장했다」에 잘 드러나지요. 새통일 선 동독을 떠나게 된 것이 처음 발표를 시도했던 책 두 권이 동독에서 나오지 못했기 때문입니까, 아니면 다른 이유가 있습니까?

(마론) 아닙니다. 서독에서 내 책이 나온 것은 사실이지만, 이 이유만으로 내가 서독으로 이주해 온 것은 아닙니다. 가장 결정적인 것은 아버지 때문이었어요. 어릴 때부터 받은 철저한 사회주의교육에 신물이 났던 거죠.
그래서 일단 서독으로 이주한 후 자유로운 상태에서 글을 쓰고 싶었어요.

(정) 끝으로 본인이 생각할 때 가장 좋아하는 독일 작가는 누구지요?

(마론) 하이네 정도라 말 할 수 있겠네요.

(정) 예, 감사합니다. 여러모로 바쁘실 텐데 질문에 응해주셔서 대단히 감사합니다.

(마론) 저도 반가웠습니다. 짧은 시간이었지만 이렇게 멀리까지 와서 만나주시니 감사합니다. 답례로 책을 선물하고 싶습니다.(그녀는 신작 『Munin oder Chaos im Kopf』와 연구서 『Doch das Paradies ist verriegelt…』를 선물로 주었다.)

모니카 마론. 현재 독일의 지성인으로 인정받기에 충분한 작가이
다. 파란만장한 인생의 여정 속에서 현실의 문제성을 집요하게 파헤
치는 그녀는 완숙한 서사전략으로 수준 높은 작품을 계속 써내려가는
작가이기에 비중 있는 여러 문학상을 수상할 수 있었고 현재 독일을
대표하는 작가가 될 수 있었다.

# 저자소개

## 정인모

부산대학교 독어교육과 교수

대표 논저로는 『독일문학 감상』(새문사, 2012), 『4차 산업혁명시대 문학과 예술(공저)』(부산대학교 출판부, 2020), 『노벨문학상 수상작 산책(공저)』(산처럼, 2022), 「계몽과 경건의 변증법-18세기 독일 사상의 지형도」(기독교학문연구회, 2018), 「하인리히 뵐의 '타자'에 대한 이해-『여인과 군상』을 중심으로」(한국독어독문학교육학회, 2020), 「'애완'에서 '반려'로-모니카 마론 작품에 나타난 '피조물성'(한국독일언어문학회, 2022) 등이 있다. 주요 관심사는, 이민(난민) 문제, 융복합 시대의 통섭적 사유, 노년 및 생태 문학 등이다.

## 원윤희

부산대학교 독어교육과 강의전담교수

대표 논저로 『대중문화와 문학(공저)』(부산대학교 출판부, 2015), 「노년의 행복과 불행 사이에서 피어난 『불안의 꽃』」(한국독일언어문학회, 2017), 『베를린과 파리(공저)』(부산대학교 출판부, 2017), 학제 간 연구로 인류학의 연구방법을 문학에 적용한 『에스노그래피로서의 문학의 가능성-르포문학과 디아스포라문학을 중심으로』(한국독일어문학회, 2020), 「유디트 헤르만의 『모든 사랑의 시작』에 나타나는 소통 부재와 경계 지키기」(한국독일어문학회, 2022) 등이 있다. 주요 관심사는 여성과 노인 문제, 이민자와 난민 문제, 포스트 휴먼적 상상력을 다룬 문학 등이다.

## 허남영

부산대학교 교양교육원 강의전담교수

대표 논저로는 『독일 영상 문화(공저)』(부산대학교 출판부, 2012), 「영화 <카프카의 굴 Kafkas der Bau>에 나타난 현대인의 실존 문제」(한국독일언어문학회, 2017), 「독일과 한국의 노년영화 비교 연구」(한국독일언어문학회, 2018), 「『아담과 에블린』을 통해 바라본 이주 서사와 실존 문제(공동)」(한국독일어문학회, 2020), 「잉고 슐체의 소설 『아담과 에블린』의 영화화를 통한 문학의 변용(공동)」(한국독일어문학회, 2021) 등이 있다. 주요 관심사는 현대 독일 영화와 문학의 영화화, 현대인의 실존 문제, 이민(난민) 문학, 지속가능발전교육(ESD) 등이다.

## 서명숙

부산대학교 불어교육과 교수

대표 논저로 『앙드레 말로의 소설에 나타난 아이러니 연구』(한국불어불문학회, 2005), 『앙드레 말로의 「반회고록」은 오토픽션인가?』(한국프랑스문화학회, 2016), 『21세기 노년소설과 웃음-파스칼 고티에의 「할머니들」을 중심으로』(부산대학교 인문학연구소, 2018), 『로맹 가리의 「하늘의 뿌리」 소고』(한국프랑스문화학회, 2021) 등이 있다. 주요 관심사는 현대 프랑스 소설가들의 글쓰기, 서사 기법 등이다.

## 이송이

부산대학교 불어불문학과 교수

대표 논저로 『이중언어작가 근현대문학의 트랜스내셔널한 기원을 찾아서(공저)』(책과 함께, 2014), 「현대 아이티 문학 및 아이티 이민문학에 나타난 "다중성"-경계 없는 육체와 새로운 지형도 : 르네 데페스트르(Rene Depestre), 스탄리 페앙(Stanley Pean)의 작품에 나타난 "좀비" 연구」(서강대학교 인문과학연구소, 2014), 「이민과 여성 - 『내일은 키프 키프 Kiffe Kiffe demain』, <에스키브 L'Esquive>, <생선 쿠스쿠스 La Graine et le Mulet>에 나타난 프랑스 뵈르 문화와 여성」(한국불어불문학회, 2018), 「트랜스 장르와 포스트 젠더-<티탄(Titane)>에 나타난 기계성과 여성성」(한국프랑스문화학회, 2022) 등이 있다. 주요 관심사는 프랑스 페미니즘, 프랑스어권 여성 문학의 미학, 동시대 프랑스 영화의 변화와 특징 등이다.

## 김경연

부산대학교 국어국문학과 교수

대표 논저로는 『세이렌들의 귀환』(산지니, 2011), 『세계문학의 가장자리에서』(현암사, 2014, 공저), 『근대 여성문학의 탄생과 미디어의 교통』(소명출판, 2017) 등이 있고, 주요 논문으로는 「1920년대 초 '공통적인 것'의 상상과 문화의 정치」, 「디아스포라 여성 서사와 세계/보편의 다른 가능성」, 「마이너리티는 말할 수 있는가-난민의 자기역사 쓰기와 내셔널 히스토리의 파열」, 「'삐라'를 든 여자들의 냉전」 등이 있다. 여성문학, 문화번역, 지역문화 등에 관심이 있으며, 주권체제를 넘어 인권체제를 도래시킬 문학의 가능성에 대해 고민하고 있다.

## 황국명

인제대학교 명예교수.

대표 논저로는 『한국현대소설과 서사전략』(세종출판사, 2004), 『우리 소설론의 터무니』(세종출판사, 2005), 『지역소설과 상상력』(신생, 2014) 외 다수가 있다. 한국문학 비평, 지역문학 등에 관심이 있으며, 지역의 관점에서 한국문학과 세계문학을 횡단할 수 있는 가능성에 대해 고민하고 있다.

## 조춘희

부산대학교 교양교육원 강사

대표 논저로는 『봉인된 서정의 시간』(국학자료원, 2015), 『시적 정의와 시조 비평의 정체성』(고요아침, 2020), 『전후 서정문학 연구』(경진출판, 2019), 「휴머니티를 횡단하는 포스트-휴먼에 대한 소고」(영남대 인문연구93, 2020), 「산업화 시기의 대리노동 양상 연구」(시조학논총, 2022) 등이 있다. 주요 관심사는 소외된 주체와 그들의 문학적 발화를 살피는 데 있으며, 아울러 기후위기, 난민 등 전 지구적 의제에 대한 인문학적 탐색 또한 천착하고 있다.

# 호모 미그란스,
# 공존불가능성을 횡단하는 난민/이민 서사

초판1쇄 인쇄 2022년 6월  2일
초판1쇄 발행 2022년 6월 15일

지은이    정인모 원윤희 허남영 서명숙 이송이 김경연 황국명 조춘희
펴낸이    이대현
책임편집  임애정
편집      이태곤 권분옥 강윤경
디자인    안혜진 최선주 이경진
마케팅    박태훈

펴낸곳    도서출판 역락
출판등록  1999년 4월 19일 제303-2002-000014호
주소      서울시 서초구 동광로 46길 6-6  문창빌딩 2층 (우06589)
전화      02-3409-2060
팩스      02-3409-2059
홈페이지   www.youkrackbooks.com
이메일    youkrack@hanmail.net

ISBN  979-11-6742-418-1  93800